KB108116

탐정이 뭔데요.

탐정 갈릴레오

초판 1쇄 펴낸 날 2008년 6월 16일   18쇄 펴낸 날 2022년 7월 1일
지은이 히가시노 게이고   **옮긴이** 양억관   **펴낸이** 박설림   **펴낸곳** 도서출판 재인   **디자인** 오필민디자인
등록 2003. 7. 2. 제300-2003-119   **주소** 서울시 강남구 언주로 30길 13 대림아크로텔 1812호
전화 02-571-6858   **팩스** 02-571-6857

ISBN 978-89-90982-27-8 03830   Copyright ⓒ 재인, 2008 Printed in Korea.

책값은 뒤표지에 표시되어 있습니다. 잘못된 책은 바꿔 드립니다.

탐정 갈릴레오

히가시노 게이고 소설

양억관 옮김

재인

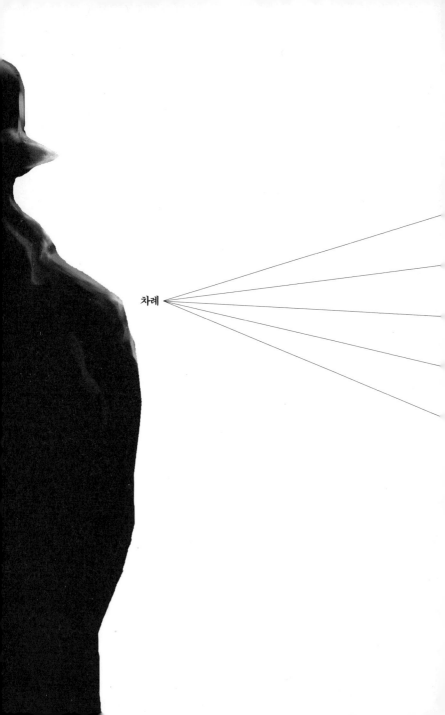

1장

타오르다

1

'……뒤를 돌아보는 남편의 얼굴에는 가면이 씌어 있었다. 은색 금속의 차가운 가면이었다. 감정을 숨겨 주는 그 가면은 남편의 마른 볼과 턱과 미간에 착 달라붙어 있었다. 번득 빛나는 가면의 남편은 흉포한 무기를 손에 들고 그것을 지그시 바라보았다. 그 무기는…….'

거기까지 읽었을 때 가까이 다가오는 오토바이 엔진 소리를 들었다. 레이 브래드버리의 『화성 연대기』를 손에 든 채 창문 앞에 서서 커튼을 살짝 젖혔다.

2층 그의 방은 북동쪽을 바라보고 있다. 동쪽 창에서 왼쪽 아래로 북쪽이 가로막힌 T자형 도로가 보인다.

오늘 밤은 오토바이가 세 대였다. 그러나 사람은 다섯이다. 그렇다면 두 대에는 두 사람씩 타고 있을 것이다. 일부러 붕붕 엔진을 시끄럽게 울리며 그들은 평소의 그 자리에 모여들고 있었다.

폭주족, 이라고 할 정도는 아니다. 언뜻 보기에도 평범한 젊은이들이다. 머리카락을 갈색으로 물들인 녀석이 둘, 바지를 허리 아래까지 아슬아슬하게 내려 걸친 소년이 하나, 나머지

둘은 별다른 특징이 없다. 그중 하나가 어깨까지 머리카락을 늘어뜨린 정도.

그러나, 하고 그는 생각했다. 겉모습이 평범하다고 해서 폭주족보다 관대하게 취급해 줄 수는 없다.

그는 손에 든 『화성 연대기』를 펼쳤다. '1999년 2월: 일라'라는 장을 읽는 중이다. 벌써 몇 번을 읽었는지 모른다. 몇 구절은 그냥 외울 수 있을 정도다. 이런 식으로 읽다가는 앞으로 며칠이 더 걸릴지 모를 노릇이다.

젊은이 하나가 무슨 말을 했다. 그러자 다른 젊은이들이 큰소리로 웃었다. 그들의 목소리가 조용한 거리에 울려 퍼졌다. 어두워지면 자동차도 거의 다니지 않는 거리다.

그는 창을 등지고 돌아서서 테이블 위에 책을 내려놓고 방구석에 있는 전화기로 다가갔다.

무카이 가즈히코는 갈색으로 물들인 머리카락을 뒤로 질끈 묶고 있었다. 자신이 평범한 사람과 조금이라도 달라 보이기를 바라서였다.

그는 열아홉 살이다. 일 년 반 전에 고등학교를 졸업하고 페인트 회사에 취직했지만 하루하루 구속당하는 데 비해서 보수가 너무 적다는 생각에 석 달 전에 회사를 그만두었다. 일 년 넘게 번 돈은 오토바이 한 대와 게임센터에 모두 들어갔다.

부모와 같이 살고 있으므로 생활에 곤란한 점은 없다. 다만 빈둥거리는 자식이 못마땅한 부모의 잔소리가 넌더리 날 따름이다. 그래서 부모와 얼굴을 마주치지 않으려고 이렇게 늦은 시각까지 거리에서 헤매는 것이다.

그는 말보로를 입에 문 채 자동판매기 앞에 서서 돈을 넣고 콜라 버튼을 눌렀다. 덜커덩, 캔이 아래로 굴러떨어졌다.

콜라를 꺼낸 후 그는 무심코 자판기 옆을 바라보았다. 거기에 낯선 물건이 놓여 있었다.

맥주병을 담는 플라스틱 상자가 네 단으로 쌓여 있고, 그 위에 신문지로 싼 스포츠백 정도 크기의 사각형 물건이 놓여 있었다. 이상하다고 가즈히코는 고개를 갸우뚱했다. 이 자판기에는 맥주가 없다. 게다가 신문지로 싼 이 물건은 또 뭐란 말인가.

그렇지만 그는 이내 시선을 돌려 버렸다. 콜라 캔을 따서 마시면서 동료들의 대화에 섞여 들었다. 다른 네 명은 최근에 도심지에서 만난 여학생 무리에 관해 이야기하고 있었다. 어떤 애가 더 잘 주는지, 결국 그런 이야기다.

그 네 명은 가즈히코에게 친구라 할 만한 상대는 아니었다. 그런 귀찮은 관계는 필요 없었다. 같이 즐기는 동료, 그 정도로 충분했다. 그들이 자신에게 그 이상의 긴밀한 관계를 바라서는 안 된다고 생각했다.

동료의 하나인 야마시타 료스케가 얼마 전에 길거리에서 헌팅한 상대에 대해 이야기하기 시작했다. 긴 머리가 자랑인 그는 이야기를 하면서 두 손으로 머리카락을 뒤로 빗어 넘기는 버릇이 있었다. 가즈히코는 자신의 오토바이 옆에 서서 그의 무용담을 듣고 있었다. 둘은 벤치에 앉아 있고 하나는 오토바이에 걸터앉아 있었다.

"그래서 방으로 들어갔는데 말이야, 콘돔을 사용하라는 거야. 난 자연 그대로 주의라서 그냥 돌격하려는데 그 애가 콘돔을 꺼내잖아. 어쩌겠어. 할 수 없이 콘돔을 하긴 했지만 넣기 전에 손톱으로 끝을 살짝 뜯어 버렸지, 뭐. 그러면 그냥 하는 거랑 마찬가지니까. 그 애는 콘돔을 했으니 괜찮다고 여겼을 테지만, 마음껏 쏴 버렸어. 나중에 그 애가 사실을 알고 나서 투덜거렸지만, 찢어진 걸 어떡하느냐고 우겼지. 이름이고 전화번호고 모두 엉터리로 가르쳐 줬고."

그런 에피소드를 야마시타 료스케는 자랑삼아 떠들어 대고 있었다. 평소보다 콧구멍을 더 넓게 열고서.

"정말 나쁜 놈이네, 너."

"임신하면 어떡하려고."

동료들이 빙긋빙긋 웃으며 나름대로 감상을 늘어놓았다. 그 같은 반응에 야마시타 료스케는 만족한 듯 능청을 떨었다.

"내가 알 게 뭐야. 싫음 안 하면 되지."

그러고는 뻔뻔스런 이야기를 한마디 더 덧붙이고 싶었는지 두 손으로 앞머리를 쓸어 올리면서 막 입을 움직이려 했을 때였다.

갑자기 그의 눈이 화들짝 열렸다. 그와 동시에 믿을 수 없는 일이 일어났다.

야마시타의 뒤통수에서 불길이 솟구쳐 오른 것이다. 그 불은 눈 깜짝할 사이에 머리 전체로 번졌다.

야마시타는 소리 한번 지르지 못하고 천천히 앞으로 고꾸라졌다. 마치 커다란 나무가 불길에 휩싸인 채 쓰러지는 것 같았다.

가즈히코와 다른 세 명은 그저 입만 쩍 벌리고 있었다. 멍하니 그 슬로 모션 같은 장면을 바라보면서.

그러나 멍하니 있었던 시간은 고작 몇 초에 지나지 않았을 것이다. 가즈히코는 아까 보았던 신문지로 싼 뭔가가 불에 타는 것을 오른쪽 눈 끝으로 보고 있었다. 그리고 직관적으로 위험을 느꼈다.

바로 다음 순간, 엄청난 폭발음과 함께 불길이 그의 몸을 덮쳤다.

2

　경시청 수사 1과의 구사나기 슌페이가 애차를 몰고 현장에 도착했을 때는 불이 이미 꺼져 있었고, 소방대원들도 물러나는 참이었다. 구경꾼들 또한 흩어지고 있었다.

　차에서 내려 현장으로 다가가는데 빨간 운동복 차림의 소녀 하나가 앞에서 걸어가고 있었다. 막 초등학교에 입학했을까 싶은, 몸도 얼굴도 동그스름한 여자애였다. 소녀는 어쩐 일인지 위를 보고 걷고 있었다. 뭔가를 찾고 있는 듯했다.

　그렇게 걸으면 위험해, 하고 말을 하려는데 소녀가 발을 헛디뎌 갑자기 앞으로 고꾸라졌다. 소녀는 큰 소리로 울었다.

　구사나기는 재빨리 달려가 소녀를 안아 일으켰다. 무릎에서 피가 나고 있었다.

　"아, 죄송합니다."

　어머니로 보이는 여자가 달려왔다.

　"그러니까 엄마가 같이 가자고 했잖니. 정말 죄송합니다. 그렇게 집에 있으라고 했건만."

　딸을 나무라기 전에 이런 한밤중에 뭣 하러 불구경을 나왔느냐고 말해 주고 싶은 충동을 억누르고, 구사나기는 묵묵히 소녀를 그 어머니에게 보내 주었다.

　"빨간 실을 보았다니까. 정말이야."

소녀가 울면서 말했다.

"그런 게 어디 있다고 그래. 아, 이게 뭐야. 옷을 다 버렸잖니."

"보였어, 빨간 실. 이렇게 기다란 실, 봤다니까."

빨간 실이라니, 뭘 보고 그러는 걸까 생각하면서 구사나기는 모녀의 곁을 떠났다.

현장에 도착해 보니 새카맣게 변한 도로 한복판에 몇 명의 남자가 서 있었다. 그중 하나가 구사나기의 상관인 마미야 경부였다.

"늦어서 죄송합니다."

구사나기는 잰걸음으로 다가가며 말했다.

"수고가 많아."

마미야가 가볍게 고개를 끄덕였다. 통통한 몸매에 목이 짧다. 얼굴은 온화하지만 눈이 날카롭게 번득인다. 형사라기보다는 솜씨 좋은 장인 같은 분위기를 풍기는 모습이다.

"방화인가요?"

"아니, 아직 확실하지 않아."

"가솔린 냄새가 심하네요."

구사나기가 코를 실룩거렸다.

"석유통에 든 뭔가가 폭발한 모양이야."

"석유통? 그게 왜 여기 있었는데요?"

"모르지. 저걸 봐."

마미야는 길가에 나뒹구는 물체를 손가락으로 가리켰다.

그건 틀림없는 석유통이었다. 측면의 중심 부분이 녹아서 거의 원형을 찾아볼 수 없었다.

"일단 피해자의 말을 들어 봐야지, 이것만으로는 대체 무슨 일이 벌어졌는지 알 수가 없어."

마미야가 고개를 갸우뚱했다.

"피해자가 있어요?"

"스무 살 전후의 남자 다섯."

그리고 마미야는 퉁명스럽게 덧붙였다.

"그중 하나는 죽었어."

메모를 하고 있던 구사나기가 고개를 들었다.

"타 죽었다는 말입니까?"

"그런 셈이지. 석유통 바로 앞에 있었던 모양이야."

음침한 기분을 곱씹으며 구사나기는 방금 들은 내용을 메모했다. 사람이 죽으면 늘 이런 기분에 사로잡힌다.

"이 부근을 탐문 수사해 주게. 이런 소동이 일어났으니 깨어 있는 사람이 꽤 있을 거야. 불이 켜진 집만이라도."

"알았습니다."

대답하면서 구사나기는 주위를 둘러보았다. 바로 옆 모퉁이에 있는 연립 주택에는 몇 개의 창에 불이 밝혀져 있었다.

낡은 이층짜리 연립 주택은 동서로 뻗은 도로 쪽으로 몇 개의 현관문이 나 있었다. 베란다는 남쪽, 그러니까 도로와는 반대편일 것이다. 창이 있는 곳은 끝 쪽 방뿐이었다. 현장을 목격할 수 있는 곳은 북동쪽 모퉁이 방일 것이다.

구사나기가 그곳으로 다가가는데 그 북동쪽 모퉁이의 일층 방으로 한 젊은이가 걸어갔다. 그는 호주머니에서 열쇠를 꺼내더니 문의 열쇠 구멍에 꽂았다.

잠깐 실례하겠습니다, 구사나기가 젊은이의 등을 향해 말했다.

이십 대 초반의 청년이 뒤를 돌아보았다. 큰 키에 회색 작업복 같은 것을 입고 있었다. 편의점에 들른 듯, 손에 하얀 봉지가 들려 있었다.

"조금 전에 화재 사고가 있었는데 알고 있어요?"

신분을 밝히고 T자형 도로 쪽을 손가락으로 가리키며 구사나기가 물었다.

"물론 알지요. 대단했으니까요."

"방에 있었나요?"

구사나기는 105라는 명패가 걸린 방을 바라보았다.

아, 그랬죠, 라고 청년은 대답했다.

"사고 전후로 뭔가 이상한 일은 없었어요? 무슨 소리가 들렸다든지, 뭔가 보였다든지."

"글쎄요."

청년은 고개를 갸우뚱했다.

"전 텔레비전을 보고 있었거든요. 그놈들이 시끄럽게 굴었다는 건 기억하지만요."

"그놈들이라면, 오토바이 팀?"

예, 그러면서 청년은 얼굴을 살짝 찌푸렸다.

"주말이면 늘 그랬어요. 어디서 오는지는 모르겠지만, 새벽두세 시에도 시끄러웠죠. 이 부근은 정말 조용한 곳인데……."

가볍게 입술을 깨무는 것으로 보아 평소에 쌓인 게 꽤 많았던 모양이다.

그놈들에게 천벌이 내린 모양이군, 그렇게 말하려다가 구사나기는 얼른 말을 삼켰다. 사망자가 나왔는데, 너무 심한 말같아서였다.

"주의를 주는 사람이 없었나 보지?"

"주의를 주어요? 설마."

청년은 어깨를 으쓱하며 피식 웃었다.

"지금 일본에 그럴 만한 사람이 있을까요?"

그럴지도, 구사나기는 고개를 끄덕였다.

"자네 방에서도 현장이 보이나?"

"보일…… 겁니다, 원래는."

청년은 모호하게 말했다.

"원래는?"

구사나기가 묻자 청년이 문을 열었다.

"안을 보시면 압니다."

구사나기는 방 안을 들여다보았다. 문 옆에 작은 부엌이 달린 네 평 정도의 원룸이었다. 침대와 책장과 유리 테이블이 청년이 소유한 가구의 전부였다. 테이블 위에는 무선 전화기가 놓여 있었지만, 이런 방에서 무선 전화기를 사용할 일은 없을 듯했다. 책장에는 책보다 비디오테이프를 비롯한 생활 잡화가 가득 들어 있었다.

"그런데 창은?"

"저 뒤편입니다."

그러면서 청년은 책장을 가리켰다.

"둘 곳이 없어서 창을 막아 버렸어요."

"그렇군."

"덕분에 소음은 조금 덜 들리는 것 같아요."

청년은 쓴웃음을 지으며 그렇게 말했다.

"꽤 열 받았던 모양이군."

"이 근방에 사는 사람이면 누구나 그럴걸요."

"흠."

구사나기는 텔레비전 모니터에 연결된 이어폰을 발견했다. 아마도 소음을 견딜 수 없어 이런 식으로 텔레비전을 보았던 것 같다. 그렇다면 설령 수상쩍은 소리가 났다 해도 거의 듣지 못했을 것이다.

구사나기는 많은 참고가 되었다며 꾸벅 인사를 했다. 아무런 수확이 없을 때도 협력해 준 사람에게는 이렇게 말하는 것이 예의다.

"저……."

청년이 말했다.

"205호에도 갈 건가요?"

"205호라면 바로 윗방? 흠, 가 봐야겠지."

"그렇습니까?"

청년은 무슨 할 말이 있는 것 같았다.

"왜 그러지?"

"아, 저…… 사실은,"

청년은 잠시 망설이다가 입을 열었다.

"위에는 마에시마라는 친구가 사는데, 입이 가 버렸어요."

"입이 가 버리다니?"

"말을 못 해요. 목소리가 안 나와요. 언어 장애인이라고 하나요?"

"아……."

구사나기는 허를 찔린 듯한 기분이었다. 어쨌든 천만다행이었다. 그런 사실을 모른 채 찾아갔으면 적이 당황하고 말았을 것이다.

"같이 가 드릴까요? 그 애랑은 좀 친한 편이거든요."

"이거 미안해서 어쩌지?"

"괜찮아요."

청년은 재빨리 현관으로 나와 스니커즈를 신었다.

친절한 청년의 이름은 가네모리 다쓰오였다. 그의 말로는 205호 주민인 마에시마 가즈유키는 귀에는 아무 문제가 없다고 한다.

"귀 하나는 우리보다 훨씬 좋아요. 그러니까 그 애도 놈들의 소음에는 분노하지 않았을까요?"

손잡이가 많이 녹슨 계단을 올라가며 가네모리가 말했다.

205호를 노크하자 금방 반응이 왔다. 문이 열리고 문틈으로 젊은이의 여윈 얼굴이 나타났다. 가네모리보다 조금 더 아래로 보였다. 뾰족한 턱에 창백한 얼굴.

마에시마는 심야의 방문객 중 한 사람이 가네모리라는 사실을 알고 안도하는 듯했다. 그래도 구사나기를 바라보는 눈에는 경계심이 가득했다.

"형사님이셔. 아까 그 사고 때문에 조사할 게 있으시대."

가네모리의 말이 끝나자마자 구사나기는 경찰수첩을 내밀었다. 마에시마는 조금 망설이더니 문을 활짝 열었다.

당연하지만 방의 구조는 가네모리의 방과 똑같았다. 다만 동쪽 창은 가네모리의 방과 달리 막혀 있지 않았다. 구사나기의 눈이 맨 먼저 머문 곳은 좁은 방에 어울리지 않는 고급 오디오 세트와 바닥에 가득 쌓여 있는 카세트테이프였다. 음악 마니아인가 보다고 구사나기는 짐작했다. 그리고 벽에 쌓여 있는 수많은 문고본도 그를 놀라게 했다. 거의가 소설이었다.

독서와 음악 감상을 취미로 가진 청년, 짧은 순간에 눈앞의 마에시마에 대한 이미지를 정리하면서, 구사나기는 그 또한 조용한 거리를 소음의 지옥으로 만들어 버리는 그들에 대해 증오심을 느꼈을지 모르겠다고 생각했다.

구사나기가 현관에 선 채 물었다.

"아까 화재가 났을 때 자네는 어디에?"

그러자 마에시마는 거의 표정에 변화 없이, 이 방에 있었다는 뜻인 듯 바닥을 손가락으로 가리켰다.

"뭘 하고 있었지?"

구사나기는 다음 질문으로 넘어갔다. 마에시마는 폴로셔츠에 스웨터 차림이었다. 바닥에 이불이 깔려 있지 않은 걸 보면 아직 잘 시간이 아닌 것 같았다.

마에시마는 뒤를 돌아보며 창가에 있는 텔레비전을 손가락으로 가리켰다.

"텔레비전을 보고 있었던 모양입니다."

가네모리가 구사나기를 위해 설명해 주었다.

"사고 직전에 무슨 소리를 못 들었는가? 아니면 창 너머로 뭔가를 보았다든지."

마에시마는 스웨터의 호주머니에 두 손을 찔러 넣은 채 무덤덤한 표정으로 고개를 가로저었다.

"그런가……. 잠깐 들어가도 될까? 창밖을 좀 보고 싶은데."

구사나기의 말에 마에시마는 가볍게 고개를 끄덕이더니, 들어오라는 듯 손바닥을 창 쪽으로 펼쳐 보였다.

실례, 하고 구사나기는 구두를 벗고 방으로 올라갔다.

창문 바로 아래에는 남북으로 달리는 도로가 있었다. 지나가는 차는 한 대도 없었다. 아까 가네모리가 조용한 동네라고 했던 말이 떠올랐다.

왼쪽 아래로 사고 현장인 T자 도로가 보였다. 지금도 몇 명의 수사관이 단서를 찾으려고 주변을 살피고 있었다.

구사나기는 창에서 벗어나 무심코 스피커 위쪽으로 눈길을 던졌다. 거기에 문고본 하나가 놓여 있었다. 레이 브래드버리의 『화성 연대기』였다.

"이거, 자네 책?"

구사나기가 마에시마에게 물었다.

마에시마는 고개를 끄덕였다.

"그런가. 어렵지, 이 책."

"읽어 보았습니까?"

가네모리가 물었다.

"옛날에. 읽으려 했던 적이 있었지. 그렇지만 좌절하고 말았어. 독서 체질이 아닌 모양이야."

웃기려고 말했지만 가네모리는 웃지 않고 눈을 동그랗게 떴다. 마에시마는 조용히 창밖을 바라보고 있었다.

여기 있어 봤자 수사에 아무 도움이 되지 않아, 구사나기는 그렇게 결론을 내렸다.

기억나는 게 있으면 연락해 달라는 말을 남기고 그는 205호를 나섰다.

3

구사나기가 데이토 대학 공학부 물리학과 제13연구실을 찾아간 것은 그 괴이쩍은 사건이 일어난 지 사흘째 되는 날이었다.

그는 이 대학 사회학부 출신이다. 재학 중에는 공학부 쪽에 한 번도 발을 들여놓은 적이 없었다. 졸업한 지 10년도 넘은 지금에 와서 공학부에 발을 들이다니, 자신이 생각해도 우스웠다.

회색 4층 건물이 물리학과가 있는 동이다. 그 건물을 쳐다보기만 해도 주눅이 드는 것은 거의 태생적으로 수학이나 과학에는 젬병이기 때문일 것이라고 구사나기는 생각했다.

목적지는 3층이다. 문 앞에 조수와 학생 이름을 적은 종이가 붙어 있고, 그 옆에 행선지를 알리는 자석 판이 붙어 있었다. 학생들은 모두 강의에 들어간 것 같았다. 유가와라는 이름에는 '재실'이라고 표시되어 있었다. 구사나기는 시계를 보고 약속한 두 시가 조금 넘은 것을 확인한 다음 문을 두드렸다.

예, 라는 목소리가 들려왔다. 그래서 문을 열긴 했는데 실내를 보고는 움찔 몸을 움츠리고 말았다.

실내는 불빛 하나 없는 암흑이었다. 한낮이니까 불을 켜지 않아도 웬만큼 밝아야 마땅한데 커튼을 쳐 두었는지 실내는 거의 암실이나 다름없었다.

"유가와, 어디야."

구사나기가 입을 여는데 갑자기 바로 옆에서 기계 움직이는 소리가 났다. 모터 소리일까, 아무튼 귀에 익은 소리였다.

아, 이건 전자레인지 소리라고 깨닫는 순간 눈앞에서 불꽃이 일었다. 자그만 전자레인지 하나가 책상 위에 놓여 있고, 그 안에서 전구가 빛을 발하고 있었다. 평범한 전구와는 달리 그 안에서 빛이 너울너울 춤을 추었다.

불빛은 점점 작아지더니 이윽고 사라졌다. 그 순간을 기다렸다는 듯 커튼이 열렸다.

"불철주야 우리를 위해 치안 유지에 힘을 쏟는 구사나기 형사를 환영하는 것치고는 빛이 너무 약한 거 아닌지 몰라."

하얀 가운 차림의 남자가 커튼 끝부분에 서 있었다. 큰 키에 하얀 피부, 검정 테 안경을 걸친 수재 타입의 얼굴은 학생 시절과 조금도 변함이 없었다. 앞머리를 눈썹 바로 위에서 가지런히 자른 스타일도 옛날 그대로다.

구사나기는 한숨을 내쉬고는 쓴웃음을 지었다.

"거참, 사람 놀라게 하네. 이 나이에도 개구쟁이 짓인가."

"그렇게 말하면 섭섭하지. 이건 자네에게 도움을 주겠다는 의사 표시인데 말이야."

유가와는 커튼을 활짝 젖히고는 하얀 옷소매를 걷어붙이더니 구사나기 쪽으로 걸어왔다. 그리고 오른손을 내밀었다.

"잘 지냈어?"

"그럭저럭."

구사나기는 그 손을 잡았다. 가냘파 보이지만 유가와는 배드민턴 서클의 에이스였다. 구사나기는 몇 번이나 그와 연습 대결을 벌였지만 늘 고전을 면치 못했다. 지금 악수하는 이 손의 악력도 그 시절의 흔적이며 추억이다.

"얼마 만이지?"

악수를 마치고 구사나기가 물었다.

"마지막으로 만난 게 3년 전 10월 10일이었지."

유가와가 말했다. 자신만만한 어투였다.

"벌써 그렇게 됐어?"

"가와모토 결혼식 피로연이었지 아마. 그게 마지막이야. 다른 친구들은 검은색 예복 차림이었는데, 자네만 회색 양복을 입었었잖아."

"아."

구사나기는 그때를 떠올리며 고개를 끄덕였다. 그랬다. 기억력도 옛날 그대로다.

"대학은 어때? 조교수가 되고 나서 더 바쁘지 않아?"

친구의 하얀 가운을 바라보며 구사나기가 물었다.

"딱히 큰 어려움은 없어. 학생들 수준이 매년 떨어지는 현상에도 익숙해졌고."

진지한 표정이었다. 농담으로 하는 말이 아닌 듯했다.

"엄격한 평가로군."

"나보다는 자네가 고생이 많을 텐데. 특히 요 이삼 일 동안 말이야."

"무슨 뜻이야?"

"자네가 무슨 생각을 하는지 알아차리고 이런 장치를 마련해 두었지."

유가와는 예의 전자레인지를 손가락으로 가리켰다.

"아, 아까 내게 도움을 주겠다는 의사 표시라고 했던 거?"

그러면서 구사나기가 전자레인지에 손을 대려고 했다.

"스톱! 전원이 그대로 노출되어 있어."

유가와는 서둘러 콘센트에서 플러그를 뽑았다. 그러고 보니 전자레인지의 뒤편 커버가 떼어져 있고 거기에 구사나기의 안목으로는 도저히 알 수 없는 어떤 기계가 부착되어 있었다.

유가와는 전자레인지의 앞쪽 문을 열고 안에서 뭔가를 꺼냈다. 그것은 금속 재떨이에 든 전구였다.

"이게 바로 그 불빛의 정체야." 하고 유가와가 말했다.

구사나기는 유가와의 손을 멀뚱히 바라보았다.

"그냥 전구로 보이는데."

"그럼, 전구지."

유가와가 그것을 바로 옆의 책상 위에 올려놓았다.

"전자레인지의 전자파에서 비롯하는 유도 전류로 전구 내부의 크세논(불활성 기체 원소의 하나-옮긴이)이 플라스마화하여 발광한 것이야. 자줏빛과 함께 녹색 빛도 보였으니까 필라멘트를 지탱하는 구리에서 나온 플라스마도 섞였을지 몰라."

"플라스마? 아까 그게 플라스마였어?"

구사나기가 눈을 동그랗게 뜨며 물었다. 다른 말은 도무지 이해할 수 없지만 플라스마라는 말만은 알아들을 수 있었다.

"그런 셈이지."

유가와는 의자에 앉더니 몸을 뒤로 젖혔다.

"이제는 내가 아까 왜 그렇게 말했는지 알겠지? 자네는 플라스마에 대해 알아보려고 나를 찾아왔을 테니까."

"졌네, 졌어."

구사나기는 뒷덜미를 손으로 주무르면서 유가와 책상을 사이에 두고 맞은편 의자에 앉았다.

"어떻게 알았어?"

"간단해. 며칠 전의 화재 사건이 이쪽에서도 화제가 된 데다, 사람까지 죽었으니 경시청 수사 1과의 구사나기가 달려올 확률이 높다고 생각했지. 그 바쁜 구사나기가 나랑 옛날이야기나 하려고 올 리 없잖아."

속이 다 들여다보인 것 같아 구사나기는 저도 모르게 멋쩍은 웃음을 지었다.

"그래, 그것 때문에 왔어."

구사나기는 손바닥으로 볼을 마구 문질렀다.

"일단 커피부터 한잔하지. 단, 인스턴트야."

유가와는 자리에서 일어나 가스 불을 켰다.

그가 커피를 끓이는 동안 구사나기는 수첩을 꺼내 사건의 개요를 다시 한 번 정리했다.

사실 경찰은 그게 사건인지 사고인지조차 판단하지 못하고 있는 실정이었다.

지금까지 밝혀진 사실을 정리하면 다음과 같다. 우선 한적한 도로의 한 구역에서 국소적인 화재가 일어나 가까운 곳에 있던 젊은이 하나가 타 죽고 나머지 네 명이 중경상을 입었다.

현장에는 가솔린 냄새가 진동했고, 불에 탄 흔적 속에서 석유통 같은 것이 발견된 것으로 보아 거기에 담겨 있던 가솔린이 어떤 계기로 폭발한 것 같다. 다만, 왜 거기에 석유통이 놓여 있었는지는 모른다. 젊은이들은 그 석유통에 대해 몰랐으며 자신들은 절대로 불을 지르지 않았다고 주장했다.

그렇다면 화재는 어떻게 일어났을까.

플라스마설은 일부 매스컴이 제기한 것이다. 번개가 일어나기 쉬운 기상 조건하에서 공기 등 가스 상태의 물질에 유도 전류가 흐르면 강렬한 빛과 고열을 동반하는 도깨비불 같은 플라스마가 생길 수 있다. 이번 사건에서도 그런 플라스마의 일종이 발생하여 석유통 안의 가솔린을 태웠을지도 모른다는 설이다. 이런 설이 나온 것은 실제로 어떤 초자연 현상을 플라스마로 설명해 낸 실적이 있기 때문이다. 경찰은 이것을 귀신의 소행이라든지 초능력에서 비롯한 것이라는 미신 같은 해석보다는 플라스마설 쪽을 훨씬 합리적이라고 생각한다. 그래서 일단 플라스마에 대해 조사를 해 보자고 구사나기는 대학 시절의 친구인 유가와를 찾아온 것이다.

유가와가 머그컵 두 개를 들고 자리로 돌아왔다. 경품으로 받은 듯한 싸구려 냄새가 풍기는 컵이었다. 언뜻 보기에도 깨끗이 씻지 않았다는 것을 알 수 있었다. 그렇지만 구사나기는 고맙다고 말하고 인스턴트커피를 한 모금 마셨다.

"그거, 어떻게 생각해?"

컵을 책상에 내려놓고 구사나기가 물었다.

"어떻게 생각하느냐니, 뭘?"

"그 사건 말이야, 그 동네에서 일어난 화재 사건. 이런 실험까지 하는 걸 보면 자네도 플라스마로 생각하는 모양이지?"

"내가 이런 실험을 한 것은 신문에 플라스마설이 실렸으니 자네도 거기에 관심이 있을 거라고 봤기 때문이지. 현재로는 아무 의견이 없어. 플라스마일 수도 있고 아닐 수도 있어. 데이터가 없는데 어떻게 가설을 세울 수 있겠어."

"자네는 사건에 대해 얼마나 알고 있지?"

구사나기가 물었다.

"당연하지만 고작 신문에 실린 정도. 즉,"

유가와는 커피를 한 모금 마시고 말을 이었다.

"무슨 이유인지는 모르지만 길가에 놓여 있던 석유통에 갑자기 불이 붙어서 곁에 있던 젊은이가 타 죽었다, 그 정도야."

"그것만으로 뭔가 추리를 할 수는 없을까?"

구사나기의 말에 유가와가 웃었다.

"무리야, 그건. 불탄 흔적 속에서 뭐가 나왔는지, 그걸 자세히 조사해 보지 않고서는 원인을 추론할 수 없어. 소방서에서도 그렇게 말했을 텐데."

"나온 거라고는 플라스틱 석유통 찌꺼기밖에 없어. 정말 그것뿐이야."

"석유통에 뭔가 장치가 달려 있지 않았을까, 뉴스에서는 그렇게 말하던데."

"우리가 그 정도도 생각하지 못했을까 봐? 감식반이 눈을 부릅뜨고 살펴보았지만 어떤 장치의 흔적은 없었다고 해."

"그거참, 안됐네."

"놀리지 마. 진심으로 자네 머리를 빌리고 싶어서 왔다니까."

구사나기가 진지한 표정으로 말하자 유가와는 어깨를 으쓱하더니 빙긋이 웃었다.

"재미있는 거 하나 가르쳐 줄게. 미국에서 UFO를 목격한 사람들을 철저하게 분석해 본 결과 90퍼센트 이상이 뭔가를 잘못 본 것이라는 사실이 판명되었다고 해. 개중에 가장 많은 것이 천체를 UFO로 착각한 것이었어. 특히 가장 많았던 것이 금성이고, 심지어는 달을 UFO로 착각한 사람도 있을 정도야."

"하고 싶은 말이 뭔데?"

"유령의 정체는 의외로 사소한 데서 드러나. 가솔린이 든 석유통이 있었고 그 주위에 분별력 없는 소년 몇 명이 있었어. 그런데 그 석유통에 불이 붙었으니 생각할 수 있는 것은 오로지 하나가 아닐까."

구사나기의 눈동자가 커졌다.

"놈들이 거짓말을 한 것이고, 불을 붙인 것은 바로 그놈들이란 말이군. 그것도 화상을 각오하고."

"일부러 붙였는지 아닌지는 몰라. 혹시 석유통을 가져다 둔 사람은 따로 있고, 소년들은 그 내용물이 가솔린인 줄 몰랐을 수도 있지 않을까. 어쨌든 그 소년들이 불을 붙이지 않았다는 증거가 없다는 거지. 필시 담배를 피웠을 테고, 그렇다면 라이터도 가지고 있었을 테니까."

유가와의 말을 듣고 구사나기는 저도 모르게 미간을 찌푸렸다.

"사람 맥 빠지게 하는 소리는 제발 좀 그만해. 우리 과장이랑 똑같네, 똑같아."

"오, 수사 1과장이 이런 가설을 주장한다고?"

"그래, 꼬마들의 불장난이 원인이었다고 말이지."

"그거 괜찮은 설인걸, 논리적이기도 하고. 부정할 이유도 근거도 없지, 뭐."

"자네가 그런 보수적인 의견을 고집한다면 새로운 정보를 하나 주지."

구사나기가 그렇게 말하면서 상의 호주머니에서 뭔가를 꺼냈다.

"보수적이 아니라 상식적일 뿐이야. 뭔데, 그건? 소형 테이프 리코더잖아."

"한 소년의 말을 기록한 거야. 화상 때문에 말하는 게 힘들지만 의식은 또렷해. 잠깐 들어 봐."

구사나기가 스위치를 켜자 녹음기에서 속삭이는 듯한 목소리가 흘러나왔다. 볼륨을 높였다.

우선 간단한 신원 확인. 소년의 이름은 무카이 가즈히코, 19세.

구사나기의 질문을 시작으로 본론으로 들어간다.

— 불이 난 시점에 대해 말하고, 그 전에 특별히 이상한 점은 없었는지.

"특별한…… 거라니요?"

— 뭐든 좋아. 자네는 뭘 하고 있었지?

"저……저는, 그러니까, 담배를 피웠던가? 그리고 료스케의 이야기를 듣고 있었어요."

— 다른 친구들은? 뭘 하고 있었지?

"딱히 아무것도…… 저와 마찬가지로 료스케의 이야기를 듣고 있었어요. 그랬는데 갑자기 불이 난 거예요. 얼마나 놀랐는지 몰라요."

— 석유통에 불이 붙었다는 건가?

"그게 아니라…… 료스케가…… 료스케 머리가."

— 머리?

"머리카락이…… 그 애 뒤통수에서 갑자기 불이 났어요. 그리고 그 애는 그대로 고꾸라지고…… 그래서 깜짝 놀랐는데 어느새 우리까지 불길에 휩싸여…… 그다음에는 잘 모르겠어요."

― 잠깐만. 그거 반대 아닌가. 먼저 불이 나고 그다음에 친구 머리가 탄 게 아니야?

"아뇨. 그게 아니라 그 애 머리가 탔어요. 료스케 머리에서 먼저 불이 났다고요."

거기서 구사나기는 녹음기의 스위치를 껐다.

"어때?"

그는 유가와를 바라보며 물었다.

유가와는 어느새 턱을 괴고 있었다. 그러나 그것이 지겨워하는 포즈가 아님을, 안경 안쪽에서 날카롭게 빛나는 눈이 말해 주고 있었다.

"머리가 탔어?"

"그런 모양이야."

구사나기는 유가와가 흥미를 느끼기 시작했다는 것을 알고 내심 회심의 미소를 지으며 담뱃갑을 꺼냈다. 그러나 그가 담배 한 개비를 빼내려 할 때, 유가와가 벽에 붙어 있는 종이를 손가락으로 가리켰다. 거기에는 '금연, 머리를 더 둔하게 만들어서 어떡할 생각이야?'라고 적혀 있었다. 구사나기는 넌더리를 내면서 담뱃갑을 다시 호주머니 속에 집어넣었다.

"머리가 불에 탔단 말이지."

유가와는 팔짱을 끼고 중얼거렸다.

"성냥개비의 대가리처럼 머리가 먼저 불에 탔단 말이지."

신음 같은 낮은 중얼거림이었다.

"마술도 아닌데 머리가 타? 서커스에서 불을 뿜어내는 남자는 봤지만, 그런 경우에도 머리는 타지 않아."

"그렇지만 탔어, 머리가 먼저." 하고 구사나기가 말했다.

"시체는 어떤 상태야? 머리만 탔나?"

"애석하게도 넘어진 후에 석유통의 불길에 휘말려 온몸이 다 타 버렸지. 그래서 어디서부터 먼저 탔는지 판단이 서지 않아."

유가와는 다시 신음을 뱉어 냈다. 그러고는 무슨 생각이 떠오른 듯한 표정으로 구사나기를 바라보았다.

"그래서 자네의 논리적인 그 과장은 거기에 대해 뭐라고 했지?"

"증인의 착각이란 거지, 뭐. 너무 큰 충격을 받아 기억에 혼란이 일어난 거라고. 그렇지만 다른 소년들에게 물어봐도 마찬가지야. 료스케 머리에 먼저 불이 붙었다고."

"그랬을 테지."

유가와는 고개를 끄덕였다. 그런 다음 자리에서 일어섰다.

"자, 가 볼까."

"어디로?"

"당연히 그 괴이쩍은 현상이 일어난 현장이지."

구사나기는 유가와의 얼굴을 멀뚱히 바라보다가 벌떡 자리에서 일어섰다.

4

현장은 대낮인데도 교통량이 적은 삼거리였다. 덕분에 도로 폭이 넓지 않은데도 구사나기가 운전하는 스카이라인을 노상에 주차할 수 있었다.

사건이 일어났을 때 그 자리에 있었던 음료수 자판기는 아랫부분이 시커멓게 불에 탄 채 방치되어 있었다. 표시등에 '고장 중'이라고 쓴 종이가 붙어 있었다.

"'고장 중'이란 말도 쓰나?"

그 종이를 바라보며 유가와가 중얼거렸다.

"'고장', 두 글자로 충분할 텐데."

그러는 유가와를 무시하고 구사나기는 설명을 시작했다.

"소년들의 증언에 따르면, 죽은 야마시타 료스케는 이 부근에 서 있었어."

그러면서 구사나기는 자판기에서 2미터 정도 떨어진 곳에 가서 섰다.

"그 소년은 어느 방향을 보고 서 있었지?"

유가와가 물었다.

"자판기 쪽을 보고 있었을 거야. 다른 소년들은 그를 에워싸 듯 하며 서 있었고, 둘은 벤치에, 둘은 오토바이 옆에."

"가솔린이 든 석유통은?"

"그 자판기 바로 옆에. 플라스틱 맥주 상자가 네 단 쌓여 있고, 그 위에 놓여 있었다나 봐. 무카이 가즈히코의 증언으로는 신문지에 싸여 있었다는 거야."

"맥주 상자?"

유가와가 주위를 둘러보며 물었다.

"왜 그런 게 놓여 있었지?"

"그것도 수수께끼의 하나야."

구사나기가 길을 따라 동쪽을 가리켰다.

"봐, 저기 주류 가게 간판이 보이지? 그 가게에서 가져왔다 는 게 밝혀졌어."

"그 가게에서는 뭐라고 하는데?"

"도무지 생각나는 게 없다는군."

"흠……."

유가와는 자판기 옆에 선 채 가슴 앞에서 오른 손바닥을 수 평으로 내밀었다.

"맥주 상자 네 단이라면 이 정도 높이는 되겠지?"

"그럴 테지."

"그 위에 석유통이 놓여 있었다는 말이군."

"응."

"그러니까,"

유가와는 2미터 정도 걸어갔다.

"죽은 소년은 이 부근에 서 있었던 거지, 자판기 쪽을 바라보면서?"

"그렇게 되는 셈이지."

"그렇다면,"

유가와가 팔짱을 낀 채 자판기 옆을 몇 번이고 오갔다. 구사나기는 말을 걸어서는 안 될 것 같은 생각에 입을 다문 채 가만히 그 모습을 지켜보았다.

이윽고 물리학과의 젊은 조교수는 발길을 멈추고 얼굴을 들어 올리며 말했다.

"플라스마 같은 건 아냐, 이건."

"그런가?"

"자네는 이번 사건에 대해 어떻게 생각하지? 누군가가 고의로 저지른 일인지, 돌발적인 사고인지, 어느 쪽이야?"

"그걸 모르니까 자네에게 의논하는 거 아닌가."

구사나기는 얼굴을 찌푸리며 머리를 긁적이더니 진지한 표정으로 말했다.

"난 누군가가 계획적으로 저지른 일이라고 봐."

"근거는?"

"물론 가솔린이 든 석유통이지. 누가 재미로 갖다 두지는 않았을 거야. 그런 사고를 일으키려고 의도적으로 가져다 둔 게 아닐까."

"그건 나도 동감이야. 그렇다면 그다음이 문제 아닐까? 어떻게 그런 사고를 일으킬 수 있었는지 말이야. 한 가지는 단언할 수 있어. 아무런 흔적도 남기지 않고 석유통을 태워 버릴 정도의 플라스마를 임의의 장소에서 일으키는 것은 불가능하다는 것."

"그렇지만 아까 내게 플라스마를 보여 줬잖아."

"물론 이 현장을 통째로 전자레인지 안에 넣을 수 있다면 가능하겠지."

유가와는 단호한 어조로 그렇게 말했다.

"플라스마라고 보기 힘들어, 지금 단계에서는."

유가와는 오른손 검지를 세워 자신의 관자놀이를 쿡쿡 눌렀다.

"소년의 머리에서 불이 났다는 게 포인트가 아닐까 싶어. 석유통보다 먼저 불탔다는 거."

"그걸 믿는단 말이지."

"그건 사실일 거야."

"와우, 어떤 근거로 그런 말을 하는지 알고 싶은걸."

"만일 석유통이 먼저 불타기 시작했고 그 불꽃이 소년의 머리에 옮겨 붙었다면 소년의 머리가 먼저 탈 리 없어. 죽은 소년은 자판기 쪽을 보고 서 있었으니까. 그런데 목격한 소년들은 뒤통수가 먼저 타기 시작했다고 했어. 왜 얼굴 반대편부터 탔을까?"

헉, 구사나기는 저도 모르게 소리를 내고 말았다. 듣고 보니 이상하기 짝이 없다.

"나는 소년의 머리가 먼저 타고 나서 석유통이 탔다는 그 순서가 맞는다고 봐. 그리고 불이 난 이상 거기에 어떤 열이 가해졌을 테고. 그렇다면 어떤 열이 소년과 석유통으로 전해진 거지. 그러나 그 정도 열기라면 다른 소년들도 눈치챘을 거야. 그런데 자네 이야기를 들어 보면 그들은 석유통의 가솔린이 타기 전까지 뜨거운 열기를 느끼지 못한 것 같아."

"그건 그래."

"어떻게 그런 국소적인 가열이 가능했을까……."

유가와는 왼손을 허리에, 그리고 오른손을 턱에 대고 생각에 잠겼다.

"데이토 대학의 정예 조교수도 항복이란 말인가?"

"한 가지 생각해 볼 만한 게 있긴 하지만,"

그렇게 말하고 유가와는 현장에서 곧장 남쪽으로 뻗은 길을 바라보았다. 그러더니 금방 고개를 저었다.

"설마…….'

"뭔데? 떠오른 거라도 있어?"

"아냐, 지금 자네한테 말해 봤자 소용없는 일이지. 어디 커피숍에라도 가지. 커피 마시면서 천천히 생각을 정리해 보고 싶어."

"그거 좋지. 뭐든 선생님 말씀대로 따르지요."

구사나기는 호주머니를 더듬어 키를 찾으며 스카이라인 쪽으로 걸어갔다.

차에 올라탄 후 유가와가 말했다.

"커피숍에 가기 전에 잠시 이 부근에서 천천히 몰아 봐. 동네 분위기라도 한번 보게."

"이 동네 분위기도 참고가 돼?"

"그런 경우도 있으니까."

흠, 하고 고개를 끄덕이고 나서 구사나기는 차를 몰았다. 유가와의 요청대로 스피드를 낮춰 달렸다. 그곳은 민가나 작은 가게가 늘어서 있을 뿐, 평범하기 짝이 없는 도로변이었다.

"만일 어떤 인물이 이번 사건을 고의로 일으켰다면,"

조수석에서 유가와가 말했다.

"대체 무엇을 노렸을까? 살인일까?"

"아무래도 그럴 가능성이 크겠지. 실제로 한 사람이 죽었으니까."

"그럼 야마시타 료스케라는 소년을 노린 범행이란 건가?"

"그 친구 하나만을 노렸는지 어쨌는지는 몰라. 혹시 그들 전부를 노렸는데 우연히 야마시타만 죽었는지도 모르고."

"소년들은 늘 그곳에서 모였대?"

"거기에 대해서는 증인들이 그렇다고 말했어. 목, 금, 토요일 밤이면 반드시 그곳에서 모였다고 말이야."

그렇게 말하면서 구사나기는 증인이라기보다는 피해자라고 해야 맞을지도 모르겠다고 생각했다.

"사건은 금요일 밤이었지?"

유가와가 물었다.

"응, 그날이야."

구사나기가 근처 주민들에게 들은 바로는 소년들에 대한 평판이 별로였다. 차량 통행이 많지 않은 것을 빌미로 심야에도 오토바이를 타고 거리를 누비면서 큰 소리로 떠들기도 하고 쓰레기까지 마구 버리고 간다고 했다.

그래서 그런 안하무인격 행태에 화가 치민 주민 가운데 누군가가 그들에게 제재를 가하려고 이번 사건을 일으켰을 가능성도 충분히 있다.

하긴 이번 사건이 범행이라 한들 그 내용에 대해서는 윤곽조차 잡지 못하고 있지만 말이다.

그런 생각을 하면서 그는 핸들을 요리조리 돌렸다. 한 블록 정도 지나 좁은 길로 들어서서 조금 가다가 모퉁이에서 다시 꺾어드는 식으로. 그러나 어느 골목이건 풍경은 비슷했다. 자그만 단독 주택이나 연립 주택이 늘어서 있을 뿐이었다. 때로 덩치가 큰 건물이 나오기도 했지만 그건 거의 소규모 공장이었다. 이 부근에는 대기업의 말단 하청 공장이 몇 군데 있었다.

이윽고 구사나기의 차는 원래 자리로 돌아왔다.

그는 유가와에게 물었다.

"또 보고 싶은 곳은?"

"아냐, 됐어. 이제 커피나 마시러 가."

"오케이."

사건 현장에서 곧장 남쪽으로 뻗은 도로로 들어서려고 할 때였다. 안면이 있는 여자애가 길가에 서 있었다. 사건이 일어났던 날, 길에서 넘어진 것을 구사나기가 일으켜 주었던 그 소녀였다. 오늘도 그날과 똑같은 빨간 운동복을 입고 있었다. 그리고 그날처럼 멍하니 위를 올려다보고 있었다.

"저 애…… 저러다 또 넘어지지."

옆을 지나치면서 구사나기가 말했다.

"아는 애야?"

유가와가 물었다. 퉁명스러운 말투였다. 이 사내가 옛날부터 어린애를 싫어한다는 사실을 구사나기는 떠올렸다.

"아는 애는 아냐. 사건이 일어났던 날 밤에 넘어진 걸 일으켜 주었지."

"뭐야, 그런 거였어?"

"자네는 여전히 어린애를 싫어하는군."

힐끗 곁눈질을 하며 구사나기가 말했다.

"어린애는 논리적이지 않으니까. 논리를 모르는 상대는 정신적으로 피곤해."

"그러다가는 여자를 못 사귀지."

"논리적인 여자도 많아. 적어도 비논리적인 남자와 같은 정도로 존재해."

구사나기는 쓴웃음을 짓고 말았다. 완고한 성격도 학생 시절 그대로다.

"아까 그 애, 뭘 찾는 것 같던데? 풍선이라도 찾는 건가?"

"저 애, 지난번에도 저랬어. 그러다 넘어졌지."

"저런."

"아, 뭐라고 했더라…… 분명히 빨간 실……이라고 했던 것 같은데."

"뭐라고?"

"빨간 실을 봤다던가, 뭐라던가? 확실치는 않지만 말이야."

그때였다. 유가와가 사이드 브레이크 레버를 잡아당겼다. 그러자 속도가 떨어지면서 차체가 좌우로 심하게 흔들렸다.

구사나기는 서둘러 브레이크를 밟고 차를 세웠다.

"왜 그래?"

"빨리 돌아가."

"응?"

"돌아가, 빨리. 아까 그 애한테로."

"그 여자애한테로? 갑자기 왜?"

그러자 유가와는 세차게 고개를 저었다.

"지금 그걸 설명할 여유도 없고, 설명해 봤자 이해하지도 못해. 어쨌든 빨리 돌아가."

구사나기에게 생각할 여유조차 주지 않는 강렬한 어투였다. 구사나기는 브레이크 페달에서 발을 떼자마자 핸들을 돌렸다.

아까 그 자리로 돌아와 보니 소녀는 여전히 위를 바라보며 우두커니 서 있었다.

"저 애랑 이야기 좀 해 봐야겠어." 하고 유가와가 말했다.

"무슨 이야기?"

"물론 빨간 실에 대해."

구사나기는 친구의 얼굴을 돌아보았다. 유가와가 쓸데없는 일로 서두는 것 같지는 않았다.

차를 세우고 구사나기는 어린 소녀에게 다가갔다. 유가와가 그 뒤를 따랐다.

"안녕."

구사나기가 여자애를 불렀다.

"무릎은 다 나았니?"

처음에는 경계하는 듯한 태도를 보이다가 소녀는 구사나기를 알아보고 안심하는 것 같았다. 이윽고 표정을 누그러뜨리더니 고개를 살짝 끄덕였다.

"뭘 보고 있니? 요전에도 하늘을 보고 있었지?"

그렇게 말하면서 구사나기도 하늘을 올려다보았다.

"저 위가 아냐. 바로 저기야."

소녀가 손가락으로 위를 가리켰다. 어느 부근을 말하는지 구사나기는 알 수 없었다.

"뭐가 보이니?"

구사나기가 여자애에게 다시 물었다.

"빨간 실이 보여."

"빨간 실?"

역시 잘못 들었던 게 아니었다. 구사나기는 눈을 가늘게 뜨고 소녀가 가리키는 허공의 한 부분을 바라보았지만 아무것도 보이지 않았다.

"안 보이는걸."

"응, 없어져 버렸어."

여자애가 애석한 듯이 말했다.

"요전에는 보였는데."

"요전에?"

"응, 불난 날 밤."

"불난 날……."

구사나기는 유가와 쪽을 바라보았다. 물리학자는 팔짱을 끼고 미간에 주름을 잡은 채 소녀의 얼굴을 바라보고 있었다. 그런 표정으로 바라보면 어린애가 겁먹지 않겠느냐고 구사나기는 주의를 주고 싶었다.

그때, 바로 옆집의 문이 열렸다. 그 문에서 그날 만났던 소녀의 어머니가 나타났다. 그녀는 자신의 딸과 친밀하게 이야기를 나누는 남자를 보고 의아하다는 표정을 지었다.

"안녕하세요."

구사나기는 가볍게 고개를 숙였다.

"무릎은 다 나은 것 같네요."

그 한마디에 기억이 떠오른 듯 그녀가 얼굴에 미소를 지었다.

"아, 그때는 정말 고마웠습니다."

그리고 정중하게 고개를 숙였다.

"저, 이 애에게 무슨 용건이라도?"

"아, 방금 재미있는 이야기를 들어서요. 빨간 실을 보았다고 말이죠."

"아……."

여자는 당혹스럽다는 표정을 지었다.

"애가 이상한 말을 자꾸 하네요. 그런 게 보일 리 없는데 말이지요."

"무슨 말인데요?"

"아뇨, 정말 사소한 거예요. 지난주…… 그러니까 그게 언제였더라."

"금요일 아닌가요?"

구사나기가 말했다.

"불이 났던 날 밤이니까 금요일이겠지요."

"아, 그래요. 분명히 그날이었어요. 밤 11시쯤이었던 것 같아요. 우리 애가 갑자기 바깥으로 나가더니 빨간 실이 보인다는 거예요."

"이층 창에서 그게 보였다니까."

소녀가 옆에서 말참견을 했다.

"그래서 바깥으로 나갔더니 거기서도 보였단 말이야."

"어느 쪽에서 보였는데?"

"그러니까……, 저 아저씨 머리 정도에서."

소녀는 유가와의 얼굴을 손가락으로 가리켰다.

유가와는 불쾌하다는 듯 살짝 미간을 찌푸렸다.

"빨간 실이 어떻게 걸려 있었지?" 하고 구사나기가 물었다.

"팽팽하게 똑바로."

"똑바로?"

"길을 따라서 똑바로 뻗어 있더라는 거예요."

여자가 보충 설명을 했다.

"어머니께서도 그걸 보셨나요?"

여자는 고개를 저었다.

"얘가 하도 그러기에 바깥으로 나가 보았지만 그런 건 보이지 않았어요."

"아냐, 있었다니까."

여자애는 입을 비죽 내밀었다.

"엄마가 나왔을 때도 그대로 있었다니까."

"엄마 눈에는 아무것도 안 보이던걸, 뭐."

"저기 있다고 내가 가르쳐 주었는데도 안 보인다고 했어. 그러다 정말로 없어져 버렸다니까."

"세상에 그런 말이 어디 있니."

그런 대화가 몇 번이나 반복된 듯 여자는 거의 지친 표정이었다.

유가와가 슬그머니 구사나기 뒤에 섰다. 그리고 귓가에 대고 중얼거리듯 말했다.

"그게 정말로 실이었을까?"

자신의 입으로 어린애에게 묻기가 싫은 것 같았다.

"그게 정말로 실이었니?"

구사나기가 소녀에게 물었다.

"몰라요. 하지만 아주 가느다란 게 팽팽하게 죽 뻗어 나갔어."

유가와가 다시 속삭였다.

"그걸 만졌는지 물어봐."

"만져 보았니?"

"아니, 손이 안 닿았는걸."

구사나기는 유가와 쪽을 돌아보았다. 달리 물어볼 게 있느냐는 뜻이었다.

"이 근처에서 그걸 본 사람이 또 있느냐고 물어봐."

구사나기는 시키는 대로 여자에게 물어보았다.

"이웃 사람들에게 물어보지는 않았어요. 그것도 그럴 것이 제게도 안 보였으니까요. 아마, 이 아이의 착각인 것 같아요."

"아냐, 아니라니까."

여자애는 울상을 지으며 말했다.

이런 데서 어린애 울음소리를 듣고 싶지 않다는 듯 유가와가 구사나기의 소매를 끌어당겼다. 구사나기는 여자에게 가볍게 고개를 숙이고 그 자리를 떠났다.

차로 돌아오는 동안 유가와는 말이 없었다. 빨간 실의 정체에 대해 생각하고 있을 것이다. 그는 그 이야기의 어디에 흥미를 느끼는 것일까. 애당초 빨간 실 자체에 대해 구사나기는 도무지 짐작도 할 수 없었다. 어쨌든 지금 그가 할 수 있는 일이라고는 유가와의 사색을 방해하지 않는 것뿐이다.

구사나기의 애차는 다행히 주차 위반 딱지도 붙이지 않은 채 아까 그 자리에 서 있었다. 그는 키를 꺼내 들고 운전석 문을 열었다. 그러나 유가와는 차로 다가오려 하지 않았다.

"미안하지만 먼저 가. 난 산책이라도 할까 싶어."

"기다려도 되는데. 혹시 내가 있으면 방해가 되나?"

"좀 그래. 혼자 걷고 싶어."

유가와의 어투가 단호했다. 이 사내가 이런 투로 나올 때는 어떤 말을 해도 소용없다는 것을 구사나기는 10년도 더 전부터 잘 알고 있었다.

"그럼 어쩔 수 없지, 뭐. 연락 기다릴게."

"응."

구사나기는 스카이라인에 올라 시동을 걸고 출발했다. 백미러로 뒤를 살펴보니 유가와가 아까 그 길로 들어서는 것이 보였다.

"빨간 실……이란 말이지."

중얼거려 보았지만 아무런 영감도 떠오르지 않았다.

5

"……그것은 폭풍이 오기 전과 비슷했다. 우선 뭔가를 애타게 기다리는 듯한 정적이 흐르고, 그다음에는 기후가 갑자기 변하면서 짙은 그림자가 깔리더니 공기가 무겁게 짓누르기 시작했다. 그 변화가 당신의 귀를 짓눌러, 다가올 폭풍을 기다리는 시간 속에서 당신은 어쩔 줄 모른다."

그는 책에서 눈길을 떼고 한숨을 내쉬었다.

읽히지가 않는다. 집중이 안 된다. 다른 생각만 난다. 그 다른 생각이란 오로지 그것이다.

그는 창가에 서서 커튼을 젖혔다. 그날 밤 일이, 그 참극이 뇌리에 되살아났다.

타올랐다, 너무도 완벽하게.

그 정도일 줄은 꿈에도 생각하지 못했다. 눈앞에서 일어난 일이 비현실적으로 느껴졌다. 그러나 그것은 엄연한 현실이었다.

그는 눈을 감았다. 그날 밤 이후로 거리는 고요를 되찾았다. 그러나 아이러니하게도 지금의 그는 이 고요를 참기 힘들다. 깊은 밤, 방에 혼자 있으면 바닥 모를 심연으로 떨어져 내리는 듯한 고독과 공포에 사로잡히고 만다.

그는 문득 무슨 생각이 떠올라 오디오 기기로 다가갔다. 스위치를 누르고 테이프를 갈아 끼운 다음 재생 버튼을 눌렀다.

스테레오에서 밝은 목소리가 들려왔다.

"오빠, 잘 지내요? 보내 준 거 잘 받았어요. 재미있는 소설책 많이 보내 줘서 고마워요. 오빠 덕분에 나도 소설을 좋아하게 되었어요. 지난번에 보내 준 퍼트리샤 콘웰의 검시관 시리즈를 보고 얼마나 가슴이 두근거렸는지 몰라요. 이번에 보내 준 책 가운데도 콘웰의 작품이 있는 것 같은데, 정말 기대돼요. 그렇지만 수면 부족에 시달리지는 않을지 조금 걱정되기도 해요. 오빠도 감기 조심해요. 엄마가 사흘 전에 고열이 나서 고생이 심했어요. 그렇지만 다 나았으니 걱정하지는 말고요. 나는 너무 건강해서 탈일 정도예요. 요즘 너무 많이 먹는다고 놀림을 받아요. 아랫배를 만져 보니 조금 살이 오른 것 같기도 해요. 그렇지만 이 정도는 괜찮지 않을까 싶네요. 이번에는 언제쯤 올 생각이에요? 돌아올 때는 편지 줘요. 일이 힘들겠지만, 파이팅! 하루코가 보냅니다."

여동생의 목소리는 그녀가 좋아하는 가수의 노래를 배경으로 흘러나왔다. 그는 그 배경 음악이 끝나기를 기다렸다가 스테레오의 스위치를 껐다. 조용한 밤의 어둠 속으로 눈길을 던지자 고향의 풍경이 생생하게 되살아났다. 여동생의 손을 잡고 산책하던 길, 이웃들이 늘 따스하게 말을 걸어오던 마을 분위기…… 이런 꼴을 당하려고 고향을 떠나온 건 아냐. 그는 속으로 중얼거렸다.

6

그 남자가 찾아온 것은 하루 일을 끝내고 전원 차단기를 내릴까 할 때였다. 남자가 언제 어디로 들어왔는지도 눈치채지 못했기에 "잠깐 실례합니다."라는 소리를 들었을 때 마에시마 가즈유키는 심장이 멈출 정도로 놀랐다.

남자는 대형 기계를 반입하는 데 사용하는 셔터 문 옆에 서 있었다. 키가 큰 데다 안경을 낀 탓인지 선이 가늘어 보였다. 그러나 자세히 보니 어깨가 떡하니 벌어진 데다 상의 소매 아래로 드러난 손바닥 근육도 팽팽했다.

무슨 일이냐고 묻는 대신에 마에시마는 경계심이 가득한 눈길로 바라보며 가볍게 고개를 끄덕였다. 그러자 남자가 고개를 숙였다.

이 공장에 낯선 사람이 찾아온 건 처음 있는 일이다. 경영자를 포함해서 단 세 명이 일하는 자그만 하청 업체이다. 사장은 오늘 고객과 약속이 있어서 일찍 외출하고 없다. 거기에다 동료 직원은 감기에 걸려 결근했다.

"일을 좀 부탁하려 하는데. 이곳이라면 정밀 공정이 가능하다고 해서."

남자의 목소리에는 감정이 배어 있지 않았다. 음침한 느낌이 들었다. 어떡할까, 마에시마는 생각했다. 이렇게 직접 찾아온 고객을 어떻게 대하면 좋을지, 여태껏 없던 일이라 적잖이 당황했다.

마에시마가 대답을 하지 않자 남자는 그를 바라보면서 가만히 서 있었다. 대답하지 않으면 절대로 돌아가지 않겠다는 결의가 감돌았다.

어쩔 수 없이 마에시마는 업무 일지를 들고 그 빈칸에다 '나는 언어 장애인입니다. 말을 못 합니다.'라고 적어서 남자에게 보여 주었다.

그러나 남자는 거기에 대해서는 아무런 반응을 보이지 않은 채 여전히 무심한 표정으로 이렇게 말했다.

"정식 발주는 나중에 할 생각일세. 오늘은 내가 원하는 대로 가공할 수 있는지 확인하러 왔을 뿐이야. 그러니까 작업은 자네가 직접 하는 건가?"

마에시마는 고개를 끄덕이고 손가락 두 개를 세워 보였다.

"아, 또 한 사람이 있군. 뭐, 아무래도 좋아. 자네가 있으면 되니까. 자, 그럼 기계 구경을 좀 해도 될까?"

마에시마는 고개를 끄덕였다. 사장이 때로 고객을 안내하는 것을 보았다. 게다가 남에게 보여서 곤란한 것도 없다.

남자는 묘하게 느린 발걸음으로 죽 늘어선 기계에 다가갔다.

"흠, 방전 가공기가 두 대에 와이어 커터가 두 대로군. 전부 M사 제품이고. NC(기계의 운전을 자동 제어하는 장치-옮긴이)도

붙어 있구면."

그 말을 듣고 마에시마는 서둘러 일지 뒤편에 휘갈겨 적어서 남자의 얼굴 앞으로 내밀었다. 남자는 소리 내어 그것을 읽었다.

"오래된 기종이라 복잡한 가공은 할 수 없습니다."

남자가 빙긋 웃는 것 같았다. 그런 식으로 겸손하면서도 은근히 거절하는 태도를 재미있다고 생각하는 것 같았다.

그러나 마에시마의 입장에서는 확실한 태도를 보여 나쁠 게 없었다. 무리해서 작업을 맡았다가는 결국 자신과 같은 기술자만 고생한다.

이 공장의 이름은 '도키다 제작소'이다. 도키다는 말할 것도 없이 사장의 이름이다. 여기 있는 기계는 모두 도키다 사장이 예전에 근무했던 중장비 메이커에서 싸게 산 것들이다. 벌써 내구연한이 지난 지도 오래다. 그래도 관리를 잘 한 덕에 부품 가공업자로서 도키다 제작소는 각 분야에 많은 고객을 두고 있었다.

"와이어는 0.4밀리미터까지로군."

와이어 커터를 들여다보며 남자가 말했다.

마에시마는 고개를 끄덕였다. 이 분야를 잘 아는 남자라고 내심 감탄하면서.

와이어 커터란 이른바 전기 에너지를 활용하는 실톱이다.

실톱은 날로 피공작물을 자르지만, 와이어 커터는 와이어에서 나오는 가느다란 방전 전류로 피공작물을 자른다. 방전 전류를 세밀하게 교차하면 마이크로 단위까지 정밀도를 높일 수 있다.

"이 가공은 어떨까? 가능할까?"

남자가 상의 호주머니에서 종이 한 장을 꺼냈다. 모눈종이 위에 거친 선으로 부품의 형태를 그려 놓은 것이었다. 그 가공 정밀도에 관한 지시 내용을 보아하니, 이 남자가 결코 아마추어가 아님을 알 수 있었다.

도면을 보면서 마에시마는 정말 작은 부품이라고 생각했다. 코너 부분의 조건이 꽤 까다로웠다. 그 뜻을 전하기 위해 도면 위의 그 부분을 가리키며 고개를 갸우뚱해 보였다.

"역시 그곳이 어렵겠지. 꼭 이대로가 아니더라도 가능한 수준까지 해 주면 돼."

남자는 실내를 힐끗힐끗 곁눈질하면서 벽을 따라 걸었다. 그리고 선반의 팰릿에 든 부품을 보더니 손으로 집어서 살펴보기 시작했다. 어떤 회사에서 주문받은, 자동차 부품의 시작품이었다.

마에시마는 바로 옆의 책상을 주먹으로 쳤다. 남자가 놀란 얼굴로 뒤를 돌아보았다.

마에시마는 팰릿을 가리키고 손으로 만지는 시늉을 한 다음,

두 손으로 가위표를 그렸다. 남자는 그의 말을 알아들었다.

"아, 실례. 금속 제품을 맨손으로 만지는 건 법도에 어긋나지. 염분 때문에 녹이 스니까."

남자는 손에 든 부품을 서둘러 제자리에 돌려놓았다.

"그거, 만들어 줄 수 있을까?"

마에시마는 도면의 몇 군데를 손가락으로 가리킨 다음 엄지와 검지를 눈앞으로 가져가서 3센티미터 정도의 간격을 만들었다.

"아, 그래. 그 부분의 조건을 조금만 느슨하게 해 준다면 할 수 있단 말이지. 흠."

예상한 바라는 듯, 남자는 고개를 끄덕였다.

"그럼 오늘은 이 정도로 하고 도면을 수정해서 내일 다시 와야겠군."

그게 좋겠다는 뜻을 담아 마에시마는 고개를 끄덕이고 남자에게 도면을 건넸다.

그러나 남자는 도면을 건네받은 다음에도 좀처럼 돌아가려 하지 않고 벽가에 세워 둔 가스봄베(가스를 넣는 원통형 용기-옮긴이)를 바라보았다. 거기에는 여러 가지 종류의 가스가 있다.

"한 가지 물어볼 게 있는데,"

마에시마의 시선을 느꼈는지 남자가 검지를 세우며 말했다.

마에시마는 긴장했다.

남자가 말했다.

"묘한 걸 묻는 것 같아 미안한데, 이런 방전 가공기나 와이어 커터를 사용하면서 어떤 특수한 현상이 일어난 적이 있었나?"

정말로 묘한 질문이었다. 마에시마는 고개를 갸웃할 수밖에 없었다.

"이를테면,"

남자가 오른손을 팔랑팔랑 흔들었다.

"플라스마가 발생했다든가."

마에시마는 저도 모르게 눈을 화들짝 뜨고 말았다.

"방전 현상과 플라스마는 밀접한 관계가 있지. 그래서 이런 질문을 하는 거네만."

마에시마는 일지 뒤편에 '하나야로(路)의 사고를 말하는 건가요?'라고 적어서 남자에게 보여 주었다.

"결론적으로는 그렇다고 해야겠지."

남자는 쓴웃음을 지었다. 그러고는 호주머니에 손을 넣어 이번에는 명함을 꺼냈다.

"이런 사람인데, 그 사건이 우리들 사이에서 화제가 되었거든."

명함을 보니, 남자는 모 대학의 물리학과 조교수인 듯했다. 마에시마는 조금 긴장했다.

"그래서 테스트 가공을 부탁하는 참에 참고가 될 만한 이야기라도 좀 들을 수 있을까 해서 묻는 거라네."

마에시마는 고개를 끄덕였다. 그리고 일지 뒤편에 이렇게 적었다.

'그런 것이 발생한 적은 한 번도 없습니다.'

"플라스마가 발생하지 않았다는 말인가?"

마에시마는 고개를 끄덕였다.

"그런가."

남자는 조금 실망한 표정이었다.

마에시마는 다시 적었다.

'역시 플라스마인가요?'

"글쎄, 우리는 그렇게 생각하는데 아직까지 확증은 없네."

마에시마는 무슨 말인지 모르겠다는 듯 고개를 갸웃해 보였다.

"플라스마는 같은 장소에서 발생하기 쉬운 성질을 가졌지. 그 부근에서 똑같은 현상이 일어난다면 분명히 그거라고 단정할 수 있을 텐데 말이야."

남자는 가스봄베의 꼭지를 두드리며 그렇게 말하고는 마에시마 쪽을 돌아보았다.

"일을 방해해서 미안하네. 그럼 정밀도에 대해 좀 더 검토해 보고 다시 오겠네."

기다리겠다는 뜻을 담아서 마에시마는 고개를 숙였다. 자신을 평범한 사람처럼 대해 주는 그 남자의 태도가 정말 기분 좋았다.

물리학과 조교수는 한 손을 들어 보이고는 셔터 옆의 문으로 빠져나갔다.

7

도키다 제작소를 나선 유가와는 일단 구사나기의 차를 지나쳤다가 주변을 둘러보고 아무도 없는 것을 확인한 다음에야 조수석에 올라탔다.

"어때? 뭔가 짚이는 게 있어?"

구사나기가 물었다.

"모르겠어. 그래도 일단 시동은 걸어 놓은 셈이지."

"뭐야, 사람 맥 빠지게."

그러면서 구사나기는 차를 서서히 움직였다. 이 부근에서 우물쭈물하다가 마에시마에게 들키기라도 하면 곤란하다.

"사람이란 늘 앞뒤가 맞게 행동하지만은 않아. 오히려 그렇지 않은 경우가 더 많지."

"하긴 그래. 그런데 왜 공장을 주목한 거지? 그 괴현상의 실체를 알았으면 설명이나 좀 해 줘."

"그건 내가 설명하는 것보다 자네가 두 눈으로 직접 보는 게 좋을 거야. 백 번 듣는 것이 한 번 보는 것만 못하다는 말도 있잖아."

구사나기가 혀를 찼다.

"너무 재는 거 아냐?"

"너무 안달하지 마. 내 가설이 맞는다면 아마도 머지않아 똑같은 현상을 한 번 더 보게 될 테니까. 그때 가서 내가 그 공장을 주목한 이유를 설명해 주지."

유가와는 자신만만한 어투로 말했다.

구사나기는 입을 비죽대면서 사람 애간장깨나 태운다고 투덜댔다.

같이 가 줘야겠다며 유가와가 전화를 걸어온 것은 오늘 점심때가 막 지나서였다. 그래서 같이 간 곳이 바로 도키다 제작소다.

도키다 제작소는 이번 사건 현장과 가깝다. 현장에서 20미터 정도 떨어진 곳의 좁은 골목길을 왼쪽으로 굽어들어 막다른 곳에 있는 공장이다. 골목길 입구에서 정면으로 공장의 창문이 보였다.

이 장소를 기억해 두라고 유가와는 말했다.

"얼마 후에 예의 그 괴현상이 일어날 테니까 말이야. 그때는 곧바로 이곳을 조사해야 해."

"그런 현상이 일어날 것을 어떻게 알아?"

구사나기가 묻자, 유가와는 무덤덤하게 웃으며 대답했다.

"그런 현상이 일어나게끔 장치를 해 둘 거니까."

"장치?"

"나랑 함께 있다 보면 자연히 알게 돼. 다만, 자네가 형사라는 사실을 눈치채게 해선 절대로 안 돼."

그렇게 해서 둘은 공장으로 향했던 것이다. 그런데 공장 바로 앞까지 와서 구사나기가 잽싸게 몸을 숨겼다. 공장 안에 있는 사람이 바로 얼마 전에 탐문 조사를 했던 그 언어 장애인 청년이었기 때문이다.

"그렇다면 그가 현장에서 가까운 곳에 산다는 말인가?"

일단 차로 돌아온 후 유가와가 물었다.

"아주 가깝지. 창을 열면 바로 왼쪽 아래가 현장이니까."

"그런가."

유가와는 고개를 끄덕이더니 문을 열었다.

"어디 가는데?"

"나 혼자 갈게. 자네가 같이 있으면 곤란하니까."

"혼자서 뭘 하려고?"

"장치를 한다고 했잖나."

한쪽 볼을 비틀어 웃으며 유가와는 차에서 내렸다.

핸들을 잡은 손에 힘이 들어갔다. 유가와가 어떤 추리 과정을 거쳐서, 어떤 근거로 그런 현상이 다시 일어날 것이라고 예견하는지, 구사나기는 도무지 짐작이 가지 않았다. 그러나 그가 시키는 대로 하는 것만이 지금으로서는 최선임을 알고 있었다.

문제의 T자형 도로에서 제2의 괴사건이 일어난 것은 유가와가 예견한 지 사흘째 되는 날의 일이었다.

그 현상은 지난번 사건 때와 너무도 흡사했다. 자판기 옆에 놓여 있던 종이 상자가 갑자기 타오르기 시작한 것이다. 그러나 이번에는 피해자가 없었다.

단, 목격자는 있었다. 사흘 전부터 현장에 잠복하고 있던 형사, 구사나기였다.

구사나기는 처음에는 대체 무슨 일인지 몰라 어리둥절했지만, 그것이 바로 그 괴현상이라는 사실을 깨닫고는 곧바로 공장으로 달려갔다.

그리고 그것을 발견했다. 물론 그 단계에서 구사나기는 그것이 무엇인지 몰랐다. 다만, 괴현상과 어떤 관련성이 있다는 확신을 가지게 하는 것이었다.

구사나기는 발길을 돌려 그 연립 주택 앞으로 돌아왔다. 그 순간 205호에서 남자 하나가 나오는 것이 보였다. 구사나기는 몸을 숨겼다. 남자는 구사나기가 걸어온 바로 그 방향으로 걸어갔다.

구사나기는 그 뒤를 따랐다. 물론 목적지가 어딘지 알고 있었다.

남자는 도키다 제작소로 들어가서 범행의 증거물을 감추려 했다. 바로 그때 구사나기가 말을 걸었다.

순간, 청년은 뻣뻣하게 서더니 그 자세로 천천히 돌아섰다.

새파랗게 질린 얼굴에 눈은 빨갛게 충혈되어 있었다.

"자네가……."

구사나기는 한숨을 내쉬었다.

그 청년은 마에시마 가즈유키가 아니라 가네모리 다쓰오였다. 연립 주택 105호에 사는 청년.

이건 유가와도 예상하지 못했을 것이라고 구사나기는 생각했다.

8

인스턴트커피가 담긴 머그컵은 여전히 지저분했다. 그러나 이 사내와 앞으로도 계속 만나려면 이런 컵에도 익숙해져야 한다고 구사나기는 생각했다.

"그게 레이저 광선일 줄이야."

컵을 내려놓고 그는 한숨을 내쉬었다.

"정확히 말하면 탄산가스 레이저야."

그러면서 유가와는 고개를 끄덕였다.

"응? 레이저에도 종류가 있어?"

"그럼. 대표적인 것이 탄산가스 레이저, YAG 레이저, 글라스 레이저야."

"레이저라는 말은 자주 들어 봤지만 그게 이렇게 가까이 있을 줄은 몰랐는걸."

"CD 플레이어에 사용하는 것인데, 사람을 태울 정도의 레이저 광선이라면 SF 영화에서나 볼 수 있을 것이라고 생각할 거야, 일반적으로."

"레이저 총 말이군. 그렇지만 그 공장에서 본 물건은 전혀 총처럼 보이지 않았어."

도키다 제작소에 있던 레이저 장치는 트럭 한 대 정도 크기의 상자였다. 사장은 이전에 그가 일했던 회사에서 싸게 산 것이라고 했다. 덕분에 동판을 절단하고 용접하는 일을 하청받을 수 있다는 것이다.

"출력이 큰 레이저 광선을 만들려면 탄산가스를 포함하는 레이저 가스를 고속으로 움직일 수 있어야 하고, 고전압 방전을 안정적으로 일으킬 수 있어야 해. 장치가 커질 수밖에 없지. 그렇게 큰 레이저 장치라도 겨우 몇 밀리미터짜리 철판을 자르는 게 고작이야."

"제임스 본드는 권총 크기만 한 레이저 총으로 장갑차를 잘라 버리던데."

"그건 앞으로 백 년이 지나도 어려워."

유가와는 단호하게 말했다.

"그건 그렇다 치고,"

구사나기는 팔짱을 낀 채 옛날의 배드민턴 동료를 노려보았다.

"언제 그걸 눈치챘지?"

"뭘?"

"레이저라는 거 말이야. 꽤 이른 단계에서 눈치를 챈 것 같던데."

"아, 그거……."

유가와는 입을 반쯤 벌렸다.

"소년의 뒤통수에 먼저 불이 붙었다는 말을 듣고 레이저일 가능성을 상상해 보긴 했지만, 확신을 가지게 된 것은 빨간 실을 보았다는 말을 듣고 나서야."

"그러잖아도 그게 궁금했는데, 도대체 그 빨간 실의 정체는 뭐야?"

"그거, 별것 아냐. 헬륨 네온 레이저야."

유가와의 대답에 구사나기는 지겹다는 표정을 지었다.

"또 레이저인가."

"그런 표정 짓지 마. 우리가 많이 보는 거니까. 가수가 콘서트에서 사용하는 레이저 광선이랑 같은 거야."

"그런 게 왜 거기서 비쳤어?"

"레이저 장치라는 건 빛의 경로를 조정하는 것이 중요해. 그렇게 하지 않으면 목적하는 출력을 내기가 불가능하고, 무엇보다도 어디로 어떻게 레이저 광선이 발사될지 알 수 없게 돼. 그것을 조정하는 데 고출력 레이저 광선을 사용하지는 않아. 너무 위험하니까 말이야. 그래서 조정할 때는 아무 해가 없는 레이저를 사용하지. 그것이 헬륨 네온 레이저라는 거야."

"그렇다면 그때 공중에서 빨간 실 같은 게 보였다는 것은……."

"범인이 탄산가스 레이저 광선의 경로를 조정하기 위해서 시험적으로 헬륨 네온 레이저를 쏘았을 것이라는 추측이 가능하지. 그렇다면 그 부근에 레이저 장치가 반드시 있을 거라고 보고 걸어서 주변을 살펴본 거야. 그랬더니 바로 그 공장이 나오더군. 내가 살펴본 방에는 레이저 장치가 없었지만, 레이저로 절단한 게 분명한 부품이 팔릿에 있었거든. 그 절단면에 가느다란 주름이 들어가 있었어. 그리고 그곳에는 레이저를 일으키는 데 필요한 탄산가스나 헬륨, 질소 봄베도 있었지. 그래서 다른 방에 탄산가스 레이저 장치가 있을 것이라고 바로 짐작했지."

공장은 예의 T자형 도로에서 한 블록 떨어진 곳의 골목길을 왼쪽으로 굽어들어 막다른 곳에 위치해 있었다. 두 번째 괴현상이 일어난 직후 구사나기가 달려갔을 때, 창이 열려 있었고 레이저 장치가 정면에 놓여 있었다.

"그렇지만 레이저란 직선으로 뻗어 나가는 거 아닌가?"

"그래서 거울을 사용한 거야. 아마도 공장에서 일직선으로 레이저를 쏘면 첫 번째 모퉁이 전신주에 명중하지 않을까? 바로 거기에 금으로 코팅한 전용 거울을 매달아서 위치를 조절하면 그 T자형 도로 쪽으로 광선을 보낼 수 있어. 금은 레이저를 백 퍼센트 가까이 반사하는 성질을 가졌으니까."

"그걸 조절하는 데 헬륨 네온 레이저를 사용했다는 말이군."

"바로 그거야."

"그렇지만 보였다가 안 보였다가 한 건 왜일까?"

"기본적으로 레이저는 육안으로는 안 보여. 하지만 어떤 물체에 닿으면 반사 광선이 보이지. 헬륨 네온 레이저의 경우는 허공에 연기 같은 게 있으면 빨간 선으로 나타나. 여자아이가 본 것은 아마도 레이저 광선이 우연히 먼지 같은 데 닿았기 때문일 거야."

"흠."

구사나기는 머리를 긁적거렸다. 알 것 같기도 하고 모를 것 같기도 한 묘한 기분이었다.

"그러나 다른 직원이 범인이었다니 예상 밖이야. 나는 마에시마가 범인일 것이라고 확신했는데 말이야. 그가 현장 가까이 살고 있다는 말을 자네에게 들었으니까."

"범인 역시 같은 연립 주택에 살고 있어."

그가 바로 가네모리였다. 왜 처음에 만났을 때 두 사람에게 근무처를 물어보지 않았는지, 구사나기는 후회스러웠다.

다행히 마에시마가 유가와에게 들은 내용을 가네모리에게 전했기 때문에 스스로 올가미에 걸려들었지만, 조금만 어긋났더라면 유가와의 함정도 아무 소용이 없을 뻔했다.

"그런데 도무지 알 수 없는 게 있어."

유가와가 말했다. 그 말을 듣고 구사나기는 저도 모르게 빙긋 웃고 말았다.

"왜 두 사람의 방이 바뀌었냔 말이지?"

"바로 그거야. 원래는 일층이 가네모리, 이층이 마에시마라면서? 그런데 그때는 그게 반대로 되어 있었잖아."

"그랬지."

사건이 일어났을 때 어디 있었느냐고 구사나기가 물었을 때, 마에시마는 바닥을 가리켰다. 구사나기는 그것을 그 방에 있었다는 의미로 받아들였다. 그러나 그것은 아래층에 있었음을 의미하는 몸짓이었다.

"이유가 뭐야? 이층에서 현장이 잘 내려다보이니까 범행을 실행한 날에 적당한 이유를 붙여서 가네모리가 마에시마의 방을 빌린 건가?"

"아냐, 그 둘은 자주 방을 바꿔 썼다고 봐야 해."

"무엇 때문에?"

"아마 그것이 이번 범행의 동기였겠지."

구사나기는 일부러 천천히 커피를 마셨다. 가끔은 약을 좀 올릴 필요가 있었다.

애당초 이번 사건의 동기는 가네모리의 목소리 자원 봉사 활동이었다.

그것은 눈이 불편한 사람을 위해 책을 낭독하여 녹음하는 일이었다. 하고 싶다고 누구나 할 수 있는 일이 아니라 전문적인 훈련이 필요했다. 가네모리도 본격적으로 녹음하게 되기까지 반년 동안 학원에 다녀야 했다.

"가네모리의 여동생이 눈이 불편해. 그래서 그런 일을 하려고 마음먹은 거지. 그러나 훈련을 받았다고 해서 간단히 되는 일이 아니었어. 놀랍게도 전용 기기라는 게 없어서 대체로 자원 봉사자 개인이 준비한다는군. 일반적인 녹음기면 충분하지만 마이크만은 특수한 거라야 해. 가네모리도 전용 마이크를 구입했어."

"마이크만은? ……아, 그렇지."

유가와는 고개를 끄덕였다. 모든 걸 이해했다는 표정이었다.

"그래. 가네모리는 녹음할 때 마에시마의 오디오 기기를 사용했다고 해. 그럴 때마다 마에시마는 가네모리의 방으로 갔고."

마에시마는 자신이 장애가 있었기에 가네모리에게 협력하고 싶었을 것이다. 그는 가네모리의 방에서 텔레비전을 볼 때 이어폰을 끼었다고 했다. 혹시나 녹음 작업에 잡음이 들어가지 않게 하려는 배려에서였다.

"그리고 또 하나, 가네모리가 마에시마의 방을 사용하면 한 가지 장점이 있었어. 바로 수많은 책. 실제로 가네모리가 지금까지 녹음한 책의 대부분은 마에시마의 책이었어. 사건이 일어났던 날 밤, 『화성 연대기』라는 책을 읽고 있었는데, 그것도 마에시마의 책이야."

"목소리 자원 봉사를 하기에는 안성맞춤인 방이었군."

유가와의 말에 구사나기는 고개를 끄덕였다.

"그랬지, 놈들이 나타나기 전까지는."

"놈들……."

그 오토바이를 모는 젊은이들 때문에 최근에는 거의 녹음을 할 수 없었다고 가네모리는 말했다. 엔진소리까지 녹음되기 때문이었다.

"그게 화가 나서 죽이려고 했다는 말이지."

"아니, 죽일 생각까지는 없었나 봐. 석유통에 불을 붙여 놀래 줄 마음이었을 뿐이라고."

"그랬는데 석유통 앞에 사람이 서 있는 바람에, 레이저 광선이 뒤통수에 명중해서 그런 사태가 벌어지고 말았다……."

"뇌의 연수가 타서 아마도 야마시타 료스케는 즉사했을 것이라고 해."

구사나기는 의사에게 들은 말을 전했다.

"야마시타가 쓰러진 후에야 레이저는 계획한 대로 석유통을 태웠단 말이지."

유가와는 안경을 손가락 끝으로 밀어 올렸다.

"가네모리는 원격 조작으로 레이저 장치를 움직였을까?"

"전화를 사용한 모양이야. 레이저 장치는 컴퓨터로 제어하게 되어 있는데, 전화의 키를 일정 패턴으로 누르면 전화 회선에 연결된 컴퓨터가 작동하도록 프로그램을 조작해 둔 거지."

수첩을 보면서 구사나기가 말했다. 그러나 구사나기는 말을 하면서도 자신이 무슨 말을 하는지 잘 이해하지 못했다.

"그러려고 무선 전화기를 마에시마의 방으로 가지고 갔다는군. 마에시마의 방에는 전화기가 없으니까."

말로 의사를 전할 수 없는 마에시마에게 전화기란 짜증스런 물건에 지나지 않았다. 그에게 가장 좋은 의사 전달 수단은 삐삐였다.

"그래서 가네모리는 민첩하게 기기의 작동을 바꿀 수 없었던 거군. 광축에 사람이 서 있는 것을 알았을 때는 이미 늦었을 테니까."

"그 애도 참 안됐어."

구사나기는 절절한 목소리로 말했다.

"얼마 전까지는 소음 때문에 녹음을 제대로 하지 못했고, 사건 후에는 사람을 죽이고 말았다는 자책감 때문에 목소리가 떨려서 제대로 녹음하지 못했다니까."

"이해가 가."

"그 애가 경찰서로 연행될 때, 한 가지 나에게 부탁한 것이 있는데, 뭔지 알아?"

"뭔데?"

"동화 한 편만 녹음할 수 있게 해 달라는 거야. 지금이라면 목소리가 제대로 나올 것 같다면서."

"흠, 동화란 말이지."

두 사람은 잠시 침묵했다. 이윽고 유가와가 기지개를 켜면서 자리에서 일어섰다.

"인스턴트커피, 한잔 더 할까?"

"응."

구사나기는 그렇게 대답하고 머그컵을 내밀었다.

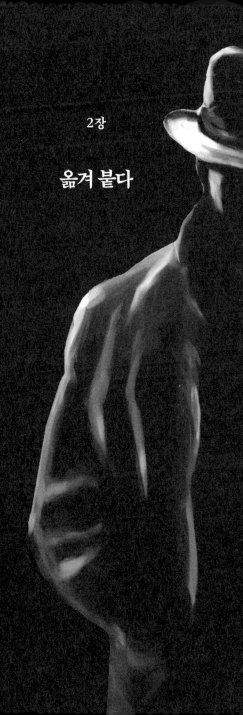

2장

옮겨 붙다

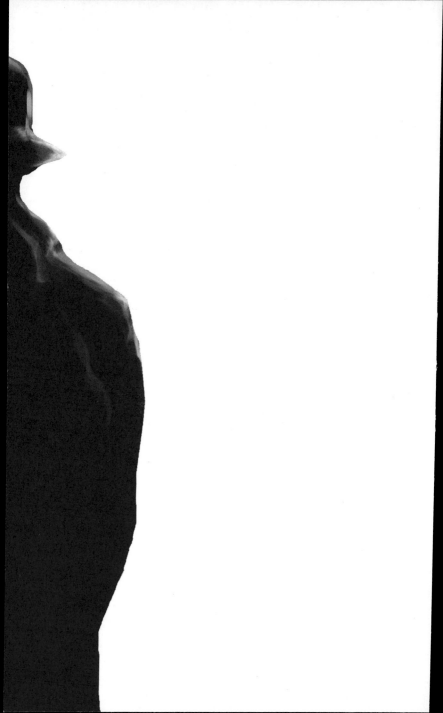

1

고개를 좌우로 흔들자 우두둑 소리가 났다. 같은 자세로 오래 앉아 있었던 탓이다.

후지모토 요시오는 꼼짝도 하지 않는 부표를 바라보다가, 바로 옆에서 하품을 하고 있는 야마나베 아키히코를 노려보았다.

"야, 야마나베, 너 이거 속은 거야. 이런 데서 잉어가 낚일 리 없잖아."

그러자 야마나베는 아까부터 조용하기만 한 수면으로 눈길을 돌린 채 고개를 갸우뚱했다.

"거참, 이상하네. 그렇지만 사이토의 집에서 분명히 보았다니까. 수조 속에 여기서 낚았다는 잉어가 있었어."

"그러니까 그게 다른 곳에서 낚은 거란 말이야. 사이토 자식이 속인 거야."

"그럴까?"

야마나베는 고개를 갸우뚱한 채 눈만 깜빡거렸다.

이 둘은 중학교 동급생이다. 어린 시절부터 이웃에 살며 같이 뛰어놀았고, 낚시라는 공통의 취미를 가지고 있다. 둘 다 아버지의 영향을 받은 것이다.

야마나베는 중심지에서 자전거로 20분 정도 거리에 있는 녹지 공원의 표주박처럼 생긴 연못에서 잉어를 낚았다는 말을 들었다. 1학년 때 같은 반이었던 사이토 코지에게서였다.

"거짓말, 그런 연못에 무슨 잉어가 산다고 그래?"

후지모토 요시오도 처음에는 그 말을 믿지 않았다.

"옛날에 거기서 어떤 사람이 양식을 했대. 그때 남은 것이거나 그 자손이 몇 마리 있다는 거야. 평소에는 잘 안 낚이지만 가을이 되면 겨울을 대비해서 많이 먹으려고 돌아다니니까 포인트만 잘 선택하면 낚인다고 했어."

이것이 야마나베의 설명이었다.

그래도 반신반의했지만, 완전 터무니없어 보이지 않는 데다 오랫동안 낚시를 하지 못한 터라 일요일에 약속을 해서 이렇게 표주박 연못을 찾은 것이다.

그러나 결과는 후지모토 요시오의 우려대로였다. 잉어는 고사하고 붕어 새끼 한 마리 보이지 않았다.

이런 연못에 그런 게 있을 리 없지, 요시오는 앞을 바라보며 한숨을 내쉬었다. 연못 자체도 눈 뜨고 볼 수 없을 만큼 처참했다.

연못은 학교의 수영장만 한 넓이였다. 가늘고 길면서 중간 부분이 잘록해서 표주박 연못이라고 부른다. 주위에 잡초가 무성하고 녹지 공원의 하이킹 코스에서 벗어난 곳이라 지역 주민 가운데서도 이 연못의 존재를 모르는 사람이 많았다. 옛날에는 여기에 소금쟁이며 물방개 등이 살았다고 하는데, 지금의 모습으로는 상상이 가지 않는다.

스티로폼이나 플라스틱 용기 같은 쓰레기가 먼저 눈에 띈다. 그런 것들이 수면 여기저기에 떠 있고 그것을 감싸 안듯이 회색 기름띠가 넓게 수면을 덮고 있다. 그리고 건축 폐자재나 기계 부품으로 보이는 금속 같은 것들이 연못 주변에 흩어져 있다.

코스에서 살짝 벗어난 사이클링족에게는 거대한 쓰레기장에 지나지 않고, 악질적인 인간에게는 대형 쓰레기 폐기장으로 더없이 좋은 곳이라고 후지모토는 생각했다.

후지모토는 낚싯줄을 걷어 올리고 낚시 용구를 정리하기 시작했다.

"여긴 안 돼. 돌아가."

"역시 아닌가."

야마나베는 아직도 미련을 떨치지 못하는 것 같았다.

"있을 리 없잖아. 이건 시간 낭비야. 여기서 시간을 죽일 바에는 집에서 게임이나 하는 게 나아."

"하긴 그래."

"그러니까 빨리 걷어."

후지모토는 서둘러 낚시 용구를 정리하고 자리에서 일어섰다.

"속은 걸까?"

"당연하지. 그걸 말이라고 해?"

그래도 야마나베는 미련이 남는지 뭐라고 구시렁거리며 수면을 바라보고 있었다. 바보 자식, 후지모토는 소리 내어 투덜거렸다.

그때였다.

"어?"

야마나베가 갑자기 달라진 어투로 말했다.

"뭐야, 저거?"

"뭐가?"

"저거 말이야. 봐, 저기서 빛나는 거. 오른쪽에 떠 있는 거."

야마나베의 손가락이 가리키는 쪽으로 후지모토의 시선이 닿았다. 한 30센티미터 크기로 평평한 뭔가가 빛을 반사하며 수면에 떠 있었다.

"냄비 같은 거 아냐?"

후지모토가 말했다.

"편의점에서 파는 냄비 우동 그릇 같은 거. 크기도 딱 그 정도잖아."

"글쎄, 저거, 좀 이상한데."

야마나베는 일어서서 청바지 엉덩이에 묻은 흙을 탁탁 털면서 연못가를 따라 걸었다. 손에는 낚싯대를 든 채.

후지모토는 지겹다는 표정을 지으며 그 뒤를 따랐다. 다른 놈한테 속아서 친구를 이런 데까지 데리고 온 게 미안해서 일부러 저러는 거라고 생각했다.

그 기묘한 물건이 또렷이 보이는 장소에 이르자 야마나베는 발길을 멈추었다. 그것은 연못가에서 2미터 정도 떨어진 곳에 우유 팩과 나란히 수면에 떠 있었다.

야마나베는 낚싯대로 그것을 앞으로 끌어당기기 시작했다. 이윽고 손이 닿는 곳까지 다가오자 그것이 무엇인지 후지모토도 알 수 있었다.

"뭐야, 이거……."

"봐, 우동 그릇이 아니잖아."

그러면서 야마나베는 그 기묘한 물건을 건져 올렸다.

2

무대에 올라간 네 명의 소녀를 보고 구사나기는 객석에서 눈을 동그랗게 떴다. 도무지 열서너 살로는 보이지 않았다. 화장을 두껍게 해서만은 아니었다. 각자의 얼굴에 맞춰 가장 어른스러우면서도 여성스럽게 보이도록 세련되게 마무리한 메이크업이었다. 게다가 의상도 대담했다. 놀랄 만큼 노출이 심한 그 의상이 뜻밖에도 여학생들의 몸과 잘 어울렸다. 번화가에서 이 아이들을 누가 여중생이라 여기고 지도하려 할까. 경찰인 그도 구별할 자신이 없었다.

격렬한 리듬의 음악이 흘러나오자 네 명의 소녀는 춤을 추기 시작했다. 그 무대 앞에서 구사나기는 새삼 압도당하고 말았다. 이곳이 중학교 체육관이란 사실을 한순간 잊어버릴 정도로.

"이 애들이 학교에는 왜 와? 혹시 물장사 배우러 오는 건 아닐 테지."

구사나기가 옆 자리에 앉은 모리시타 유리에게 말했다.

"이 정도로 놀라면 안 돼."

그의 누나가 무대를 바라보면서 그렇게 말했다.

"개중에는 선생을 유혹하는 애도 있으니까."

"아니, 정말이야?"

"미사가 그런 말을 한 적이 있어. 작년 졸업생 가운데는 선생 아이를 임신한 애도 있었다고."

너무 어이가 없어 할 말을 잃은 구사나기는 맥없이 고개만 가로저었다.

딸이 학교 축제 무대에 서니까 같이 가 보자고 누나가 부탁한 것은 어젯밤이다. 비디오카메라로 촬영하고 싶은데 다룰 줄을 모르니 대신 찍어 달라는 것이 진짜 이유였다. 오늘은 토요일이지만 매형이 급하게 출장을 가게 되었다는 것이다.

그래서 비디오카메라를 들고 누나와 같이 오긴 했는데, 체육관에 들어갈 때 입구에 걸린 간판을 보고 일차적으로 놀랐다. '댄스 선수권'이라 적혀 있었기 때문이다. 무대에 선다고 해서 무조건 연극을 하는 줄로만 여겼던 것이다.

"봐, 다음이 미사 차례야."

유리가 손가락으로 무릎을 쿡 찌르자 구사나기는 반사적으로 카메라를 들었다.

사회자의 소개가 끝나고 나서 다섯 명의 소녀가 나타났다. 카메라 렌즈 너머로 보이는 소녀들의 모습에 구사나기의 입이 쩍 벌어졌다. 소녀들은 새빨간 차이나 드레스를 입고 있었다. 그것도 허리 바로 아래까지 슬릿이 든 것을.

체육관 여기저기서 휘파람 소리가 들려왔다.

"요즘 여자애들은 다들 저래."

체육관을 나서면서 유리가 말했다.

"매형의 고뇌가 눈에 선해."

"지금은 익숙해진 것 같아. 얼마 전까지만 해도 매일 부녀가 싸움질이었다니까."

"그것참, 고생이 많으셔."

후후후, 누나는 웃었다. 엄마 입장에서는 딸의 그런 모습이 그리 싫지만은 않은 것 같았다.

"미사를 불러올 테니까 같이 식사라도 하지 않을래? 오늘 노동을 해 줬으니까 내가 살게. 이 주변에는 패밀리 레스토랑밖에 없지만."

"그거 좋지."

"자, 그럼 이 부근에서 잠깐만 기다려."

다시 체육관 쪽으로 걸어가는 누나의 뒷모습을 보다가 구사나기는 바로 옆의 검도장으로 눈길을 돌렸다. 거기에는 '이상한 박물관'이라는 간판이 붙어 있었다.

시간도 보낼 겸 해서 그는 그 입구 쪽으로 발길을 돌렸다.

지겹다는 표정으로 앉아 있는 안내원 앞을 지나 안으로 들어서자 정말로 이상한 것들만 쭉 진열되어 있었다. '고시엔 흙을 구워서 만든 벽돌'에는 자그맣고 동그란 구멍이 뚫려 있었는데, 그 밑에 '굿바이 홈런을 맞아 패배한 팀의 눈물이 구멍으로 남았습니다.'라는 설명이 붙어 있었다. 그리고 어디서 주워 온 건지 모를 카펫에는 '하늘을 나는 카펫. 단, 비행시간 초과로 은퇴'라는 해설이 붙어 있었다.

시간 낭비라는 생각을 하면서 걸어가던 그의 발길이 한곳에 이르러 뚝 멈추었다. 벽에 걸린 어떤 진열품 앞에서였다.

그것은 석고로 만든 사람의 얼굴이었다. 설명문에는 '좀비의 데스마스크'라고 되어 있었다. 눈을 감은 남자의 얼굴이었다. 이마 한가운데에 혹처럼 보이는 커다란 돌기가 있었다. 나이는 추정 불가. 그러나 중학생의 얼굴이 아닌 것만은 분명했다.

섬세하고 리얼한 형태로 보건대 조각한 것이 아니라 고무 같은 걸로 실제 얼굴에서 본을 뜨고 거기에 석고를 부어 만들었을 것이라고 구사나기는 추정했다. 요즘은 몇 분 만에 본을 뜰 수 있게 빨리 굳는 고무가 나온다.

그렇다고 해도 이건…….

그는 석고 얼굴을 바라보며 기묘한 감각에 빠져들었다. 불현듯 가슴을 울렁이게 하는 이런 불안감이라니. 그리고 잠시 생각한 끝에 그 원인을 알아냈다.

그는 형사였다. 수사 1과는 살인 사건을 다룬다. 당연히 시체를 볼 기회가 많다.

죽은 자에게는 독특한 표정이 있다. 그는 지금까지의 경험으로 그것을 안다. 살아 있는 사람이 단순히 눈을 감고 있는 얼굴과는 근본적으로 다른 뭔가가 있다. 그것은 안색이라든지 피부의 윤택과 같은 물리적인 무엇이 아니다. 얼굴 전체적으로 표현되는 분위기 같은 게 다르다.

이 데스마스크에는…….

그것이 있다, 라고 구사나기는 확신했다. 그러나 동시에 설마, 라는 생각도 들었다. 중학생이 실제로 죽은 사람의 얼굴로 이런 음침한 석고 마스크를 만들었을 거라고는 상상할 수 없었다.

어쩌다 보니 이런 분위기가 나오지 않았을까, 그는 스스로 마음을 달래려 했다. 그러지 않고서는 이 불안한 마음을 어찌해 볼 수가 없어서였다.

그는 다른 전시품들을 건성으로 휙 둘러보고는 출구로 발길을 돌렸다. 그러나 데스마스크의 인상이 뇌리에서 떠나지 않았다.

그때 여자 두 명이 들어왔다. 둘 다 서른 정도로 보였다. 두 여자는 구사나기 쪽은 보지도 않고 서둘러 실내의 구석 쪽으로 갔다. 어쩐지 두 여자에게는 중학생들의 장난기 넘치는 전시품을 보려는 것치고는 지나치게 절박한 기운이 감돌았다. 구사나기는 발걸음을 멈추고 눈으로 그 뒤를 따랐다.

두 사람의 발길은 곧장 그 데스마스크 앞까지 나아가 그 앞에서 멈추었다. 정장 차림의 여자가 말했다.

"이거야."

원피스 차림의 여자는 그 말에 아무런 대답도 하지 않았다. 마스크 쪽을 바라본 채 가만히 서 있었다. 그녀를 곁에서 지켜보는 여자의 얼굴색이 점점 새파랗게 질리는 것으로 보아, 그 표정이 어떠하리란 것은 충분히 짐작할 수 있었다. 그리고 구

구사나기는 깨달았다, 원피스 차림 여자의 어깨가 가늘게 떨리고 있다는 것을.

"역시…… 맞아?"

정장 차림의 여자가 물었다.

원피스 차림의 여자는 한번 크게 몸을 뒤틀더니 짜내는 듯한 목소리로 말했다.

"오빠야, 분명해……."

원피스 차림의 여자 이름은 가키모토 요코. 시내의 보험 회사에 근무한다고 한다. 정장 차림의 여자는 이 학교의 음악 선생으로 이름은 오노다 히로미. 가키모토 요코와는 중학생 시절부터 친구 사이다.

"그러니까 오노다 씨가 이 데스마스크를 보고 가키모토 신이치 씨와 닮았다고 생각했다는 말이군요."

구사나기는 수첩의 메모를 보면서 확인했다.

"그렇습니다."

오노다 히로미는 등을 쭉 편 채 고개를 끄덕였다.

"저희 남편과 가키모토 씨는 옛날부터 잘 아는 사이기도 하고, 요즘도 가끔 골프를 치러 다니곤 했어요. 그런데 가키모토 씨가 행방불명이라는 말을 듣고 걱정하고 있던 참에……."

"이걸 발견하고 몹시 놀라셨군요."

구사나기가 테이블 위의 석고 마스크를 볼펜으로 가리키며
말했다.

"그야 당연히."

침을 삼키는 듯 오노다 히로미의 목젖이 꼴깍 움직였다.

"처음에는 설마 했지요. 그런데 얼굴도 닮았지만 혹의 위치
까지 똑같아서 친구에게 곧바로 알렸어요."

그러고는 옆에서 고개를 떨구고 있는 가키모토 요코를 바
라보았다.

"오빠가 틀림없습니까?"

구사나기가 가키모토 요코를 바라보며 물었다.

그렇습니다, 그녀가 작은 목소리로 대답했다. 아직도 눈자
위가 불그레하다.

구사나기는 팔짱을 끼고 데스마스크를 내려다보았다. 저도
모르게 신음이 새어 나왔다.

중학교 건물 안의 응접실이었다. 데스마스크를 바라보는
두 여자의 반응이 심상치 않다는 것을 느끼고 구사나기가 말
을 걸어 보았더니, 어떤 사건에 연루되었을 가능성을 시사하
는 이야기가 돌아왔다. 그래서 자세한 사정을 들어 보기로 한
것이다. 그 이야기란, 데스마스크의 얼굴이 이번 여름에 행방
불명된 가키모토 요코의 오빠 신이치와 닮았다는 것이었다.

구사나기는 그들에게서 조금 떨어진 곳의 파이프 의자에

앉아 있는 비쩍 마른 중년 남자 쪽을 바라보았다. '이상한 박물관'을 담당하는 과학 클럽의 고문 교사 하야시다였다.

"선생님은 여기에 대해 전혀 들은 바가 없다는 말이군요."

데스마스크를 가리키며 구사나기가 물었다.

하야시다 선생은 등을 쭉 폈다.

"아, 저, 거기에 대해서는 아무것도. 이런 전시는 모두 학생들에게 맡기는 편이라서요. 그러니까 학생들의 자율성을 존중한다는 의미에서……."

변명하는 듯한 말투는 이것이 어떤 책임 문제로 발전할지 모른다는 두려움 때문일 것이다.

그때 문 두드리는 소리가 들렸다. 하야시다가 일어나서 문을 열었다.

"아, 기다리고 있었어. 어서 들어와."

하야시다가 두 명의 남학생을 안으로 들였다. 둘 다 중학생답게 가느다란 몸매였다. 한쪽은 안경을 끼었고 다른 한쪽은 이마에 여드름이 많았다.

야마나베 아키히코와 후지모토 요시오. 안경이 야마나베였다. 그는 손에 종이 상자를 들고 있었다.

"자네들이 이걸 만들었는가?"

구사나기는 두 학생의 얼굴을 번갈아 바라보며 물었다.

두 학생은 서로의 얼굴을 힐끗 쳐다보더니 살짝 고개를 끄덕였다. 뭐가 문제인지 모르겠다는 표정이었다.

"이 얼굴형은 어떻게 떴지? 틀을 만들어 석고를 부었을 텐데."

그러자 야마나베가 머리를 긁적이며 "주웠어요." 하고 말했다.

"주웠어?"

"이겁니다."

"이건……."

구사나기는 눈을 동그랗게 떴다.

그것은 금속제 마스크였다. 아니, 정확히 말하자면 얼굴의 굴곡과는 정반대였다. 거기에 석고를 부어 굳히면, 전시되어 있는 것과 같은 데스마스크가 나올 것이다.

구사나기는 금속의 재질이 무엇인지 알 수 없었다. 두께는 알루미늄 캔 정도로 보였다. 거기에 전사된 얼굴은 분명히 석고 데스마스크와 똑같았다.

"이걸 어디서 주웠지?"

구사나기가 물었다.

"표주박 연못에서요."

야마나베가 대답했다.

"녹지 공원에 있는 연못이에요."

후지모토가 덧붙였다.

두 학생의 말로는 지난주 일요일에 주웠다고 한다. 야마나베가 그것으로 마스크를 만들자고 제안했다. 그런데 실제로 석고를 부어 만들어 보니 상상 이상으로 잘 나와서 그들이 소속된 과학 클럽의 전시품으로 제출하게 된 것이다.

"이것 말고 다른 것은 없었나?"

"없었지?"

야마나베가 후지모토의 동의를 구했다. 후지모토가 말없이 고개를 끄덕였다.

"연못에 뭐 특이한 점은 없던가?"

"특이한 점이요?"

"그러니까 평소와는 좀 달라 보였다든지 말이야."

"그 연못에 자주 가는 게 아니라서요."

야마나베가 입을 비죽 내밀었다. 후지모토도 딱히 할 말이 없어 보였다.

구사나기는 불안해하는 두 중학생을 바라보고 있는 가키모토 요코 쪽으로 고개를 돌렸다.

"표주박 연못이라는 말을 듣고 혹시 떠오르는 것이 있습니까? 오빠분이 자주 산책을 나갔다든지."

"들어 본 적이 없어요."

그녀는 고개를 저었다.

구사나기는 얼굴을 한번 문지르고는 지금까지 메모한 내용을 들여다보았다.

이것을 어떤 사건의 결과물로 보아야 할지 판단하기가 어려웠다. 물론 그가 판단해야 할 문제는 아니었지만, 이 기묘한 이야기를 윗사람에게 어떻게 보고해야 할지 곤혹스러웠다.

"저, 형사님……,"

하야시다 선생이 주눅 든 목소리로 구사나기를 불렀다.

"만일 이 얼굴의 주인이 이분의 가족일 경우에 말입니다, 그렇다면 그게 무슨 문제라도 된다는……?"

겁 많아 보이는 선생이 그렇게 말을 하는데, 또다시 문 두드리는 소리가 들렸다. 예, 하야시다가 대답하자 문이 열리더니 한 남자가 얼굴을 들이밀었다.

"저, 여기 혹시 가키모토 씨 계신가요?"

"올케가 왔을 거예요."

가키모토 요코가 말했다.

구사나기는 고개를 끄덕였다. 이야기를 나누기 전에 요코더러 신이치 씨의 부인에게 연락을 취해 달라고 했던 것이다.

"들어오시라고 하세요."

구사나기가 문을 연 남자에게 말했다.

남자가 미처 대답도 하기 전에 문이 활짝 열렸다. 그리고 한 여자가 들어섰다. 긴 머리카락을 아무렇게나 뒤로 묶은 삼십 대 중반의 여자였다. 서둘러 달려온 듯, 화장기 없는 얼굴이었다.

"언니, 이것 좀……."

그러면서 가키모토 요코가 석고 데스마스크를 손가락으로 가리켰다.

실내로 들어선 여자가 눈을 화들짝 떴다. 충혈된 눈이 테이블 위의 데스마스크를 보자마자 더 크게 열렸다.

"남편분과……."

닮았느냐고, 구사나기는 물으려 했다. 그러나 그럴 필요가 없다는 것을 깨닫고 입을 다물어 버렸다. 그녀는 오른손으로 자신의 입을 가리더니 신음 소리를 내면서 그 자리에서 무너져 내렸다.

3

연구실 문에 늘 걸려 있는 행선지 표시판에는 유가와 마나부가 연구실 안에 있음을 알리는 자석 표시가 붙어 있었다. 그것을 확인한 다음 그는 문을 두 번 두드렸다.

들어오세요, 라는 목소리가 들려왔다.

문을 여는데 퐁, 왼쪽에서 뭔가를 가볍게 두드리는 소리가 들렸다. 소리가 나는 쪽을 보니 구명용 부낭만 한 하얗고 동그란 연기가 천천히 그가 서 있는 방향으로 공중에서 이동하고 있었다.

"어어!"

구사나기는 몸을 움찔하며 뒤로 물러섰다.

다시 한 번 퐁, 소리가 났다. 같은 방향에서 아까와 같은 크기의 하얀 동그라미가 또 하나 떠올랐다. 모기향 냄새가 났다.

어둠에 눈이 익자, 방 한구석에 놓여 있는 커다란 종이 상자 하나가 보였다. 상자 앞면에는 지름 10센티미터가 조금 넘는 구멍이 뚫려 있었다. 그리고 상자 옆에는 가운 소매를 팔꿈치 위까지 걷어 올린 유가와 마나부가 서 있었다.

"환영의 뜻으로 봉화를 올렸지."

상자 앞면에 뚫린 구멍에서 하얀 연기가 나왔다. 그 연기가 도넛 형태를 그리며 구사나기 쪽으로 다가왔다.

"뭐야, 이건. 무슨 장치를 한 거지?"

동그란 연기를 한 손으로 흐트러뜨리면서 구사나기가 물었다.

"장치 같은 건 없어. 상자 속에 모기향을 넣어 두었을 뿐이야. 연기가 가득 차기를 기다렸다가 상자를 가볍게 치면 동그란 연기가 튀어나가는 거지. 자네 같은 애연가 가운데는 입으로 동그라미를 만들어 내며 즐기는 사람도 있는데, 그거랑 똑같다고 보면 돼. 유체란 정말 재미있는 현상을 보여 주지. 세상 사람들이 말하는 기이한 현상의 몇 가지는 유체의 장난질에 지나지 않는다는 것이 내 견해야."

유가와는 벽의 스위치를 올렸다. 어두컴컴한 실내에 형광등 불빛이 가득 찼다.

"그런 견해가 내가 끌어안고 있는 괴이쩍은 문제를 해결해준다면 얼마나 좋을까." 하고 구사나기가 말했다.

유가와는 철제 의자에 앉았다.

"오늘은 또 어떤 재미있는 이야기를 가지고 왔을까. 망령이라도 나왔나?"

"멋진 직관력이야."

구사나기는 들고 있던 스포츠백을 열어 투명 플라스틱 용기에 든 물건을 꺼냈다.

"망령의 마스크야."

용기 속의 금속제 마스크를 보더니 유가와가 한쪽 눈썹을 치켜올렸다.

"어디 보자."

그는 오른손을 마스크 쪽으로 뻗었다.

알루미늄이군, 유가와는 마스크를 들자마자 그렇게 말했다.

"그 정도는 나도 바로 알아차렸어."

구사나기는 콧방울을 부풀리며 말했다.

"하긴, 그 정도는 초등학생이라도 알 수 있지."

유가와는 산뜻하게 인정했다.

"그런데 왜 이게 망령의 마스크라는 거지?"

"이게 참 묘한 이야기라서."

구사나기는 조카가 다니는 중학교에서 일어난 일을 이야기했다. 물리학과 조교수는 의자에 기대어 앉아 두 손을 머리 뒤에 얹고 눈을 감은 채 구사나기의 말을 들었다.

"그래서 이 마스크의 주인공이 행방불명된 그 남자라는 말인가?"

이야기가 끝나자 유가와가 물었다.

"그런 것 같아. 아니, 백 퍼센트 맞는다고 해야겠지."

"그걸 어떻게 확인한 건데?"

"시체를 발견했으니까."

"시체?"

유가와는 몸을 일으켰다.

"어디서?"

"표주박 연못에서."

시체를 건져 올린 것이 사흘 전이었다. 가키모토 신이치의 아내 마사요와 여동생 요코가 그 마스크의 얼굴이 신이치가 틀림없다고 증언한 이후, 경찰은 표주박 연못을 수색하여 몇 시간 만에 시체를 발견했다.

시체는 심하게 부패하여 옷으로는 시체의 신원을 알아낼 수도 없었다. 그러나 치아 치료의 흔적을 통해 가키모토 신이치가 분명하다는 결론이 내려지기까지는 그리 오랜 시간이 필요하지 않았다.

"왜 시체의 얼굴 마스크가 연못에 떨어져 있었을까?"

유가와가 미간을 찌푸리며 물었다.

"그걸 모르겠으니까 여기 온 거 아니야."

구사나기의 말에 유가와는 흥, 콧김을 불어내고는 손가락으로 안경을 밀어 올렸다.

"나는 심령술사가 아니야. 과거를 마음대로 드나드는 시간 여행자는 더더욱 아니고."

"그렇지만 이 마스크의 정체를 밝혀낼 수는 있잖아?"

구사나기는 금속제 마스크를 집어 들었다.

"이것에 대해 알 수 없는 게 두 가지가 있어. 하나는, 어떻게 만들었는가. 다른 하나는, 왜 범인은 이것을 만들었는가."

"범인?"

유가와는 미간을 찌푸리고 학생 시절의 친구 얼굴을 바라보더니 천천히 고개를 끄덕였다.

"하긴, 타살이 아니라면 수사 1과의 형사가 눈에 불을 켜고 여기까지 찾아오지도 않았을 테지."

"두개골의 측두부가 함몰되어 있어. 꽤 무거운 둔기로, 그것도 힘껏 친 것 같아."

"범인은 남자 아니면,"

"힘센 여자겠지."

"마스크의 주인공에게 아내가 있다고 했지. 그 여자는 어떨까. 진범은 가까운 곳에, 그것도 여자, 그런 것이 추리 소설의 일반적인 기법이잖아."

"작은 몸매에 가냘픈 여자야. 그녀의 힘으로는 무리일 거야. 용의자 리스트에서 무조건 제외할 수야 없겠지만."

"아내가 남편을 죽여 그 시체를 연못에 버리기 전에 추억을 남기려고 데스마스크를 만들었고, 그런 다음 알루미늄 틀까지 버렸다고 하면, 일단은 꽤 논리적인 스토리가 되겠지."

유가와는 구사나기의 손에서 금속 마스크를 받아 들고 새삼 요리조리 관찰하기 시작했다. 농담을 하고 있지만, 눈은 벌써 과학자의 그것으로 변해 있었다.

"어떻게 만들었는지 그 정도만 추리해 줘도 꽤 도움이 되겠어."

유가와의 손을 바라보며 구사나기가 말했다.

"일단 경찰에서도 검토해 보았겠지?"

"감식반과 지혜를 모아 여러 가지로 조사해 보았지."

"예를 들면 어떤 거?"

"먼저 똑같은 얇은 알루미늄 재료를 구해서 직접 사람 얼굴에 갖다 대고 만드는 방법."

"그거 재미있네."

유가와가 빙긋 웃었다.

"그래서 결과는?"

"꽝이었어."

"그랬을 테지."

유가와는 작게 웃었다.

"그렇게 해서 얼굴형을 뜰 수 있다면, 인형 공예사가 얼마나 편하겠어."

"아무리 조심스럽게 해도 얼굴 근육이 뒤틀려 버리더라고. 극단적으로 말하면 스타킹을 뒤집어쓴 듯한 얼굴형밖에 안나와. 그래서 생각했지. 살아 있는 사람의 얼굴이니까 잘 안 되는 건 아닐까. 시체를 가지고 하면 잘되지 않을까."

"사후 경직이란 게 있으니까."

유가와는 고개를 끄덕였다. 얼굴에서 웃음기가 사라졌다.

"실제로 시체를 사용하는 게 아무래도 꺼림칙해서 다른 사건 때 얼굴을 복원한 모형으로 실험을 해 보았지. 그랬더니 이번에는 그럴듯한 게 나오는 거야."

"그럴듯한 것?"

"얼굴 형태와 비슷하다는 뜻이지. 애석하게도 깨끗하게 나오지는 않았지만."

구사나기는 유가와가 들고 있는 금속제 마스크를 손가락으로 가리켰다.

"구체적으로 말해 얼굴의 세세한 굴곡이 정확하게 나오지 않았어. 더 얇은 재료, 예를 들면 알루미늄박 같은 것을 사용하면 가능할 것도 같지만, 이 정도 두께의 재료로는 힘들어."

"알루미늄박으로 만들었다면, 지금까지 이런 형태를 유지할 수 있을지 좀 의심스러워."

"어쨌든 강하면서도 완벽하고 균형 잡힌 힘을 계속적으로 알루미늄 재료 위에 가해야 한다는 것이 감식의 결론이었어."

"그건 동감이야."

유가와는 금속제 마스크를 책상 위에 내려놓았다.

"제조법을 밝히려다 거기서 암초에 걸렸군."

"그런 셈이지."

구사나기는 고개를 끄덕이며 말을 이었다.

"어때, 물리학과의 유가와 선생도 손을 드는 건가?"

"그 정도 도발에 걸려들 만큼 난 단순한 인간이 아냐."

유가와는 일어서서 문 옆에 있는 개수대 쪽으로 걸어갔다.

"자, 그건 그렇고 커피라도 마실래?"

"난 됐어. 어차피 인스턴트일 테니까."

"인스턴트커피를 그렇게 무시하면 안 돼."

유가와는 그 지저분한 머그컵에 싸구려 커피 가루를 넣었다.

"이걸 만들어 보겠다고 얼마나 시행착오를 거듭했는지 몰라. 이건 잘 알려지지 않은 사실인데, 최초로 상품화된 인스턴트커피의 발명자는 일본인이야. 그때는 드럼 건조법이란 방법을 썼지. 간단히 말해, 커피 추출액을 그냥 건조시키면 끝. 그 후 맥스웰 사가 분무 건조법을 개발해서 인스턴트커피 맛을 격상시켰고, 덕분에 소비가 늘어났어. 그 후 1970년대에 들어서 진공 냉동 건조법이 등장하는데, 지금은 그 방법이 주류야. 어때, 인스턴트커피도 꽤 깊이가 있다는 생각 안 들어?"

"그렇다 하더라도 인스턴트는 좀 그래."

"내가 하고 싶은 말은 어떤 사소한 거라도 간단히는 만들 수 없다는 거야. 알루미늄 마스크도 인스턴트커피도 마찬가지."

유가와는 머그컵에 뜨거운 물을 붓고 스푼으로 저은 다음 선 채 커피 냄새를 맡았다.

"흠, 향기 좋고. 과학 문명의 냄새."

"이 마스크에서는 그런 냄새가 안 나?"

구사나기는 책상 위를 가리켰다.

"나지, 그것도 아주 심하게. 두세 가지 질문이 있어."

머그컵을 든 채 유가와가 말했다.

"그 표주박 연못이란 어떤 연못이야? 어디에 있지?"

"어떤 연못이라고 설명하기가 좀……."

구사나기는 손가락으로 턱을 살살 긁으며 말했다.

"산기슭에 있어. 그냥 평범한 작은 연못이야. 쓰레기가 둥둥

떠다니고, 더럽다는 것 말고는 이렇다 할 특징도 없지, 뭐. 주변은 풀밭이고 그 옆으로 하이킹 코스가 조성되어 있어. 그 주변이 녹지 공원이라서."

"거기서 사냥하는 사람이 있어?"

"사냥?"

"수렵 말이야. 엽총을 든 엽사들이 우글거리지는 않는지 묻는 거야. 그것도 산탄총이 아니라 라이플로."

"라이플? 농담이겠지."

구사나기는 웃었다.

"그렇게 작은 산에 그런 걸 사용할 만한 사냥감이 있을 리 없잖아. 동물원에서 사자가 도망쳤다는 소식도 없었고. 어쨌든 그곳은 수렵 금지야."

"그런가, 역시."

유가와는 진지한 표정으로 커피를 홀짝거렸다. 아무래도 농담으로 라이플 이야기를 꺼내지는 않은 듯했다.

"그런데, 라이플은 왜? 아까 말했듯이 측두부에 둔기로 맞은 흔적이 있어."

"그건 들어서 알고 있어."

유가와는 컵을 들지 않은 손으로 구사나기의 말을 제지했다.

"사인에 대해 하는 말이 아냐. 마스크의 제조법에 대해 생각하고 있어. 그게 아무래도 라이플과 관계가 있을 것 같아서 말이지."

구사나기는 어이가 없다는 표정으로, 기인이라는 호칭에
정말 잘 어울리는 친구의 얼굴을 바라보았다. 이 사내와 이야
기를 나누다 보면 때로 자신이 너무 머리가 나쁜 거 아닌가
하는 생각이 든다. 지금도 왜 이 사내가 라이플 이야기를 꺼내
는지 도무지 짐작도 가지 않는다.

"한번 보러 가 볼까."

유가와가 툭 말을 내뱉었다.

"그 표주박 연못이란 데 말이야."

"언제든 안내하지."

구사나기가 힘차게 대답했다.

4

유가와와 헤어지고 나서 구사나기는 동료 고즈카 형사와
만나 가키모토 신이치의 집을 방문하기로 했다. 장례식도 있
고 해서 그동안 그의 아내인 마사요와 차분히 이야기할 기회
가 없었다.

가키모토의 집은 국도에서 언덕길을 올라간 곳에 자리 잡은
주택가의 맨 구석 자리에 있었다. 대문을 지나 좁은 계단을 올

라가면 현관이 나온다. 바로 옆의 차고 셔터는 내려져 있었다.

가키모토 마사요는 혼자 집을 지키고 있었다. 조금 피로해 보이기는 했지만 머리를 깔끔하게 손질한 데다 화장을 하고 있어서 어제 만났을 때보다 사뭇 젊어 보였다. 상중인 것을 의식해서인지 검은색의 소박한 셔츠를 입었지만, 자그만 진주 귀걸이를 달기도 해서 나름대로 몸치장에 신경을 쓴 것 같았다.

구사나기는 고즈카 형사와 함께 응접실로 들어섰다. 네 평정도 넓이의 응접실에는 가죽 소파가 놓여 있었다. 벽가의 책장에는 트로피 몇 개가 진열되어 있었다. 거기 매달린 장식으로 봐서 골프 대회에서 받은 듯했다.

가키모토 신이치는 치과 의사였다. 아버지가 설립한 병원을 그대로 이어받았다고 한다. 그 병원을 다니던 환자들이 꽤 당황했을 것이라고, 벽에 붙어 있는 표창장 따위를 바라보며 구사나기는 생각했다.

마사요가 어두운 표정으로 장례식이 얼마나 힘들었는지 설명하는 것을 다 들어 주고 나서 구사나기는 오늘의 주제로 들어갔다.

"그 후에라도 뭐 좀 생각나는 게 없었습니까?"

그러자 마사요는 볼에 오른손을 대고 마치 이가 아린 듯한 표정을 지었다.

"남편의 유해를 찾은 다음에도 곰곰이 생각해 보았지만 도무지 떠오르는 게 없어요. 왜 이런 일이 일어났는지······."

"남편과 표주박 연못과의 관련성에 대해서는 어떻습니까? 역시 아무 관련성이 없는 것 같습니까?"

"없습니다."

그녀는 고개를 저었다.

구사나기는 수첩을 펼쳤다.

"그렇다면 한 가지 확인하겠습니다. 부인께서 마지막으로 남편을 본 것은 8월 18일 월요일 새벽이었지요?"

"예, 그럴 거예요."

마사요는 바로 대답했다. 벽에 걸린 달력을 보지도 않는 것은 몇 번이나 반복해서 들었던 질문이기 때문일 것이다.

"그날 남편은 골프 약속이 있어서 새벽 6시에 집 앞에서 차를 타고 나갔다고 하셨죠? 차는······."

구사나기는 수첩을 내려다보았다.

"그러니까 검은색 아우디. 여기까지 수정할 내용은 없습니까?"

"없어요. 그대로입니다. 건너편에 사는 하마다 씨가 가족 동반으로 이즈라고 했던가, 어딘가로 여행을 떠나는 날이었어요. 그래서 그 집도 새벽부터 차에 짐을 싣는 등 준비를 하고 있었거든요. 그러니까 분명히 18일이 맞아요."

마사요는 명쾌하게 대답했다.

"그래서, 남편이 돌아오지 않는다고 경찰에 실종 신고를 낸 것이 다음 날 점심때쯤이었고요."

"그렇습니다. 혹시 골프를 친 다음에 술을 많이 마셔서 어디선가 자고 오는지도 모른다고 생각했으니까요. 이전에도 그런 일이 있었거든요. 그런데 다음 날이 되어서도 아무 연락이 없었어요. 그래서 골프를 같이 간다던 사람 집에 전화를 걸어 보았더니 남편과 골프 약속 같은 건 하지 않았다는 겁니다. 그래서 걱정이 돼서……."

"경찰에 신고했다는 말씀이군요."

"예."

마사요는 고개를 끄덕였다.

"그날 남편이 출발한 다음에는 한 번도 연락이 없었습니까?"

"없었어요."

"부인께서도 연락하지 않았습니까? 남편께서는 핸드폰을 가지고 있었던 것 같은데."

"밤에 몇 번 걸었지만 연결이 되지 않았어요."

"신호는 가는데 받지 않았습니까?"

"아닙니다. 수신 불가 지역에 있다던가 전원이 꺼져 있다던가 그런 말이 흘러나왔던 것 같습니다."

"아, 그랬군요."

구사나기는 볼펜 끝을 엄지로 눌러서 펜 끝을 넣었다 뺐다

했다. 초조할 때의 버릇이다.

가키모토 신이치가 타고 갔다는 검은색 아우디는 그가 실종된 지 나흘 후에 사이다마현의 고속도로 옆에서 발견되었다. 경찰의 기록에 따르면, 그 후에 주변을 수색해 보았지만 가키모토 신이치의 행방을 추정할 만한 어떤 것도 발견되지 않았다고 한다. 그리고 사실상 그것으로 수사는 일단락되고 말았다. 약 두 달 후에 중학생 두 명이 금속제 마스크를 줍지 않았다면, 나아가 그 마스크로 석고 데스마스크를 만들어 보자는 생각을 하지 않았다면, 그리고 음악 선생이 그 데스마스크를 보고 친구 오빠의 얼굴을 떠올리지 않았다면, 그 실종 신고에 대한 수사는 지금도 중단 상태였을 것이다.

검은색 아우디에서는 가키모토 신이치의 캐디백, 스포츠백, 골프 슈즈 케이스가 나왔다. 차 안에서는 다툰 흔적이나 혈흔이 나오지 않았다. 또한 분실된 물건도 없었다는 것이 그 당시 가키모토 마사요의 증언이었다.

표주박 연못은 아우디가 발견된 지점에서 상당히 떨어져 있다. 시체가 빨리 발견되는 것을 막기 위해, 그리고 수사에 혼선을 주기 위해 범인이 차를 멀찌감치 이동시켜 둔 것으로 보였다.

"차는 차고 안에 있습니까?"

구사나기가 물었다. 감식반을 투입하여 다시 한 번 조사해 보는 것이 좋을 것 같았다.

그러나 마사요는 민망하다는 듯한 표정으로 고개를 가로저었다.

"처분해 버렸습니다."

"네?"

"누가 손을 댔을까 봐 찜찜한 기분이 들기도 하고, 저는 운전도 못하고 해서요."

그러고는 작은 목소리로 죄송합니다, 라고 했다.

하긴, 무리도 아닐 것이라고 구사나기는 생각했다. 차가 있으면 볼 때마다 불길한 상상을 할 테고, 꺼림칙한 기분이 들테니까 말이다.

"부인, 똑같은 것을 몇 번씩이나 물어서 정말 죄송합니다만, 남편에게 원한을 품을 만한 사람이나 남편이 없어지면 이익을 볼 만한 사람, 또는 남편이 살아 있음으로써 손해를 볼 만한 사람은 없습니까?"

구사나기는 별 기대 하지 않고 물었다.

가키모토 마사요는 두 손을 무릎에 올려놓은 자세로 한숨을 내쉬었다.

"몇 번이나 똑같은 질문을 받았는지 모릅니다. 그렇지만 아무리 생각해도 마음에 걸리는 사람이 없어요. 제 입으로 이런 말 하기는 좀 뭣하지만, 남편은 마음이 약해서 누가 부탁을 하면 거절할 줄을 모르는 성격이었으니까요. 말을 사라는 부탁을 받았을 때도 그걸 거절하지 못해서…….”

그 순간, 지금까지 가만히 듣고만 있던 고즈카 형사가 고개를 들었다.

“말이라면, 경주마인가요?”

젊은 형사는 눈을 반짝이며 물었다. 구사나기는 그가 경마 팬이란 사실을 떠올렸다.

“그렇습니다. 남편은 특별히 경마를 좋아하지는 않았지만 친구가 간곡히 부탁하는 바람에 말을 공동으로 구입하게 되었다고 합니다.”

“경비가 꽤 많이 들었을 텐데요.”

구사나기가 물었다.

“글쎄요.”

마사요는 고개를 갸웃했다. 진주 귀걸이가 흔들렸다.

“저는 자세한 이야기를 듣지 못해서요. 아마 천만 엔 정도가 아니었나 생각합니다. 전화로 그런 말 하는 걸 들은 적이 있었던 것 같아요.”

“그게 언제쯤이었습니까? 올해 들어서의 일입니까?”

“그렇습니다. 봄에 그런 이야기를 했던 것 같은데…….”

마사요가 고개를 갸웃하며 대답했다.

“그분 이름을 아세요? 공동 구입 이야기를 꺼냈던 사람 말입니다."

"알아요. 사사오카라는 사람입니다. 남편의 환자였을 거예요. 어쩐지 좀 수상쩍어 보여서 저는 그 사람을 싫어했지만, 남편은 마음이 잘 맞는지 좋아하는 것 같았습니다."

그런 말을 하면서 그녀는 살짝 미간을 찌푸렸다. 그 남자에 대해 별로 유쾌하지 않은 기억이 있는 것 같았다.

"연락처를 좀 알 수 있을까요?"

"잠깐만 기다리세요."

마사요는 자리에서 일어나 응접실을 나섰다.

"대단하네요, 경주마를 구입하다니."

고즈카 형사가 나지막한 목소리로 말했다.

"역시 치과 의사는 돈을 많이 버는 모양입니다."

그리고 치료하는 장면이라도 상상했는지 오른쪽 뺨을 문질렀다.

구사나기는 그 말을 무시하고 지금까지 메모한 내용을 살펴보았다. 그 경주마는 지금 어디 있을까?

5

면바지의 호주머니에 두 손을 찔러 넣은 채 유가와는 멍하니 서 있었다. 안경 아래의 눈이 어둡게 가라앉아 있었다.

"너무해, 이건."

내뱉듯이 그가 말했다.

"새삼 도덕의 부재를 실감하겠어. 이 정도면 화도 안 나. 그냥 슬퍼."

구사나기도 유가와 옆에 서서 표주박 연못을 바라보았다. 시체를 인양할 때와 마찬가지로 온갖 폐자재와 쓰레기가 버려져 있었다. 지금 발아래 뒹굴고 있는 배터리만 해도 어제는 없었던 것이다.

"이런 짓을 하는 족속은 일본인밖에 없을 거야. 너무 창피해서 고개를 들 수가 없어." 하고 구사나기가 말했다.

"아냐, 이건 일본인만의 특징이라고 할 수 없어."

"그런가?"

"인도에는 원자력 발전소에서 나오는 방사성 폐기물을 불법 투기하는 강이 있어. 구소련은 그런 것들을 동해에 내다 버렸고. 과학 문명이 아무리 발달해도 그것을 사용하는 인간의 인식이 진화하지 않으면 이렇게 되고 말아."

"과학 문명을 사용하는 인간만의 문제라는 건가? 그 과학을 만들어 낸 학자들의 양식은 어떻게 돼?"

"학자들은 순수할 뿐이야. 순수하지 않으면 극적인 영감을 얻을 수 없으니까."

유가와는 그렇게 툭 말을 던지고는 연못 쪽으로 걸어가기 시작했다.

"자화자찬이로군."

구사나기는 흥, 코웃음을 치고 학자의 뒤를 따랐다.

연못가에 서서 유가와는 수면을 둘러보았다.

"시체가 잠겨 있던 곳이 어느 쪽이지?"

"저쪽이야."

연못이 잘록하게 들어간 부분에는 정체 모를 대형 쓰레기나 금속 재료 등이 특히 더 많았다. 시체를 건져 올릴 때 연못 바닥에서 같이 올라온 것들이다. 하나같이 회색 흙이 달라붙어 있었다. 바닥의 뻘이 말라붙은 것이다.

발아래를 내려다보던 유가와의 눈이 어느 한 점에 고정되었다. 그는 쭈그리고 앉더니 뭔가를 집어 들었다.

"벌써 뭘 건진 건가?"

구사나기가 물었다.

유가와의 손에는 사방 30센티미터 정도 되는 금속 파편이 들려 있었다. 구사나기도 처음 보는 것이 아니었다. 지난 번이 자리에서 몇 개나 보았다.

"어떤 업자가 버린 폐자재 같아. 지금 그 업자를 찾고 있어."

"그 마스크의 재료 같은데."

"감식반도 그런 결론을 내렸어. 재질도 똑같아. 분명해."

유가와는 주변을 둘러보고 또 다른 알루미늄 판을 두 장 주 웠다. 그러고는 가까운 풀숲으로 눈길을 돌리더니 또 뭔가를 주웠다. 그것은 검은 피막으로 덮인 전기 코드였다.

"그 코드가 무슨 의미라도 있어?"

구사나기가 옆에서 물었다.

유가와는 대답하지 않고 코드 끝을 뚫어져라 바라보았다. 피막 바깥으로 나온 구리선의 끝이 한번 녹았다가 굳은 듯 둥 그렇게 뭉쳐 있었다.

그는 코드를 당겨 그 끝을 찾아갔다. 그것은 연못에서 몇 미 터 떨어진 곳에 뒹굴고 있는 길이 1미터 정도의 녹슨 가느다 란 철골에 엉켜 있었다.

"이거랑 똑같은 코드가 시체와 같이 올라왔던 것 같은데."

구사나기가 그렇게 말하자, 유가와는 안경이 벗겨질 정도 로 세차게 고개를 돌리며 바라보았다.

"그건 어디에 버렸지?"

"버리지 않았을 거야. 시체와 관련이 있을 것 같아서 감식 쪽에서 보관하고 있어."

"그걸 좀 봐야겠어."

"아, 부탁해 놓을게."

구사나기의 대답에 유가와는 만족스럽다는 듯 고개를 끄덕 였다.

"그리고 한 가지 조사해 주어야 할 게 있어."

"뭔데?"

"기상청에 문의해서 이번 여름에 벼락이 형성된 날짜와 시간을 조사해 줘."

"벼락?"

"특히 이 부근에 낙뢰가 있었을 가능성이 있는 날짜와 시간을 알면 더 좋고."

"그건 조사해 보면 금방 알 수 있겠지만, 벼락이 무슨 관계가 있어?"

그러나 유가와는 다시 연못 쪽으로 시선을 돌리며 의미심장하게 빙긋 웃었을 뿐이었다.

"뭐야, 기분 나쁘게. 알아낸 거라도 있어?"

"아직은 단정할 수 없어. 확인한 다음에 확실히 말해 줄게."

"너무 재지 말라니까. 우선 알아낸 것만이라도 좀 가르쳐 줘."

"애석하게도 과학자는 실험으로 확인해 보지 않고서는 절대로 자신의 이론을 입 밖에 내지 않는 존재라서 말이지."

유가와는 알루미늄 판과 더러운 전기 코드를 구사나기에게 내밀었다.

"자, 그만 가자고."

6

신주쿠의 한 빌딩에서 구사나기는 고즈카 형사와 함께 사사오카 히로히사를 만났다. 'S&R 코퍼레이션'이라는 이름의 좀 수상쩍은 사무실이었다.

"주로 기업을 상대로 컴퓨터를 도매합니다. 소프트 개발 회사를 중개하기도 하고요. 이제 겨우 궤도에 오른 참이지요."

일의 내용을 묻자 사사오카는 그렇게 설명했다.

나이는 사십 대 전반 정도일까. 말이 많은 사내였다. 일에 대해 한 가지를 물으면 열 가지 대답이 돌아왔다. 그러나 자세히 들어 보면 그 가운데서 어느 것 하나 그럴듯한 게 없을 만큼 천박하다. 사무실 안쪽은 칸막이 때문에 보이지 않고, 사무원의 기척도 느껴지지 않는다.

"어떠세요, 형사님도 컴퓨터 한 대 구입하시는 게. 컴퓨터를 모르면 이 시대를 살아갈 수 없습니다."

사람을 노골적으로 바보 취급하는 말까지 서슴없이 내뱉는다. 가키모토 마사요가 '수상쩍은 사람'이라고 표현한 것도 이해가 갔다.

구사나기는 우선 가키모토 신이치를 아느냐고 물었다. 그 말을 듣자마자 사사오카가 울상을 지었다.

"아는 정도가 아닙니다. 제 어금니의 반은 그분이 다 치료

해 주었으니까요."

사사오카는 턱을 매만졌다.

"정말 말도 안 되는 일을 당하셨습니다. 가키모토 선생이 행방불명이라는 말은 이전에 부인께 들었는데, 혹시 무슨 사건에라도 휘말린 건 아닌지 얼마나 걱정했는지 모릅니다. 벌써 두 달이나 지났으니까 살아 계실 가능성이 낮다고 생각은 했습니다만, 그래도 그렇지, 어떻게 이런 말도 안 되는 일이. 도무지 무슨 말을 해야 할지 모르겠습니다."

"장례식에는 참석했습니까?"

구사나기가 물었다.

"아닙니다. 바쁜 일 때문에 전보로만 조문을 했습니다."

"가키모토 씨의 시체가 발견되었다는 말은 누구한테 들었지요?"

"신문에서 봤습니다. 중학굔지 고등학굔지 축제 때 가키모토 씨의 데스마스크가 전시되었고, 그것이 단서가 되어 발견되었다던가. 그래서 부인께 연락해서 장례식 장소를 물었지요."

"아, 그랬군요. 꽤 요란스럽게 보도한 신문도 있었으니까요."

중학교에서 진짜 데스마스크 전시, 그 기이한 발견 경위에 관계자들도 고개를 갸우뚱, 가을의 미스터리, 그런 기사들을 구사나기는 떠올렸다.

"정말 희한한 일입니다. 어떻게 그런 장소에 마스크가 떨어져 있었는지."

사사오카는 팔짱을 끼고 고개를 갸웃했다. 그리고 의문이 가득한 눈길로 구사나기를 바라보았다.

"경찰은 뭘 좀 알아냈습니까?"

"아직 조사 중입니다. 감식반도 골머리를 싸매고 있어요."

"그럴 테지요."

"미신을 좋아하는 상사 하나는 죽은 자의 원혼이 가까운 곳에 있는 알루미늄에 전사되었을 거라고 합니다."

거짓말이었다. 구사나기의 상사는 비과학적인 것을 끔찍하게 싫어하는 합리주의자다.

"설마, 세상에 그런 일이……."

사사오카는 어색하게 웃었다. 구사나기의 말에 겁을 먹은 듯한, 그런 표정이었다.

"그런데,"

아르마니 셔츠의 소매를 걷어 올려 손목시계를 보는 시늉을 하면서 사사오카가 물었다.

"오늘은 무슨 일로 오셨는지요. 제가 도울 수 있는 일이라면 뭐든 말씀해 주세요."

상냥한 말투였지만 자신은 아는 바 없다는 것을 은근히 강조하는 듯했다.

"말에 대해 좀 알아볼 게 있어서요. 경주마 말입니다. 가키모토 씨에게 공동 구입을 제안했다고…….'"

"아, 그거 말이군요."

사사오카는 가볍게 고개를 끄덕였다.

"애석하게도 실패했습니다. 가키모토 씨에게 잔뜩 기대하게 만들었다가 결국 피해만 주고 말았습니다."

"그렇다면 말을 구입하지 못했다는 겁니까?"

"아주 좋은 건수였어요. 끝내 주는 혈통을 가진 경주마를 누가 소개해 주겠다고 했습니다. 그런데 우리 쪽에서 멤버 모집을 하느라 우물쭈물하는 사이에 선수를 빼앗기고 말았지요. 뭐, 흔히 있는 일이긴 하지만."

"그럼 브로커와 거래를 했다는 말입니까?"

"그렇습니다."

"미안하지만 그분 연락처 좀 부탁합니다. 그냥 형식적인 확인만 하면 됩니다."

"당연히 가르쳐 드려야지요. 흠, 명함이 어디 있더라."

사사오카는 가슴 호주머니를 더듬더니 작게 혀를 찼다.

"어이쿠, 집에 두고 왔네. 나중에 가르쳐 드려도 괜찮겠습니까?"

"아, 그래도 됩니다. 그럼 고즈카 군, 나중에 자네가 연락을 하도록."

"예."

젊은 형사는 힘차게 대답했다.

"어쩐지 기분이 좀 그러네요. 꼭 제가 의심받고 있는 것 같아서."

사사오카가 억지 웃음을 지으며 말했다.

"정말 죄송합니다. 불쾌한 그 기분, 충분히 이해합니다. 그렇지만 우리로서는 가키모토 씨의 은행 계좌에서 거금이 움직였다는 사실을 무시할 수는 없으니까요."

"거금이요?"

"그렇습니다. 우리 같은 월급쟁이한테 천만 엔은 거금이니까요. 그 금액의 수표를 받으셨겠지요."

상대의 눈을 똑바로 바라보며 구사나기가 말했다.

사사오카는 가볍게 헛기침을 했다.

"그런 셈이죠. 경주마 구입비였지만요."

"그 수표가 현금으로 교환되었는데, 그 돈은 어떻게 하셨는지."

"물론 돌려드렸습니다, 가키모토 선생께."

"어떤 식으로? 은행 계좌로 넣어 줬나요?"

"아닙니다, 현금으로 돌려드렸습니다. 자택까지 제가 가져갔습니다."

"그게 언제 이야기입니까?"

"언제였더라? 꽤 오래됐습니다. 7월 말이었을 겁니다."

"돈을 돌려줄 때, 영수증을 교환하지 않았나요?"

"돈을 맡았을 때 보관증을 써 주었다가 돈을 돌려주고 나서 그것을 되받았지요."

"그거, 지금 가지고 있습니까?"

"없앴지요. 별로 유쾌한 추억이 아니라서요."

그러고는 사사오카는 다시 손목시계를 내려다보았다. 이번에는 자못 노골적이었다. 슬슬 물러가 달라는 의사 표시다.

"그럼 마지막으로 한 가지만 더. 사무적인 질문입니다."

사무적이란 말에 일부러 힘을 주어 구사나기가 말했다.

"8월 18일부터 열흘간의 행적에 대해 가능한 한 상세히 말씀해 주시면 도움이 되겠습니다만."

순간 사사오카의 얼굴이 발그레 상기되었다. 그래도 어색한 웃음을 떠올린 채 두 형사를 번갈아 바라보았다.

"역시 저를 의심하시는군요."

"죄송합니다. 그렇지만 사장님만이 아닙니다. 형사 눈에는 모든 사람이 용의자로 보이니까요."

"그 리스트에서 저는 빨리 제외하는 게 좋을 겁니다."

사사오카는 바로 앞에 놓인 수첩을 펼쳤다.

"8월 18일부터라고 하셨나요?"

"예."

"아, 다행이네. 여기 알리바이가 있네요."

사사오카가 수첩을 보여 주었다.

"어떤 알리바이지요?"

구사나기가 물었다.

"마침 그날부터 여행을 떠났습니다. 2주일 정도 중국에. 봐요, 여기 적혀 있지 않습니까."

스케줄 난을 펼쳐 보여 주었다.

"여행은 혼자서?"

"아니요. 거래처 사람들하고 네 명이서 갔습니다. 그 사람들을 귀찮게 하지 않는다는 전제로 연락처를 가르쳐 드릴 수 있습니다만."

"물론 약속드리지요."

"그럼 잠깐만 기다리세요."

사사오카는 자리에서 일어나 칸막이 건너편으로 사라졌다.

구사나기는 옆에 앉아 있는 고즈카 형사와 얼굴을 마주 보았다. 젊은 형사는 살짝 고개를 갸우뚱했다.

사사오카는 금방 돌아왔다. 손에 A4 용지 크기의 명함 홀더를 들고.

"출발은 나리타입니까?"

사사오카가 손가락으로 가리키는 명함의 이름과 연락처를 적으면서 구사나기가 물었다.

"그렇습니다."

"몇 시에 출발했습니까?"

"10시경일 겁니다. 아, 저는 8시 조금 지나서 공항으로 나갔습니다. 8시 반에 집합이었으니까요."

"아, 그렇겠군요."

구사나기는 머릿속으로 시간을 계산하고 있었다. 가키모토 신이치는 새벽 6시에 집을 나섰다. 가키모토를 도중에 살해하고 시체를 표주박 연못에 버린 다음 검은색 아우디를 사이다마현의 한 지역에 버린 후 8시 조금 지나서 나리타 공항에 도착하는 것이 가능한지를.

절대로 불가능하다는 것이 몇 초 후 그가 내린 결론이었다.

7

유가와가 어디선가 꺼내다 준 팝콘을 입안으로 던져 넣으며 구사나기는 철제 책상을 손가락으로 톡, 톡 두드렸다.

"아무리 생각해도 수상쩍단 말이야. 그놈이 분명한 것 같긴 한데."

내뱉듯이 말한 다음, 인스턴트커피를 꿀꺽꿀꺽 마셨다. 수돗물의 소독약 냄새가 심했지만 그런 걸 불평할 여유도 없었다.

"그러나 그에게는 완벽한 알리바이가 있어."

창가에 선 채 커피를 마시며 유가와가 말했다. 오늘은 드물게 창을 열어 놓고 있다. 바람이 들어올 때마다 차광 커튼과 하얀 가운의 소매와 갈색에 가까운 그의 머리카락이 살랑살랑 흔들렸다.

"그게 좀 부자연스럽지 않아? 가키모토 신이치가 행방불명된 바로 그날부터 외국 여행이라는 것이."

"그것이 우연이라면 그 인물은 아주 운이 좋다고 해야겠지. 만일 그 알리바이가 없었다면 고문에 가까운 조사를 당할 테니까."

"요즘은 그렇게 취조하지 못해."

"글쎄, 과연 그럴까."

유가와는 머그컵을 든 채 창밖으로 몸을 내밀었다. 저물어가는 햇빛이 그의 얼굴을 비춰 주었다.

구사나기는 다시 팝콘을 입에 넣었다.

사사오카의 알리바이를 조사해 본 결과, 그의 말에는 틀림이 없었다. 같이 여행을 간 사람들은 8월 18일 오전 8시 반에 나리타 공항에서 사사오카를 만났다고 증언했다. 물론 여행 중에 그가 살짝 귀국한 흔적도 없었다.

그러나 동기 면으로 볼 때 사사오카만큼 수상쩍은 인물도 없었다. 그와 연락을 취하고 있었다는 경주마 브로커는 구입에 대한 정보를 준 적은 있지만 구체적인 이야기는 하지 않았다고 했다. 게다가 공동 구매에 대한 이야기는 금시초문이라는 것이다.

또한 사사오카의 주변을 조사해 보니, 올여름부터 몇 군데 금융 기관에서 빌린 돈 때문에 고통받고 있었음이 드러났다. 그런데 여름이 지나면서 깨끗이 그 빚을 청산했다. 가키모토 신이치에게 받았다는 천만 엔이 그 대출금 상환의 일부로 충당된 것은 아닌가라는 것이 구사나기의 추리였다.

그러나 지금 상태로는 도저히 사사오카에게 손을 댈 수 없다. 물리적으로 범행이 불가능한 데야 어쩔 수 없는 노릇이다.

"그런데 지난번에 얘기한 거 조사해 봤어?"

유가와가 안쪽으로 몸을 돌리며 물었다.

"벼락 말이야."

"아, 그렇지. 물론 조사했지."

구사나기는 안주머니에서 수첩을 꺼냈다.

"그런데 그게 사건과 무슨 관계가 있어?"

"자꾸 묻지 말고 조사한 거나 말해 봐."

"목적도 모르고 조사하는 건 정말 싫다."

구사나기는 수첩을 펼쳤다.

"그러니까 6월부터……."

"8월부터면 돼."

유가와는 별생각 없이 말했다.

"여름이라고 해서 6월부터 조사했지."

"그래도 8월부터만 알면 돼."

유가와는 친구의 짜증스런 반응도 아랑곳하지 않고 태평하게 머그컵을 입으로 가져갔다.

구사나기는 한숨을 내쉬고 다시 수첩을 내려다보았다.

"8월에 벼락이 친 것은 도쿄와 그 부근을 통틀어서……."

"도쿄만 알면 돼. 그것도 표주박 연못이 있는 서쪽 지역."

구사나기는 수첩으로 책상을 쳤다.

"왜 처음부터 그렇게 말을 안 했어. 그랬다면 간단히 조사할 수 있었잖아."

"아, 미안. 빨리 읽기나 해."

그게 미안하다는 사람의 태도냐고 투덜거리면서 구사나기는 다시 수첩을 펼쳤다.

"표주박 연못 주변에서 낙뢰가 발생한 것은 8월에는 12일과 17일 두 번. 9월에는 16일과……."

"스톱!"

"이번에는 뭔데?"

"아까 17일이라고 했지, 분명히 17일이지?"

"응, 분명해."

수첩의 메모를 몇 번이나 확인하면서 구사나기가 말했다.

"그게 뭐 어쨌는데."

"그랬어, 17일이었어, 8월 17일. 그리고 다음에 낙뢰가 발생한 것은 9월 16일."

유가와는 머그컵을 책상 위에 내려놓더니 가운 호주머니에 왼손을 찔러 넣고 천천히 걷기 시작했다. 오른손으로는 뒤통수를 긁적거리면서.

"아, 뭐야. 이제 안 읽어도 돼?"

구사나기는 방안을 어슬렁거리는 친구에게 물었다.

갑자기 유가와의 발걸음이 멈추었다. 허공의 한 점을 응시한 채 인형처럼 꼼짝도 하지 않는다.

이윽고 그는 낮게 웃었다. 너무도 갑작스런 행동이라 구사나기는 한순간 그가 경련이라도 일으켰나 하고 놀랐다.

"그 사내가 여행을 떠난 게 며칠이라고 했지?"

유가와가 물었다.

"응?"

"자네가 수상쩍다고 한 그 사내 말이야. 중국에서 며칠이나 있었지?"

"아…… 2주일."

"그러니까 일본으로 돌아온 것이 9월 초였다는 말이군."

"그런데?"

"일본으로 돌아온 후 범행을 저질렀다고 볼 수는 없을까? 그러면 자네를 고뇌하게 만드는 그 알리바이도 깨지고 말 텐데."

"나도 그런 생각을 해 보았지. 그렇지만 아니었어."

"사후 경과 시간 말이지."

"그게 문제야. 전문가의 말로는 부패 상태로 봤을 때 늦어도 8월 25일 전후에는 죽었다는 거야. 9월 이후는 아니라는 거지."

"그런가."

유가와는 가까이 있는 의자에 앉았다.

"9월 이후에 살해당했을 가능성은 없단 말이지. 과연……."

유가와는 어깨를 가늘게 떨며 웃었다.

"그럴 테지. 암, 그래야만 해."

"무슨 뜻이야?"

구사나기가 묻자 유가와는 다리를 꼬고, 그 위에서 손가락을 깍지 꼈다.

"구사나기 형사, 아무래도 자네가 크게 착각한 것 같아. 아니, 착각이라기보다는 휘둘렸다고 해야 하나. 범인이 설치한 올가미에 그냥 걸려들고 말았어."

"뭐라고?"

"자네에게 좋은 거 하나 가르쳐 주지."

유가와는 손가락으로 안경의 위치를 바로잡으면서 말했다.

"살인이 일어난 것은 8월 17일 이전이야."

"뭐야?"

"그건 분명해. 즉, 8월 18일에 피해자가 살아 있었다는 증언
은 거짓말이라는 거지."

8

가키모토 마사요가 사사오카 히로히사와 공범 관계임을 자
백한 것은 금속제 마스크가 중학생들에게 발견된 지 꼭 3주
일이 지난 후의 일요일이었다. 사사오카는 이미 체포되었기
때문에, 어느 정도 각오를 한 듯 차고의 셔터에서 사사오카의
지문이 검출되었다는 사실을 알리자 순순히 범행을 자백했
다.

"그 사람이 죽이자고 했습니다. 저는 그러고 싶지 않았지만
말을 안 들으면 남편에게 그 일을 알리겠다고 해서 어쩔 수
없었습니다."

마사요는 침이 튀길 정도로 적극 자신을 변호했다. 여기서
그녀가 말하는 '그 일'이란 스포츠 클럽 강사와의 불륜 관계
를 말한다. 사사오카가 그 사실을 눈치채고 그녀를 협박한 것
이다.

그러나 사사오카의 말은 달랐다.

"제가 부추겼다고요? 천부당만부당한 말입니다. 바람을 피우다가 남편에게 들켜 이혼당할 위기에 처하자 저에게 어떻게 좀 할 수 없느냐고 의논해 온 건 바로 그 여자입니다. 조치를 취해 주면 제 빚을 갚아 주겠다고 했습니다. 저는 정말로 말을 사려고 돈을 맡았습니다. 그것 말고는 아무것도 없어요. 정말 그 여자, 악질입니다. 제가 그만 이용당하고 말았습니다."

어느 쪽 말이 진실인지 조사를 맡은 형사들도 판단을 내리지 못했다. 아마도 반은 진실이고 반은 거짓일 거라고 구사나기는 생각했다. 왜냐하면 두 사람의 범행을 돌이켜 볼 때, 둘 다 적극적으로 행동했음이 분명하기 때문이다.

두 사람의 진술을 보면, 실제 범행일은 8월 16일 심야였다. 마사요의 도움으로 자택에 침입한 사사오카가 욕탕에 몸을 담그고 있는 가키모토 신이치를 망치로 때려죽인 것이다.

시체 처리는 다음 날 이른 아침에 이루어졌다. 사사오카가 가키모토의 아우디를 타고 시체를 표주박 연못으로 옮긴 뒤 그곳에 버렸다. 또한 돌아오는 길에 아우디를 사이다마현에 버렸다.

문제는 그다음 날이다. 두 사람은 그날 아침까지 가키모토 신이치가 살아 있었다는 정황을 만들어 알리바이를 완벽하게 해 두려 했다. 그래서 같은 모델의 아우디를 빌려 그 차가 차고에서 나오는 모습을 이웃들이 보게 한 것이다.

그러나 바로 그 연극이 그들의 발목을 잡는 결정적인 단서를 제공했다.

범행은 17일 이전이라는 결론을 내린 구사나기는 이때 사사오카가 어디서 아우디를 빌렸을까 추론해 보았다. 수사 결과, 그의 경마 동료 가운데 하나가 같은 모델의 차를 가지고 있다는 사실을 알아냈다. 그 사람은 범행과는 관계가 없는 듯, 8월 18일에 차를 빌려주었다고 솔직히 털어놓았다.

알고 보면 아주 간단한 트릭이었다. 그러나 처음에 사사오카에게 혐의를 두게 된 계기를 던져 준 것이 가키모토 마사요였기 때문에 두 사람이 공범이라는 발상을 떠올리지 못했다. 언젠가는 수사가 사사오카에게로 미칠 것을 예상하고 미리 선수를 친 두 사람의 술수에 보기 좋게 말려들고 만 것이다.

"도대체 범행이 17일 이전에 일어났다는 사실을 어떻게 알았대?"

구사나기의 상사는 몇 번이나 그렇게 물었다.

그때마다 구사나기는 손가락으로 머리를 가리키며 말했다.

"이게 다르잖아요."

9

구사나기의 눈앞에 나타난 건물의 문에는 '고전압 연구실'이라 적힌 표지판이 붙어 있었다. 그리고 노란색 글자로 '위험, 관계자 외 출입 금지'라고 적혀 있었다. 그것만으로도 주눅이 들어 버렸는데, 안으로 들어가서는 더 말할 것도 없었다.

텔레비전에서나 보았을 법한 거대한 애자가 나란히 서 있는 광경이 마치 발전소 일부를 방으로 옮겨 놓은 것 같았다. 그리고 뱀 같은 케이블이 어지럽게 바닥을 가로지르고 있었다.

"이런 델 오면 아무거나 함부로 만져서는 안 될 것 같은 생각이 들어."

앞에 서서 거침없이 걸어가는 유가와의 등을 향해 구사나기가 말했다.

"난 전기는 도무지 체질에 안 맞아. 그냥 감전되어 버릴 것 같단 말이야. 실제로 그런 일은 없을 테지만."

그러자 유가와는 발걸음을 멈추고 휙 주변을 둘러보았다.

"실제로 그런 일도 있어."

"허!"

"이를테면 자네 옆에 있는 상자, 뭐라고 생각해?"

유가와의 말을 듣고 오른쪽 옆을 보았다. 대형 스토브 크기의 커다란 금속제 상자가 놓여 있었다. 위에 두 개의 돌기가 있을 뿐 어떤 종류의 기계로는 보이지 않았다.

"모르겠어. 도무지 짐작도 안 가. 뭘까?"

"콘덴서."

유가와가 말했다.

"축전기라고도 하지. 이름 정도는 들어 보았을걸."

"아, 콘덴서. 과학 시간에 들어 본 적이 있어."

대답을 하면서 구사나기는 자신이 왜 아부하듯이 웃는지 모르겠다고 생각했다.

"살짝 만져 봐. 그 돌기 부분 말이야."

"괜찮아?"

구사나기는 멈칫멈칫 손을 내밀었다.

"괜찮을 거야, 아마도."

유가와는 담담하게 말했다.

"감전 쇼크로 몸이 뒤로 날아갈지도 모르지만."

구사나기는 황망히 손을 뒤로 뺐다.

"농담이지?"

"원칙적으로 이곳에 있는 콘덴서는 완전 방전 상태여야 해. 그렇지만 오랜 시간 방치해 두면 정전 작용으로 서서히 전기를 축적하기도 해. 저 정도 크기의 콘덴서가 완전히 충전되면 자네 몸 정도는 한 끼 거리도 안 되지."

구사나기는 화들짝 놀라 뒤로 물러난 다음 유가와 뒤로 바짝 붙었다.

"뭐야, 그런데 왜 만져 보라는 거야!"

"걱정 접어 둬. 자세히 봐. 콘덴서의 돌기 두 개가 케이블에 연결되어 있지? 저렇게 해 두면 전기가 모이지 않아."

흐흥, 콧김을 뿜어내듯 웃으며 유가와는 다시 걸어가기 시작했다.

온갖 잡동사니가 어지럽게 흩어져 있는 실험실 중앙에 사각 수조가 놓여 있었다. 가정용 욕조만 했다. 투명한 아크릴로 되어 있어 안이 훤히 들여다보였다. 그리고 물속에는 여러 가지 것이 가라앉아 있었다. 거기서 전기 코드도 뻗어 나와 있다.

유가와는 그 옆에 서서 안을 들여다보았다.

"이리로 와 봐."

"또 사람 놀래려고."

"놀랄지도 모르겠지만 자네 일이니까 어쩌겠어."

유가와의 재촉을 받고 구사나기는 안을 엿보았다. 그 순간, 저도 모르게 앗, 비명을 지르고 말았다.

맨 먼저 눈에 띈 것은 수조의 바닥에 가라앉아 있는 마네킹의 얼굴이었다. 여자 모형이지만 가발은 없었다. 그 얼굴에서 몇 센티미터 떨어진 곳에 엷은 알루미늄 판이 있었다. 그리고 거기서 다시 몇 센티미터 거리를 두고 이번에는 전기 코드가 놓여 있었다. 코드는 그 부근만 피막이 벗겨지고 내부의 도선도 여기저기 잘려 있었다.

"표주박 연못의 상태를 재현한 거야."

유가와가 말했다.

"이런 식으로 되어 있었다는 거야?"

"아마도."

"이렇게 해서 어떻게 그런 금속 마스크가 만들어지는 거지?"

"그걸 지금부터 보여 주겠다는 거야."

유가와는 수조에서 뻗어 나온 전기 코드를 따라 이동했다. 그 끝에 손으로 제작한 듯한 장치가 접속되어 있었다. 그 장치의 일부에는 아까 구사나기가 겁을 먹었던 콘덴서도 장착되어 있었다. 다만 이쪽 콘덴서가 훨씬 더 컸다.

"간단한 벼락 발생 장치야."

"벼락?"

"저기 전극이 보이지?"

3미터 정도 떨어진 곳을 유가와가 손가락으로 가리켰다.

거기에는 동으로 된 둥그런 전극 두 개를 몇십 센티미터 떨어뜨려 고정한 장치가 있었다. 자세히 보니 전극의 한쪽은 수조에서 뻗어 나온 전기 코드에 연결되어 있었다.

"저기서 조그만 벼락이 만들어지는 거지."

"그럼 어떻게 되는데."

"표주박 연못에서 전기 코드를 주웠지?"

"응."

"그 코드는 연못가에 떨어져 있던 철골에 엉켜 있었어. 기억나?"

"맞아, 분명히 그랬어."

"자네가 조사한 바대로 8월 17일에 그 부근에 뇌우가 쏟아졌지. 그뿐만이 아니라 커다란 벼락이 연못가에 떨어졌어."

"그 철골에?"

"그렇지."

유가와가 고개를 끄덕이며 말했다.

"그게 피뢰침 역할을 한 거야. 자네도 알다시피 벼락의 정체는 전기야. 구름 속에서 축적된 전기 에너지가 철골을 향해 한꺼번에 방출되었다고 보면 돼."

구사나기는 고개를 끄덕였다. 아무리 과학에 무지렁이인 그였지만 별 어려움 없이 그 광경을 상상할 수 있었다.

"그런데 철골에 투입된 전기 에너지는 그 후 어떻게 될까? 보통이라면 물에 그냥 흡수되고 말 테지. 실제로 일부는 그렇게 되었을 거야. 그러나 철골에는 전기가 잘 통하는 코드가 엉켜 있었어. 대부분의 전기는 코드를 통해 연못 안으로 방출되었다고 봐야 해."

그렇게 말하면서 유가와는 아크릴 수조를 손가락으로 가리켰다.

"그래서?"

구사나기는 그다음을 재촉했다. 지금까지의 설명은 그가 충분히 이해할 수 있는 것이었다.

"그러나,"

유가와는 계속했다.

"만일 그 전기 코드가 엄청난 전기를 감당할 정도로 굵지 않다면 어떻게 되었을까? 또는 코드의 일부분이 거의 끊어질 상태였다면."

그 말에 2초 정도 생각해 본 구사나기는 고개를 갸우뚱했다.

"몰라. 어떻게 되는데?"

"그걸 지금부터 실험하는 거지."

그렇게 말한 다음 유가와는 가운 호주머니에서 안경을 꺼내 구사나기에게 내밀었다.

"뭔데, 이건?"

"안전 안경. 도수는 없어. 만에 하나에 대비해서 쓰도록 해."

"만에 하나?"

"파편이 튀어 오를지도 모르니까."

유가와가 시키는 대로 구사나기는 서둘러 안경을 썼다.

"그럼 시작한다."

유가와는 곁에 있는 기계의 다이얼을 천천히 오른쪽으로 돌리기 시작했다.

"현재 콘덴서에 전기를 축적하는 중이야. 이른바 전운을 만드는 거라고 보면 돼."

"벼락이 혹시 우리한테로 떨어지는 건 아니겠지?"

구사나기가 겁먹은 듯한 표정으로 물었다. 물론 농담이었다.

"그런 일은 없어."

"그렇군."

"배선에 착오만 없다면."

뭐라고! 구사나기는 사뭇 진지한 분위기를 연출하는 유가와를 힐끗 쳐다보았다.

"콘덴서의 충전이 완료되고 있어."

유가와는 전극 쪽을 바라보며 말했다.

"두 전극 사이에는 몇만 볼트의 전위차가 생겨. 두 극 사이를 가로막는 것은 공간이란 이름의 벽이고. 그러나 그 벽을 부수어 버릴 만큼 전위차가 커지면……."

그가 거기까지 말했을 때였다. 격렬한 충격음과 함께 두 전극 사이에 섬광이 치달리는 것을 구사나기는 보았다. 그리고 거의 동시에 수조 속에서 둔중한 파열음이 들렸다.

"뭐야!"

구사나기가 수조 쪽으로 다가서려는 것을 유가와가 팔을 잡아 제지했다.

"마지막 순간에 감전사하면 얼마나 억울하겠어."

유가와는 몇 가지 간단한 조작을 한 다음 구사나기의 등을
툭 쳤다.

"좋아, 이제 봐도 돼."

구사나기는 앗, 하고 외쳤다.

"만족한 모양이지."

유가와는 수조 속에 두 손을 찔러 넣더니 마네킹 머리를 들
어 올렸다. 그 얼굴에는 얇은 알루미늄이 착 달라붙어 있었다.
그는 그것을 조심스럽게 벗겨 냈다. 그러고는 '주문품'이라고
말하면서 구사나기에게 내밀었다.

구사나기는 그것을 받아 들고 멀뚱하니 내려다보았다.

"도대체 어떤 마술을 부렸기에……."

"충격파라는 거지. 엄청난 전기 에너지가 한꺼번에 밀려드
니까 전기 코드가 녹아 버린 거야. 그것도 순간적으로. 퓨즈가
끊어지듯이 말이야."

유가와는 수조 속에서 전기 코드를 끌어올렸다. 그 끝이 녹
아서 둥그렇게 변해 있었다. 표주박 연못에서 주운 코드와 똑
같았다.

"그때 물속에 강력한 충격파가 일어나게 돼. 가까이 있는
것들을 바깥으로 밀어내는 힘이 작용하지. 당연히 알루미늄
재료는 마네킹 얼굴 쪽으로 밀착될 수밖에."

"그 결과 이게 만들어진 건가."

금속 마스크를 바라보며 구사나기가 중얼거렸다.

"옛날부터 널리 알려진 기술이지만 요즘은 이런 기술로 물건을 만들지는 않아. 나도 실험해 본 것은 이번이 처음이야. 좋은 공부가 됐어."

"세상에 참 이상한 일도 다 있네……."

"하나도 이상하지 않아. 당연한 결과지. 지난번에 자네에게 말했잖은가. 세상을 떠들썩하게 하는 괴이쩍은 현상의 대부분은 유체의 장난이라고. 이것도 그런 현상의 하나인 셈이지."

"아니, 내가 이상하다는 건 그런 뜻이 아냐."

구사나기가 얼굴을 들었다.

"예의 마스크가 우연히 발견되지 않았다면 시체는 드러나지도 않았을 거야. 그러면 벼락을 통해 사건 발생일을 추론할 수도 없었을 테고. 그렇게 생각해 보면 가키모토 신이치의 원한이 마스크가 되어 나타난 것일지도 모른다는 생각이 들어. 신비주의를 싫어하는 자네에게는 얼토당토않은 소리겠지만."

분명히 유가와가 비웃을 것이라고 생각했다. 그러나 그는 그러지 않았다. 그 대신에 가운 호주머니에서 몇 겹으로 접은 종이 한 장을 꺼냈다. 뭔가를 복사한 것인 듯했다.

"처음에 금속 마스크에 대해 들었을 때, 내가 라이플에 대해 물었던 거, 기억나? 표주박 연못 가까이서 라이플로 사냥을 하느냐고 물었지."

"아, 기억해. 왜 그런 걸 물었지?"

"사실은 그때 이미 물의 충격파로 마스크가 만들어지지 않았을까, 하고 생각했거든. 그러나 무엇이 그 충격파를 일으켰는지 알 수 없었어. 그래서 일단 라이플이 아닐까 의심한 거야."

"라이플로 그런 충격파를 만들 수 있어?"

"물속에서 총을 발사해도 똑같은 충격파가 생겨. 다만, 금속 마스크를 만들 정도가 되려면 권총으로는 힘들어. 최소한 라이플 정도의 힘은 있어야 하거든."

"흠."

이미지가 떠오르지 않아 구사나기는 적당히 고개를 끄덕였다.

"라이플에 의한 충격파를 사용하여 이를 덮는 금박을 만드는 기술이 있어. 어느 대학에서 연구한 내용이야."

유가와는 손에 들고 있던 종이를 구사나기에게 내밀었다.

"이건 그 논문의 복사물이야. 한번 봐."

"내가 본들……."

"어쨌든 보라니까."

구사나기는 그 복사물을 훑어보았다. 예상했던 대로 이해할 수 없는 내용이었다.

"이게 어떻다는 건데?"

"발표자 이름을 봐."

"발표자?"

구사나기는 앵무새처럼 되뇌며 논문 타이틀 바로 옆을 보았다. 거기에는 세 사람의 이름이 적혀 있었다. 세 번째 이름을 보고 구사나기는 앗, 비명을 질렀다.

가키모토 신이치.

"학생 시절에 이 피해자는 충격파에 의한 피막 형성을 연구한 거야."

유가와는 흥미롭다는 어투로 말했다.

"시체가 되어 연못에 버려진 후 그의 혼이 옛날에 자신이 연구한 기술을 떠올리고 그 금속 마스크를 만들었다는 스토리, 어때?"

구사나기는 순간 등골이 서늘해지는 느낌에 사로잡혔다. 그러나 금방 싱긋 웃으며 물리학자를 바라보았다.

"과학자는 신비주의를 싫어하는 줄 알았는데."

"과학자라도 농담은 할 수 있어."

유가와는 흰 가운의 소매를 내리고 출구로 향했다.

3장

썩다

1

남자는 여운을 즐기려는 듯 언제까지고 사토미의 허벅지를 애무했다. 그녀는 그의 손을 슬쩍 뿌리치고 의자에 걸쳐 둔 목욕 타월을 몸에 두르고는 거울 앞에 앉았다. 핸드백에서 꺼낸 브러시로 머리를 빗자 엉킨 머리카락이 끊어지는 소리가 났다.

남자는 뚱뚱한 몸을 비틀어 테이블에서 담배 한 개비를 집더니 일회용 라이터로 불을 붙였다. 소지품이나 몸치장 따위에 무서울 정도로 돈을 쓰지 않는 구두쇠라는 사실을, 사토미는 만나자마자 금방 알아차렸다.

"지난번 이야기, 생각해 봤어?"

겹친 베개에 기댄 채 남자가 물었다.

"뭐라고 했는데?"

"벌써 잊었어? 동거 말이야."

"아, 그거."

물론 잊지 않았다. 피하고 싶었을 뿐이다.

"그랬다가는 당신 아들이 가만있지 않을 텐데."

"그건 괜찮아. 그 애도 이제 어른이니까. 요즘은 집에 잘 오지도 않아. 아내가 죽은 이후로 더 그래. 내가 뭘 하든 잔소리

같은 건 하지 않아."

"흥."

"사토미."

남자는 담배를 재떨이에 올려놓고 침대 위를 기어서 다가왔다. 그리고 사토미의 등을 꼭 끌어안았다.

"우리 같이 살자. 나, 자네와 한시도 떨어질 수 없어."

"그건 참 가슴 뿌듯한 말이지만……"

"그럼 됐잖아. 뭐든 가지고 싶은 거 있으면 말만 해. 그리고, 그거 있잖아, 대출한 거. 내가 다 갚아 줄게. 이렇게 좋은 이야기, 들어 봤어?"

"응, 생각해 볼게."

"생각할 게 어딨어. 어, 혹시 너,"

남자는 사토미의 어깨를 세차게 거머쥐었다.

"다른 남자가 생긴 건 아니겠지?"

"그런 거 없어."

사토미는 거울에 비친 남자의 얼굴을 향해 웃어 보였다.

"정말이지? 만일 남자가 생겨서 나랑 헤어지고 싶다면……."

"돈을 갚고 헤어지란 말이잖아. 알고 있어. 당신에게는 은혜를 입었으니까 절대로 배신하지 않아."

"제발 내 말 잘 들어. 나, 화나면 무슨 짓을 할지 모르는 사내니까."

그렇게 말하고 그는 여자의 목을 조르는 시늉을 했다.

나이토 사토미는 스기나미에 방을 하나 빌려 살고 있었다. 주택가 한가운데 있는 이층 연립 주택이었다. 이층 맨 끝, 방 하나에 부엌과 욕실, 그리고 조그만 거실이 딸려 있다.

계단을 오르려는데 자전거 거치장의 그림자 속에서 갑자기 사람이 나타났다.

"사토미 짱……."

그 목소리에 몸을 움찔했다. 눈을 가늘게 뜨고 어둠 속에 서 있는 사람을 확인했다. 다가미 쇼이치였다.

"깜짝 놀랐잖아. 왜 이런 데 있어?"

"사토미 짱을 기다리고 있었어."

다가미의 변함없이 음침한 목소리에 사토미는 짜증이 치솟았다.

"왜 멋대로 찾아오고 그래. 볼일이 있으면 회사에서 말하면 되잖아."

다가미는 원망스런 눈길을 던지며 말했다.

"오늘 회사가 끝나면 매점 앞으로 와 달라고 했잖아."

"아!"

사토미는 손으로 입을 눌렀다.

"깜빡했어."

"아침에 말했는데."

"미안. 깜빡했어."

"그건 그렇고…… 잠깐 이야기 좀 할 수 있을까, 차라도 마시면서."

"지금? 내일은 안 돼? 나 피곤한데."

"잠깐이면 돼."

다가미의 애원하는 듯한 눈길이 사토미에게는 너무 귀찮고 부담스러웠다. 그러나 약속한 장소에 나가지 않은 잘못이 있지 않은가. 아니, 그보다도 그에게 돈을 빌렸다는 사실이 어깨를 짓눌렀다.

"정말 잠깐만이야."

두 사람은 역 앞 찻집으로 갔다. 다가미는 커피를, 사토미는 버드와이저와 감자튀김을 시켰다.

"빨리 말해. 나 정말 피곤하단 말이야."

퉁명스럽게 말하고 그녀는 감자튀김을 썹으며 맥주를 마셨다.

다가미는 커피를 홀짝거렸다. 그리고 등을 쭉 폈다.

"이걸 받아 주면 좋겠어."

그가 테이블 위에 작은 상자를 올려놓았다.

"뭔데, 이게?"

"일단 열어 봐."

성가신 일이 벌어질 거라고 생각하면서 사토미는 상자를 들고 포장지를 풀었다. 작은 케이스 안에는 은색 반지가 들어 있었다.

"내가 만든 거야, 반장 몰래."

다가미가 밝게 웃으며 말했다.

"아, 예쁘게 잘 만들었네."

반지에는 작은 꽃과 이파리 장식이 달려 있었다. 소녀 취향의 촌스런 디자인이었다.

"내 마음은 잘 알 거야. 같이 니가타로 돌아가자. 내 평생소원이야."

사토미는 눈을 치켜뜨고 그의 얼굴을 바라보았다. 그리고 핸드백을 열어 말보로 라이트를 꺼냈다. 그 말은 지난번에도 들었던 터라 그녀는 별로 놀라지 않았다.

"니가타로 돌아가서 뭘 할 건데?"

"그러니까 그…… 결혼을 하는 거야. 아버지도 이제 집안일을 이어받으라시고."

이렇게 노골적으로 결혼이란 말을 하다니, 그다운 일이기는 하지만 사토미는 그게 우스웠다. 그는 이제 겨우 스물다섯이다.

"그 이야기는 몇 번이나 안 된다고 했잖아. 난 아직 누구랑 결혼할 생각이 없어."

"그러지 말고 좀 진지하게 생각해 봐. 나, 반드시 사토미를 행복하게 해 줄게. 사토미 짱을 위해서라면 뭐든 할 수 있어."

다가미는 기도하듯 가슴 앞에 두 손을 모으고 손가락을 깍지 꼈다.

왜 내 주변 남자들은 하나같이 이 모양일까, 사토미는 넌덜머리가 났다. 눈앞에 있는 다가미도 단 한 번 육체관계를 가졌을 뿐인데 마치 자기 여자라도 되는 양 굴곤 한다.

그러나 이 남자라면 간단히 버릴 수 있다. 그 인간은 어렵지만 말이다. 어떻게든 방법을 강구해야 한다. 조금 전에 만난 남자의 얼굴을 떠올리며 그녀는 생각했다.

"혹시 다른 이유라도 있어?"

다가미가 물었다.

"무슨 이유?"

"결혼할 수 없는 이유."

"그런 건⋯⋯."

없다고 말하려다가 그녀는 입을 다물었다. 담뱃재를 재떨이에 떨었다.

"하긴 없지는 않지, 뭐."

심각한 표정을 짓고 있는 다가미를 바라보는 사이에 사토미는 그를 놀려 주고 싶은 기분에 사로잡혔다. 그래서 이렇게 말했다.

"그럼 사람 하나 죽여 줄래?"

"뭐야!"

"나를 괴롭히는 남자가 있어. 헤어지고 싶지만 그러려면 돈이 필요해. 내 능력으로는 도저히 해결할 수 없는 금액이야. 그 남자와의 관계를 청산하지 않으면 결혼은 불가능해."

"그런……."

아니나 다를까, 다가미의 얼굴에서 핏기가 사라졌다.

사토미는 풋, 웃었다.

"농담이야. 당연히 농담이지. 그런 일로 사람을 죽인다니 말이나 되는 소리야?"

다가미의 굳은 표정이 조금 풀어졌다.

"정말 농담이지?"

"그럼. 내가 그렇게 바보로 보여?"

사토미는 재떨이에 담배를 비벼 껐다.

사토미가 방으로 돌아온 것은 새벽 1시가 지나서였다.

다가미와 헤어진 후 왠지 기분이 언짢아서 혼자 마시러 갔다. 그녀가 카운터에 앉아 있자 남자들이 말을 걸어왔지만 이놈 저놈 할 것 없이 척 보아도 빈털터리였다.

그녀는 침대에 몸을 던졌다. 곁에 세워 놓은 행어에는 유명 브랜드의 옷들이 가득 걸려 있다. 현재의 상황을 초래한 원흉

들이다.

그때 전화벨이 울렸다. 이런 시간에 누굴까 하며 수화기를 들었다.

다가미의 목소리였다.

"아…… 또 뭔데."

"응, 저……."

다가미는 머뭇거렸다.

"뭔데 그래? 이제 자야 하니까 빨리 말해."

"아, 미안. 그거…… 아까 그 말, 정말 농담이야?"

"무슨 말?"

"그 이후로 이런저런 생각을 해 봤는데, 혹시 사토미가 정말로 곤경에 빠져서 그 남자를 죽이고 싶은 거 아닌가 하는 느낌이 들어서……."

"……만일 그렇다면 어쩌려고?"

"좋은 방법이 있을 것 같아."

"좋은 방법?"

"응. 절대로 타살이라 생각할 수 없는 방법이야. 병사한 것처럼 보여. 경찰도 전혀 눈치채지 못할 테고."

"와우!"

"그러니까 만일 사토미 쨩이 진짜로 그럴 맘이 있다면 협력해 줄 수 있는데……."

"잘 자. 웃기는 소리 좀 그만하고."

그녀는 전화를 끊었다.

2

다카사키 노리유키는 거의 다섯 달 만에 고토 구(區)에 있는 집에 들렀다. 어머니가 돌아가신 이후로 처음이었다. 절에서 행사가 있다는 연락이 오면 대학 생활이 바쁘다고 적당히 얼버무렸다. 아버지는 고등학교밖에 나오지 않아서 그런지 그걸 두고 따지거나 하지는 않았다.

노리유키는 아버지 구니오를 증오했다. 아내나 자식에게는 땡전 한 푼도 아까워서 벌벌 떨면서 바람피우는 데는 돈을 아끼지 않았다. 만에 하나 그것에 대해 따지기라도 할라치면 이렇게 말했다.

"시끄러워, 누가 번 돈인데."

구니오는 자수성가하여 작지만 그런대로 장사가 되는 슈퍼마켓을 경영하기에 이른 자신에게 무한한 자부심을 가진 사람이었다.

어머니가 일찍 세상을 떠난 것도 아버지의 그런 사고방식과 행태 때문이라고 노리유키는 생각했다. 구니오는 아내의 죽음

마저 불필요한 인건비 삭감의 기회 정도로 여기는 듯했다.

노리유키는 기치조지의 한 대학에 적을 두고 있다. 집에서 가까운 거리였지만 조그만 방을 빌려 혼자서 생활하는 것도 날이면 날마다 아버지 얼굴을 맞닥뜨려야 하는 고통에서 벗어나기 위해서였다. 다만 구니오가 매달 보내 주는 생활비로는 방세를 내고 나면 남는 게 없었다. 덕분에 그는 2년 가까운 대학 생활을 거의 아르바이트로 지탱하고 있었다.

그런 구두쇠 아버지였기에 노리유키가 오늘 집에 들른 것도 돈 때문은 아니었다. 그의 목적은 자신의 방에 있는 컴퓨터 소프트웨어였다.

문을 열고 들어서면서 손목시계를 보았다. 오후 2시가 지나고 있었다. 평일 이런 시간대에는 아버지가 집에 없었다.

그러나 현관문 열쇠를 돌리면서 그는 고개를 갸웃했다. 열쇠가 돌아가지 않았다. 그래서 손잡이를 잡고 돌려 보니 아무 저항 없이 스르르 문이 열리는 것이 아닌가. 그는 혀를 찼다. 뭐야, 아버지가 벌써 들어왔나.

되돌아가기도 뭣해서 그냥 안으로 들어섰다. 그리고 귀를 기울였다. 아버지가 어느 방에 있는지 알기 위해서였다. 그러나 아무 소리도 들리지 않았다.

노리유키는 계단을 올라가서 이층 자신의 방으로 들어가 필요한 물건을 서류 봉투에 담았다. 잘만 하면 아버지와 얼굴을 마주치지 않을 것도 같았다.

살살 계단을 내려왔다. 여전히 인기척이 없다.

복도를 지날 때 반쯤 열려 있는 세면실 문 안쪽을 힐끗 보았다. 탈의실을 겸하는 공간이다. 세탁기 위에 놓인 바구니에 구니오의 것으로 보이는 옷이 들어 있었다.

노리유키는 입을 비죽거렸다. 대낮부터 목욕을 즐기는 팔자라니.

말을 걸 기분도 아니었다. 그대로 돌아가려고 발소리를 죽여 현관으로 향했다.

그때 전화벨이 울렸다.

노리유키는 서둘러 신발을 신으려 했다. 무선 전화기가 세면실 벽에 설치되어 있어서 입욕 중이라도 전화를 받을 수 있다.

그런데 전화기가 그대로 걸려 있다. 전화벨이 끊임없이 울리는데도.

노리유키는 욕실 쪽을 돌아보았다. 벨 소리를 못 들을 리 없다. 그렇다면 욕실에도 이 집의 어디에도 구니오가 없다는 말인가.

노리유키는 신발을 벗고 복도를 거슬러 갔다. 전화기에서 메시지 소리가 들려온다. 이어서 젊은 남자의 목소리. ××부동산의 모리모토입니다. 지난번에 말씀드린 거, 생각해 보셨는지요. 다시 연락드리겠습니다. 그리고 삐―, 전자음.

노리유키는 세면실을 엿보았다. 불이 켜져 있다.

바구니 속의 옷은 분명히 구니오의 것이었다. 천박한 핑크색 폴로셔츠가 눈에 익다.

문득 아래쪽을 보니 장갑 한 짝이 떨어져 있었다. 더러운 실장갑이었다. 노리유키는 고개를 갸우뚱했다. 아버지가 윤활유 같은 걸 만지는 일은 절대로 하지 않는다는 사실을 잘 알고 있었다.

욕실 문을 밀어 보았다.

다카사키 구니오는 길고 좁은 욕조에 들어가 있었다. 두 다리를 쭉 뻗고 두 팔은 몸 옆에 두고서. 욕조 벽에 기댄 고개가 부자연스럽게 비틀려 있었다.

노리유키는 서둘러 문을 닫고 무선 전화기를 집어 들었다. 심장이 빠르게 고동치기 시작했다. 그러나 그것은 공포나 쇼크 때문은 아니었다.

이렇게 근사한 일이 현실에서 일어나도 된단 말인가, 그런 생각이 그의 가슴을 고동치게 했다.

3

신발 바닥이 체육관 바닥을 쓸면서 찌익, 찌익, 소리가 난다. 때로 둥, 그 낮은 울림은 앞으로 몸을 기울이며 발을 디딜 때 나는 소리다. 구사나기에게는 그리운 옛날의 추억이 녹아 들어 있는 소리였다.

복식 시합이 벌어지고 있었다. 한쪽 팀에 유가와 마나부가 있다. 그가 지금 서브를 넣으려는 참이다.

네트 바로 위를 아슬아슬하게 통과하여 앞 라인 꽉 찬 자리에 떨어지는 절묘한 서브가 들어갔다. 상대가 그것을 높이 쳐 올린다. 유가와의 파트너가 후방에서 스매싱을 하고 상대가 다시 그것을 받아 낸다. 잠시 멋진 랠리가 이어지다가 유가와 앞으로 찬스 볼이 떠올랐다.

날카롭게 라켓을 휘두른 것 같았는데 셔틀콕은 한 템포 늦게 빙글빙글 돌면서 건너편 코트 위에 떨어졌다. 상대는 꼼짝도 하지 못했다.

심판이 게임 종료를 선언한다. 두 팀의 선수들은 웃으면서 악수를 교환한다.

유가와가 코트에서 물러나는 것을 보고 구사나기가 손을 번쩍 치켜들었다.

"과연 대단해. 옛날 솜씨가 그대로 남아 있군. 마지막에는 스매싱으로 결정할 것 같았는데, 커트를 하다니 놀라워."

"그거 스매싱이야. 스매싱으로 친 거야."

"어? 그렇지만……."

"이거."

유가와가 들고 있던 라켓을 구사나기에게 보여 주었다. 중간쯤에서 거트 하나가 끊어져 있었다.

"끊어진 이 부분에 닿은 것 같아. 그게 커트로 보였다니 옛날 명선수의 눈도 많이 나빠진 것 같네."

구사나기는 얼굴을 찌푸리더니 라켓을 두세 번 휘둘렀다. 기분 좋은 감촉이었다.

"가끔씩 배드민턴을 해 보는 게 어때. 경찰서 체육관에서 유도나 검도만 하는 것도 지겨울 텐데."

유가와가 타월로 몸을 닦으며 말했다.

"경찰관의 격투기 훈련을 물리학 교수의 여가 활동과 동급으로 취급하면 안 되지. 기다려, 언제 한번 상대해 줄 테니까. 단, 이번 바쁜 일을 끝낸 다음에."

"얼굴을 보니까 또 골치 아픈 사건을 맡은 모양이군."

"응, 골치 아픈 일이라고 할 수도 있고."

"그래서 나에게 의논하러 왔다는 거지."

"아냐, 이번에는 자네 실력으로도 무리가 아닐까 싶어. 분야가 다르니까."

"분야가 달라?"

"그래, 이번에는 의학 분야거든."

그렇게 말한 구사나기는 위 호주머니에 손을 넣어 폴라로

이드 사진을 한 장 꺼냈다.

"이번에 성불한 분이야."

유가와는 불쾌한 기색도 없이 사진을 들여다보았다.

"행복한 죽음이란 게 있다면 바로 욕탕에서 죽는 게 아닐까 싶어. 화장실이라면 지나간 인생이 오물로 범벅이 되는 듯한 기분일 테니까."

"시체를 보고 뭐 느끼는 거 없어?"

"글쎄, 딱히 외상은 없는 것 같은데…… 가슴의 이 반점 같은 건 뭐지?"

"문제는 바로 그거야."

구사나기도 새삼 그 사진을 멀뚱히 바라보았다.

사진에는 욕조에 잠겨 있는 시체가 찍혀 있었다. 죽은 사람의 이름은 다카사키 구니오. 고토 구에 사는 슈퍼마켓 주인이다.

시체는 아들이 발견했지만 곧바로 경찰에 연락하지 않고 잘 아는 의사에게 전화해서 방문해 달라고 했다. 그 시점에서 아들은 타살이라는 가능성을 조금도 염두에 두지 않았던 것이다.

다카사키 구니오는 심장이 약했다. 연락을 받은 의사는 그런 내막을 잘 알고 있었기에 심장 발작을 일으켰을 것이라 생각했다. 그런데 막상 시체를 보니 그 모습이 사뭇 특이했다. 그래서 경찰에 연락한 것이다.

근처의 관할 경찰서에서 형사가 달려갔다. 그러나 그들의 안목으로도 이것이 사고로 인한 죽음인지, 병사인지, 아니면 타살인지 판단하기가 힘들었다. 그래서 그들의 책임자가 본청에 연락한 것이다.

본청에서 형사가 파견되었다. 그때 몇 명의 수사관이 동행했다. 그 가운데 하나가 구사나기였다.

"그래서 형사님들의 견해는?"

"이런 시체는 처음이라고 해."

"오호."

"가장 단순한 해석은, 입욕 중에 심장 발작을 일으켜 그 자리에서 꼴까닥했다는 것. 몸부림친 흔적도 없으니 누구든 그렇게 생각하는 것이 당연하지."

"그런데 평범하지 않은 뭔가가 있다는 말이군."

"문제는 바로 가슴의 이 반점 같은 거야."

구사나기는 사진의 한 부분을 손가락으로 가리켰다.

다카사키 구니오의 오른쪽 가슴에 지름 10센티미터 정도의 반점 같은 것이 있었다. 회색이므로 화상이나 내출혈의 흔적은 아니다. 아들도 아버지 가슴에 그런 반점이 있는 걸 본 적이 없다고 증언했다.

"해부 결과 놀라운 사실이 밝혀졌어."

"뭔데, 그게? 사람 애태우지 말고 빨리 말해 봐."

"회색 부분은 세포가 완전히 괴사한 것이라고 해."

"괴사?"

"물론 사람이 죽으면 이윽고 피부 세포가 죽지. 그렇지만 이 반점 부분은 그런 게 아니라 순간적으로 괴사한 흔적이란 거야."

"순간적이란 말이지."

유가와는 몸을 다 닦고 나서 타월을 스포츠백 속에 넣었다.

"그런 병은 없어?"

"들어 보지 못했다는 것이 해부학 의사의 말이야."

"약물을 사용했을 가능성은?"

"시체에서는 아무것도 검출되지 않았어. 하긴 그런 약물이 존재하는지 안 하는지도 모른다고 하니까. 어쨌든 이 반점만 없다면 시체는 심장 마비로 인한 죽음이 분명하다는 거야."

"심장 마비만 일으키는 것이라면 방법이야 있지."

유가와가 중얼거렸다.

"감전사 말이지? 그 정도는 나도 생각해 낼 수 있어. 코드를 콘센트에 연결한 테이블 탭을 욕조에 넣는 방법. 그렇지만 그 방법은 확실하지가 않아. 자세한 내용은 모르겠지만 전기가 흐르는 길과 관계가 있는 모양이야."

"전류 밀도는 두 극 사이의 최단 경로에서 가장 높아지므로 확실한 쇼크사를 유도하려면 심장을 사이에 두고 전기 코드를 세팅해야 할 거야."

"설령 그렇게 해서 감전사시킨다고 하더라도 이 같은 반점은 남지 않는다는 것이 전문가의 의견이야."

"그래서 두 손을 들었다는 말이군."

유가와는 빙긋 웃었다.

"그래서 기분 전환이나 할 겸 자네를 찾아왔지."

"얼마든지 봐, 이 얼굴이 좋다면."

"무슨 계획이라도 있어? 없으면 오랜만에 한잔 어때?"

"나야 괜찮지만 자네는 그럴 여유가 없잖아. 그런 골치 아픈 사건이 일어난 마당에."

"사건인지 아닌지 알 수 없으니까 골치 아프다는 거야."

학생 시절, 배드민턴 연습이 끝나면 자주 가던 술집으로 갔다. 카운터에 앉은 여주인이 구사나기의 얼굴을 기억하고 반갑게 맞아 주었다. 직업이 형사라고 하자, "가장 사람 좋아 보이더니만, 역시 사람은 겉보기와는 다른 모양이야."라고 묘한 말을 했다.

잠깐 옛날이야기를 나누다가 변사체 이야기로 돌아갔다.

"그 슈퍼마켓 사장이 남의 원한을 살 만한 삶을 살진 않았어?"

유가와가 회 한 점을 입에 넣으면서 물었다.

"아들 말로는 원한을 샀을 가능성이 아주 높대. 혈혈단신으로 어릴 적부터 악착같이 모아서 그런 가게를 차릴 정도에 이르렀으니, 금전적인 면에서 꽤 야박하고 천박하게 군 것 같아. 그러나 구체적으로 따지고 들어가니 아무것도 몰라."

그렇게 대답하고 구사나기는 시샤모를 대가리부터 씹었다.

"수수께끼의 사인 외에 이상한 점은?"

"이상하다고 할 만한 것은 전혀 없어. 사망 추정 시각은 발견되기 전날 밤 10시에서 새벽 1시 사이니까, 욕탕에 들어간 것 자체에도 무리가 없어. 실내가 어질러진 것도 아니니 누구랑 다투었다고 볼 수도 없고. 단 한 가지 마음에 걸리는 것은 현관 자물쇠가 열려 있었다는 것. 죽은 다카사키 구니오는 다섯 달 전에 아내가 세상을 떠난 이후로는 실질적으로 혼자 살았어. 그렇다면 보통 목욕을 하기 전에 문단속부터 하는 것이 상식 아닐까. 아들 말로는 그런 점에서는 철저했다고 해."

"그날만 깜빡했을지도 모르잖아."

"뭐, 그럴 수도 있겠지."

유가와는 구사나기의 컵에 맥주를 따르며 크크 웃었다.

"왜, 뭐가 이상해서 기분 나쁘게 웃고 그래."

"아냐, 미안. 이런 상황에서 만일 용의자로 추정되는 인물이 떠오른다면 어떻게 할까 싶어서."

"무슨 말이야?"

구사나기도 유가와의 컵에 맥주를 따라 주었다.

"그렇잖아, 살인 방법을 모르는데 어떻게 추궁할 수 있겠어. 용의자가 '형사님, 내가 죽였다면 어떤 방법으로 죽였는지 어디 한번 말해 보시죠.'라고 하면 뭐라고 대답할 거야?"

반쯤은 약을 올리는 듯한 유가와의 질문에 구사나기는 얼굴을 찌푸렸다.

"이번 사건만은 취조실에 얼씬도 안 할 생각이야."

"그게 정답이겠지."

둘이서 맥주를 네 병 비우고 자리에서 일어났다.

가게를 나선 후 구사나기는 시계를 보았다. 이제 겨우 9시가 조금 넘었을 뿐이다.

"2차로 한잔 더 할래? 가끔은 긴자 같은 데도 괜찮지 않겠어?"

유가와는 깜짝 놀라서 뒷걸음질 쳤다.

"갑자기 왜 그래. 보너스라도 받았어?"

"죽은 다카사키가 잘 가던 술집이 있어. 거기에 가 볼까 해서."

다카사키의 우편함에 그 술집에서 보낸 우편물이 들어 있었다. 청구서였다. 아들 노리유키가, "그 구두쇠 아버지가 술집에서 이렇게 많은 돈을 썼을 리 없습니다."라며 펄쩍 뛸 만한 금액이었다. 그렇다면 거기서 일하는 호스티스에게 푹 빠져있었다는 게 아닐까.

"자네가 산다면 대환영이지만."

유가와가 안주머니를 더듬으며 지갑을 확인하는 시늉을 했다.

"가끔은 분에 넘치게 마실 수도 있지. 우린 어차피 꾸려 나갈 가정도 없으니 말이야."

"하루빨리 가정을 이루어야 하지 않겠어."

구사나기는 유가와의 등을 가볍게 툭 쳤다.

4

가게 이름은 '큐리어스'였다. 장중한 인테리어에 안정된 분위기, 약간 어두운 조명 아래 테이블이 배치되어 있었다.

긴 머리 여자 두 명이 테이블에 와 앉았다. 처음이시죠, 하고 확인하듯이 물었다.

"다카사키 씨가 소개해서 왔지."

물수건으로 손을 닦으면서 구사나기가 말했다.

"자주 오지, 다카사키 씨?"

"다카사키 씨?"

여자가 조금 놀란 듯 눈을 동그랗게 떴다.

"슈퍼마켓을 경영하는 다카사키 씨 말이야."

"어머!"

여자는 구사나기와 유가와의 얼굴을 번갈아 살폈다. 그러더니 몸을 앞으로 기울이고 목소리를 낮추었다.

"손님들, 모르세요?"

"뭘?"

"다카사키 씨는 말이죠……."

여자는 주변을 신경 쓰며 말했다.

"죽었어요."

"뭐야!"

구사나기가 과장되게 눈을 화들짝 떴다.

"정말?"

"정말이죠, 그럼. 이삼 일 전에요."

"웬 뚱딴지같은 소리야. 이봐, 자네는 알고 있었어?"

구사나기가 유가와에게 물었다.

"처음 듣는 소리야."

유가와는 무뚝뚝하게 대답했다.

"왜 죽었대? 암이야?"

구사나기가 호스티스에게 물었다.

"그걸 잘 모른대요. 아마 심장 마비일 거라던데. 집에서 목욕하다 죽었는데 아들이 발견했다고 해요."

"자네, 어떻게 그런 걸 다 알아?"

"신문에 나온 걸 마담이 보고 놀라서 보여 주었거든요."

"흠."

시체가 발견된 다음 날 조간에 다카사키 구니오의 변사에 대한 기사가 조그맣게 실렸다. 구사나기도 알고 있었다.

"손님들은 다카사키 씨랑 어떤 관계?"

"그냥 술 마시고 노는 지인 관계라고 할까. 하긴 죽은 것도 몰랐으니 지인이라고 할 수도 없겠네, 뭐."

그러면서 구사나기는 위스키를 마셨다.

"무슨 일 하세요?"

"내 직업? 그냥 회사원이지, 뭐. 그렇지만 이 친구는 달라. 데이토 대학 물리학 연구실의 조교수야. 그것도 미래의 노벨상 후보."

그렇게 말하고 유가와를 소개하자 "와!"하고 여자는 감탄사를 터뜨렸다.

"정말 대단하신 분이네요."

"대단할 것도 없어."

유가와는 여전히 무뚝뚝하게 말한다.

"노벨상 후보도 아니고."

"겸손 떨지 말고 명함이나 한 장 줘."

구사나기가 말했다.

"안 믿는 것 같으니까."

이것은 상대의 경계심을 무너뜨리는 데 협력해 달라는 사인이었다. 눈치를 챈 유가와가 못 이기는 척하며 여자에게 명함을 내밀었다.

"와! 물리학과 제13연구실, 뭘 연구하세요?"

"상대성 이론과 다윈의 진화론을 뉴턴적으로 풀어 가는 연구야."

"네? 뭔데요, 그게. 무슨 말인지 통 모르겠어요."

"간단히 말해 일반인에게는 똥으로도 쓸 수 없는 그런 연구라는 거지."

유가와는 별로 재미없다는 표정으로 위스키 잔을 입으로 가져갔다.

"다카사키 씨가 왔을 때도 자네가 상대했나?"

구사나기가 여자에게 물었다.

"제가 옆에 앉을 때도 있지만 대체로 사토미 짱이 서비스했죠. 마음에 들어 했으니까요."

"어느 애?"

"저기 검은 옷 입고 있는 애요."

그 방향을 보니 검은 미니스커트 차림의 여자가 다른 손님을 상대하고 있었다. 나이는 아직 이십 대 전반을 넘지 않았을 것이다. 쭉 뻗은 긴 머리카락이 어깨 바로 위까지 흘러내렸다.

"나중에 좀 불러 줄래?"

"그럴게요."

그 요청은 10분 만에 성사되었다. 사토미의 손님이 일찍 자리에서 일어났기 때문이다.

구사나기는 아까와 똑같은 대화로 상대의 경계심을 풀어 놓았다. 또한 사토미가 본명이고 한자로 聰美라 쓴다는 것도 알아냈다.

"인생이란 정말 언제 어떻게 될지 알 수 없다니까. 그렇게 건강하던 다카사키 씨가 욕탕에서 꼴까닥할 줄이야."

구사나기는 크게 한숨을 내쉬었다.

"저도 깜짝 놀랐는걸요."

사토미가 대답했다.

"자네도 신문을 보고 알았나?"

"예."

"그랬군. 엄청 놀랐겠어."

"정말 믿을 수가 없었어요."

사토미는 입술을 내밀며 그렇게 말했다.

말을 하는 태도나 동작 하나하나가 나른한 느낌을 주는 여자였다. 화장을 해서 확실히 알 수는 없지만 한낮에 보면 잠오는 듯한 얼굴일 것이라고 구사나기는 상상했다. 그러나 이런 분위기에 끌리는 남자가 적지 않다는 것을 그는 알고 있었다. 그리고 이런 타입의 여자가 늘 느리거나 게으르지만은 않다는 사실도 수많은 범죄자를 접해 온 경험을 통해 잘 알고 있었다.

구사나기는 사토미가 일회용 라이터로 담배에 불을 붙이는 모습을 관찰했다. 그녀의 오른손 중지와 약지에 반지가 끼여 있었다.

"낮에는 뭘 하지?"

갑자기 옆에서 유가와가 물었다.

"아, 낮에 말인가요?"

"응, 다른 직업을 가지고 있을 것 같아서."

유가와가 단정적으로 말해서인지 사토미는 가볍게 고개를 끄덕였다.

"뭘 하는데?"

구사나기도 물었다.

"보통의 사무원인가?"

"네, 맞아요."

"어떤 직종의 회사인지 맞혀 볼까?"

유가와가 말했다.

"제조업, 즉 메이커."

사토미는 바쁘게 눈을 깜빡거렸다.

"어떻게 알았어요?"

"그건 물리학의 기본이니까."

유가와의 말을 듣고 사토미가 무슨 말을 하려는데 누군가가 그녀의 이름을 불렀다. 그러자 그녀는 잠깐 실례한다면서 자리를 떴다.

구사나기는 재빨리 손수건을 꺼내 테이블 위에 놓여 있는 그녀의 일회용 라이터를 집었다. '큐리어스'라는 가게 이름이 박혀 있었다.

"현장에서 피해자 이외의 지문이 꽤 많이 나온 모양이지?"

구사나기의 의도를 알아차리고 유가와가 물었다.

"얼마나 나왔더라?"

대답하면서 구사나기는 손수건으로 싼 라이터를 가슴 주머니에 넣었다.

"타살이라고 하더라도 이번 사건의 범인이 지문을 남기는 실수를 하지는 않았겠지만, 밑져야 본전이니까."

"그런 성실한 노력이 결실을 볼 수도 있지."

"그럼 얼마나 좋겠어. 그런데,"

구사나기는 목소리를 낮추었다.

"어떻게 저 애가 제조업에 종사한다는 걸 알았어?"

"회사에 다닌다면 제조업이라고 생각했지. 근무 장소는 아마도 공장 내부일 거야. 다만 그녀 자신은 작업을 하지 않아. 현장에서 사무를 보겠지."

"그러니까 그걸 어떻게 알았느냐고."

"하나는 머리 스타일. 직모인데도 윗부분이 부자연스럽게 층이 졌어. 그건 아마 모자를 쓴 흔적일 거야. 사내에서 모자를 써야 한다면 가장 가능성이 높은 것이 제조 현장이 아닐까."

"엘리베이터 걸도 모자를 써. 안내양도 그렇고."

"만일 그렇다면 보통의 사무원이냐는 물음에 그렇다고 대답하지는 않아. 그리고 또 하나, 머리카락에 미세한 금속 가루가 묻어 있었어. 그건 분진이 많은 직장임을 뜻해. 여자들에게 가장 귀찮은 것이지."

구사나기는 멀뚱멀뚱 물리학자의 얼굴을 바라보았다.

"정말 대단한 관찰력이군. 여자에게 아무 관심도 없다는 표정을 짓고 있더니만."

"관찰할 필요가 없으면 이렇게 세심하게 보지 않아. 저 여자를 조사하는 것이 오늘 여기에 온 목적 아냐?"

"그건 그렇지. 내친김에 왜 그녀는 작업을 하지 않는다고 단정하는지 그 근거를 가르쳐 줘."

"그건 간단해. 손톱이 너무 길어. 가짜 손톱은 아닌 것 같은데 말이야, 저래서는 현장에서 일을 못하지."

"과연!"

제조업이라는 말을 듣고 구사나기는 뭔가를 떠올렸다. 다카사키 구니오의 세면실에서 어울리지 않는 장갑을 하나 주웠다. 공장이라면 당연히 장갑을 많이 사용할 것이다.

사토미가 돌아와서는 실례했습니다, 하고 자리에 앉았다.

"자네, 어떤 직장이야?"

구사나기가 다시 물었다.

"저 말인가요? 그러니까, 보통의 직장이죠, 뭐. 경리 같은 걸 봐요."

"흠."

구사나기는 유가와 쪽을 바라보았다. 유가와는 그녀가 눈치채지 못하게 살짝 고개를 저어 보였다. 거짓말을 한다는 뜻인 것 같았다.

그로부터 위스키 두세 잔을 더 마시고 자리에서 일어섰다. 술값이 늘 가는 술집의 다섯 배도 넘었다.

건물 바깥까지 사토미가 배웅해 주었다. 마침 다가오는 택시를 유가와가 잡았다.

"호스티스도 참 힘들겠어."

차에 타면서 유가와가 말했다.

"그만큼 급료가 좋잖아."

"개중에는 기이한 손님도 있을 거야."

유가와는 뒤를 돌아보았다.

"그리고 저런 남자도 있고."

응? 구사나기가 뒤를 돌아보았다. 젊은 남자가 사토미에게 무슨 말을 하고 있었다. 사토미는 어쩐지 곤혹스러워하는 태도였다.

"저 젊은이, 건물 바깥에 숨어 있었어. 아마도 그녀가 나오기만을 기다렸을 거야."

"손님으로 보이지는 않아."

"응. 그렇다고 연인으로 보이지도 않고."

택시가 모퉁이를 돌자 두 사람의 모습도 시야에서 사라졌다.

5

다카사키를 안다는 손님 둘을 배웅한 직후 다가미 쇼이치가 갑자기 나타나는 바람에 사토미는 깜짝 놀라고 말았다. 가능하다면 모른 척하고 그냥 엘리베이터를 타고 싶었지만 다가미가 바로 정면에서 나타났으니 피할 길도 없었다.

"사토미……."

그가 기어 들어가는 목소리로 불렀다.

"……왜 여기까지 왔어?"

"전화를 해도 안 받으니까. 회사에서도 만날 기회가 없고."

"내가 여기 있는 걸 어떻게 알았어?"

"그건…… 얼마 전에 한번……."

"미행한 거지?"

다가미는 고개를 끄덕였다. 어이가 없다는 듯 사토미는 고개를 돌렸다.

"저기, 이거 전해 주고 싶어서."

그는 작은 봉지를 내밀었다.

"뭔데, 이게?"

"열어 보면 알아."

"그래, 그럼 나중에 볼게. 용건은 그것뿐이지?"

사토미는 주위를 살핀 뒤 뒤돌아서 걷기 시작했다. 이런 모습을 손님이 보기라도 하면 무슨 말을 들을지 모른다.

"아, 잠깐만 기다려."

다가미가 그녀를 불러 세웠다.

"또 뭔데?"

노골적으로 귀찮다는 표정을 지으며 돌아보는데도 그는 바싹 앞으로 다가와 속삭였다.

"그거, 잘된 것 같아."

"그거?"

사토미가 미간을 찌푸렸다.

"뭐 말이야?"

"그거 말이야. 신문 봤지?"

그렇게 말하고 다가미는 청바지 호주머니에서 종잇조각을

꺼내 사토미의 얼굴 앞에 펼쳤다.

신문 기사를 오려 낸 것이었다. '슈퍼마켓 주인, 욕실에서 변사'라는 제목이 사토미의 눈을 파고들었다.

"자, 자, 잠깐만."

사토미는 그의 손에서 신문 기사를 빼앗아 들고 그의 등을 밀치며 바로 옆 빌딩의 계단 뒤로 숨었다.

"쓸데없는 소리 하지 마. 나, 이런 것하고 아무 관계도 없어."

그녀는 기사를 마구 찢어 버렸다.

"그렇지만 그걸 빌려 달라고 했잖아. 그래서 내가 일부러 네 방까지 가져다주었고."

다가미가 말을 끝내기도 전에 사토미는 고개를 마구 저었다.

"지난번에는 내가 제정신이 아니었어. 그런 참에 네가 이상한 말을 해서 나도 모르게 관심을 보였던 거야. 그렇지만 금방 정신을 차리고 그래서는 절대로 안 된다고 생각을 바꾸었어."

"정말?"

다가미는 눈알을 데굴데굴 굴렸다.

"난 아까 그 기사를 보자마자 사토미가 저지른 일인 줄 알았는데."

"아냐. 무엇보다도 내가 죽이고 싶은 상대는 그 사람이 아니야. 그리고 그건 어제 택배로 너한테 도로 보냈어."

"그건 알아, 오늘 받았으니까. 그렇지만 사토미, 그걸 상자에서 꺼낸 건 사실이잖아. 포장 방법도 조금 달랐고, 안에 있던 장갑도 한 짝이 없어졌던걸?"

"장갑?"

사토미는 가슴이 덜컹했다.

"공장에서 사용하는 거 말이야."

사토미는 긴장했을 때의 버릇대로 아랫입술을 깨물었다. 그러나 다가미 앞이라 침착해 보이려고 안간힘을 썼다.

"궁금해서 잠깐 꺼내 보았을 뿐이야. 그때 장갑 한 짝이 떨어졌나 보지. 아마 내 방에 있을 거야. 원한다면 돌려줄게."

"아냐, 그건 아무래도 좋아. 장갑이야 얼마든지 있으니까. 그랬구나. 나는 네가 그걸 사용한 줄로만 알았지. 현장이 욕실이라는 거, 가슴 피부가 썩었다는 거, 하나같이 내가 예상한 대로라서……."

"아니라고 했잖아. 몇 번을 말해야 알아들어."

사토미는 빠른 어투로 쏘아붙였다.

그러자 다가미는 금방 주눅이 든 표정을 지었다.

"아니라면 됐어."

그때 옆의 엘리베이터 문이 열리면서 다른 가게의 호스티스와 손님이 내렸다.

"그럼 나는 바빠서. 다시는 여기 찾아오지 마."

그렇게 말하고 사토미는 재빨리 엘리베이터에 탄 뒤 닫힘

버튼을 눌렀다. 이윽고 엘리베이터 문이 애타게 흔들리는 다가미의 눈을 가려 주었다.

사토미는 손바닥으로 가슴을 눌렀다. 심장의 고동이 가라앉을 줄 몰랐다.

다가미 쇼이치가 그 작은 신문 기사와 사토미를 연결시켜 생각했다는 것 자체가 그녀에게는 충격이었다. 아니, 애당초 그것이 신문 기사로 나온 것 자체가 계산 밖이었다.

"이걸 사용하는 살인은 세계에서 처음일 거야. 그러니까 절대로 타살로 보일 리 없어."

그걸 빌려줄 때, 다가미는 그렇게 단언했다. 아마도 심장 마비로 판명될 것이라고 말했다. 그래서 그녀는 실행하기로 결단을 내린 것이다.

단순한 심장 마비라면 신문에 나오지도 않을 테고, 그러면 다가미는 그걸 가지고 사토미가 살인을 실행했는지 안 했는지도 모를 것이다. 그리고 그것을 사용하지 않았다고 주장하면 다가미에게 약점 잡힐 일도 없다. 이것이 사토미의 생각이었다.

그녀는 마음을 진정시키려 애썼다. 조금 아슬아슬하긴 했지만 다가미를 속이는 데는 성공한 것 같았다. 그 또한 그것을 사용하여 사람을 죽인 적이 없을 테니까 시체가 어떻게 되는지 정확히 알 수 없을 것이다.

이런 데서 발목이 잡혀서는 안 된다. 승부는 지금부터다.

다카사키 구니오를 죽였을 때를 떠올렸다. 이상한 일이지만 아직까지 두렵다거나 후회스럽다는 생각은 들지 않는다. 잘돼서 다행이라는 안도감만이 그녀의 가슴을 가득 채우고 있다.

욕조에 몸을 담그고 있던 다카사키는 그녀가 그걸 들고 욕실에 들어서는 걸 보고서도 의심하지 않았다. 욕실에서 사용하는 건강 기구라면서 미리 보여 주었기 때문이다. 그래서 그녀가 그것을 다카사키의 가슴에 가져갔을 때도 그는 몇 초 후에 자신의 심장이 멈추리라는 것은 상상도 하지 못했을 것이다. 그 증거로 그는 마지막까지 싱글벙글 웃고 있었다.

그보다 더 간단한 살인은 아마 이 세상에 없을 것이라고 그녀는 생각했다. 다가미는 정말 좋은 걸 빌려주었다.

엘리베이터에서 내린 다음에야 사토미는 자신이 종이 봉지를 들고 있다는 사실을 깨달았다. 다가미에게서 받은 것이다. 가게에 들어서기 전에 그녀는 봉지 속을 들여다보았다. 그리고 얼굴을 찌푸렸다.

그 속에 든 것은 수제 브로치였다.

6

'큐리어스'에 갔다 온 다음 날 오후 4시가 지나서 구사나기는 혼자서 사이다마현 니이자 시에 있는 동서 전기 주식회사 공장을 찾아갔다. 나이토 사토미가 낮에 근무하는 회사의 소재지를 알아냈던 것이다. 사실은 더 빨리 움직이고 싶었지만 '큐리어스'의 마담이 오후 2시가 될 때까지 전화를 받지 않았다.

정문에서 방문객 명부에 이름을 적고 그 자리에서 사내 전화를 빌려 사토미가 일하는 시작부(試作部) 시작 1과에 전화를 걸었다. 신분을 밝히고 그 부서에 대해 좀 알고 싶은 게 있어 관계자와 이야기를 나누고 싶다고 했더니 책임자인 과장이 긴장한 목소리로 물었다.

"우리 작업장에 무슨 일이라도?"

"아니, 그건 아닙니다. 사건 때문에 그러는 것이 아니라 의논할 일이 있어서요. 어느 분이든 잠깐 시간을 내주시면 고맙겠는데요. 바쁘신데 정말 죄송하지만."

"아, 그런 용건이었습니까. 그럼 누가 좋을까요. 남자 사원이면 되겠습니까?"

"아, 그럼 좋지요."

사토미에 대해 물어보려면 여자가 좋긴 하지만, 그랬다가 사토미 본인이 나타나면 곤란하다.

그럼 한 사람을 보내겠다고 말하고 과장은 전화를 끊었다.

수위실 앞에서 5분 정도 기다리자 사십 대 중반쯤 되어 보이는 키 작은 남자가 걸어와서 반장 오노데라라고 자기소개를 했다. 구사나기는 고개를 끄덕였다. 현장에서 가장 쉽게 시간을 낼 수 있는 사람이라면 반장일 것이다.

"저, 무엇을 알고 싶으신지요."

오노데라는 작업모 위로 머리를 긁적거리며 물었다. 영문도 모른 채 형사 앞에 섰으니 당혹스럽기도 할 것이다.

"회사에 대해 좀 묻고 싶은 게 있습니다."

구사나기는 부드러운 표정으로 상대를 안심시키려 노력했다.

"일의 내용이라든지, 이 부서에서 일하는 사람에 대해서입니다."

"아, 그러십니까."

반장은 이번에는 손으로 목덜미를 문질렀다.

"그럼 먼저 현장을 보여 드리겠습니다."

"봐도 될까요?"

"아, 위에서 허락이 내려왔으니까 괜찮습니다. 그럼 이걸 착용해 주시면 고맙겠습니다."

그렇게 말하고 오노데라는 견학자라 적힌 모자와 도수 없는 안경을 건네주었다.

시작부라는 것은 이름 그대로 부품이나 제품의 시작품을

만드는 부서인 것 같았다. 특히 오노데라가 속한 시작 1과에서는 전기 부품의 시작품을 주로 만든다고 한다.

"아, 그렇지. 혹시 이거 눈에 익지 않은가요?"

공장으로 가는 도중에 구사나기는 상의 호주머니에서 비닐 봉지를 꺼냈다. 그 속에는 다카사키 노리유키의 집 세면장에서 주운 장갑이 들어 있었다.

"이 장갑 말입니다."

오노데라는 멀뚱히 장갑을 바라보다가 고개를 갸웃했다.

"글쎄요, 우리 현장에서 사용하는 장갑과 같은 종류로 보이는데, 이런 건 종류가 그리 많지 않아서요."

"그렇겠지요."

예상했던 대답이기도 하고 애당초 그리 큰 기대를 품지 않았기 때문에 구사나기는 비닐 봉지를 바로 주머니에 넣어 버렸다.

시작 공장은 보통의 체육관을 두세 개 합한 정도의 넓이였다. 그 넓은 플로어에 선반과 볼링기를 비롯한 공작 기계가 무수하게 늘어서 있었다. 각각의 부서 사이를 가르는 칸막이도 없이 머리 위에 '시작 1과'라고 쓴 표지판이 걸려 있을 뿐이었다. 자동화된 공장이라기보다는 거대한 철공소 같은 인상을 주었다.

"생산 라인 같은 건 없군요."

구사나기가 오노데라를 향해 말했다.

"그건 그렇습니다. 생산 라인이란 것은 설계가 나오고 대량

생산이 결정되면 만들어지니까요. 여기서는 설계자도 아직 자신을 갖지 못하는 그런 제품을 만드는 겁니다. 물건 하나를 손으로 제작하는 거지요."

"거참, 꽤 힘들겠습니다."

"그렇습니다. 어려운 요구가 많아요. 그래서 최신 설비를 갖추고 있습니다. 철판의 틀을 가공할 때는 그 물건 하나 때문에 일부러 틀을 만들 수 없어서 레이저 절단기를 사용합니다."

오노데라는 콧방울을 조금 부풀리며 말했다. 자신의 일에 자부심을 가지고 있는 것 같았다.

공작 기계를 취급하는 작업자는 모두 남자였지만 권선반이라 표시된 부서에서 조그만 코일을 만드는 사람들은 모두 젊은 여자였다. 그리고 남자건 여자건 모두 모자와 안경을 착용하고 있었다. 구사나기는 나이토 사토미의 직장을 꿰뚫어 본 유가와의 혜안에 새삼 혀를 내두르지 않을 수 없었다.

"시작 1과에는 사무실이 없습니까?"

"과별로 있는 게 아니라 시작부 전체를 관리하는 사무실이 공장 한구석에 있습니다. 안내할까요?"

구사나기는 잠시 생각하다가 고개를 끄덕였다.

"아, 부탁하겠습니다."

나이토 사토미와 얼굴을 마주칠까 봐 망설여지긴 했지만, 그것은 그때 가서 생각하자고 마음을 다잡았다.

사무실로 들어서자 오노데라는 과장에게 구사나기를 소개했다. 구사나기는 재빨리 사무실 안을 둘러보았지만 나이토 사토미는 보이지 않았다.

과장 이세는 구사나기에게 뭘 조사하느냐고 집요하게 물었다. 할 수 없이 그는 장갑을 다시 꺼내 사건 현장에 떨어져 있던 것이라고 말했다.

"이 장갑만 보고 어떻게 우리 공장을 떠올렸습니까?"

이세가 의아하다는 표정으로 물었다.

"그건 수사상의 비밀입니다. 그리고 여기만 조사하는 게 아니니까 걱정하지 않으셔도 됩니다."

구사나기는 재빨리 비닐 봉지를 안주머니에 넣었다.

"그런데 이 사무실에는 여사원이 없습니까?"

"여자 작업원 말입니까?"

"아니, 그게 아니라……."

"사무원 말인가요? 있죠, 한 사람. 나이토라는 직원인데
……."

이세는 사무실 안을 둘러보았다.

"지금 상사가 불러 다른 곳에 가 있는 모양입니다."

"어떤 사람이지요?"

"어떤 사람? 뭐, 그냥 평범한 여자지요."

"여긴 남자들뿐이라 꽤 인기가 있겠습니다."

"그건 그렇겠죠."

이세는 누런 이를 드러내며 말했다.

"같은 직장에 사귀는 사람이 있다든지……."

"글쎄요, 그런 소문은 듣지 못했는데……그런데 나이토에게 무슨 용건이라도?"

"아뇨, 그냥 호기심입니다."

이 중년 남자가 나이토 사토미의 본성에 대해 뭔가를 알리라고는 기대하지 않았다. 그보다 구사나기는 아까부터 자신에게 눈길을 주는 여사원에게 신경이 쓰였다. 조금 떨어진 자리에서 뭔가를 적고 있는 쇼트커트의 아가씨였다.

구사나기는 적당히 인사를 하고 자리에서 일어섰다. 오노데라가 문까지 배웅하겠다는 것을 정중하게 거절했다.

쇼트커트 여자의 뒤를 지날 때 구사나기는 그녀 바로 앞에 놓인 전화기를 눈여겨보았다. 거기 적힌 네 자리 숫자를 기억속에 단단히 새겨 두었다. 내선 번호였다.

사무실을 나서자마자 그는 가까운 공중전화에서 그 번호로 전화를 걸었다. 유리창 너머로 쇼트커트 아가씨가 수화기를 드는 모습이 보였다.

구사나기는 그녀가 놀라지 않도록 신중하게 이름을 밝히고, 사정이 있어 이세 과장 모르게 나이토 사토미에 대해 묻고 싶은 것이 있다고 말했다. 그의 직감대로 그녀는 흔쾌히 협력해 주겠다고 했다. 아마도 아까부터 말을 하고 싶어 안달이 나 있었던 것 같았다.

공장 바깥에 있는 휴게실에서 기다려 달라고 그녀는 말했다. 구사나기가 휴게실에 들어가 자판기에서 커피를 뽑고 있는데 그녀가 잰걸음으로 다가왔다.

하시모토 묘코. 시작 2과에 소속되어 있다고 했다. 구사나기는 휴게실 안의 긴 의자 하나에 그녀와 나란히 앉았다.

"사실은 어떤 사람이 변사체로 발견되었거든. 관계자들을 찾아다니며 정보를 모으고 있는데, 그 가운데 한 사람이 나이토 사토미야."

어느 정도는 사실 그대로 알려 주는 것이 도움이 될 것 같아 구사나기는 약간의 정보를 던져 주었다.

"그 사람, 남자겠죠?"

하시모토 묘코는 작은 눈을 반짝이며 물었다.

"왜 그렇게 생각하지?"

"아닌가요?"

"내 입장이 그래서 사실대로 말할 수는 없지만, 부정하지는 않겠어."

"역시."

하시모토는 갈증이 나는 듯한 표정으로 고개를 끄덕였다.

"그렇게 말하는 걸 보니 나이토 씨의 남자관계가 꽤 화려한 모양이지?"

"그럴 거예요. 그 사람, 회사에서는 얌전한 척하지만 술집에서 낯선 남자랑 같이 있는 걸 봤다는 사람이 여럿 있거든요."

"아!"

말하는 투로 봐서 하시모토 묘코는 사토미가 물장사 아르바이트를 한다는 사실을 잘 모르는 것 같았다.

"특정한 연인은 없고?"

"글쎄요, 적어도 직장에는 없어요. 그 사람, 현장 사람들한테는 별 관심이 없다고 하더라고요."

"그런가."

"결혼은 반드시 도쿄 출신의 엘리트랑 하겠다고요. 자기는 고졸에다 니가타 출신인 주제에."

하시모토 묘코는 입을 비죽거렸다.

"프라이드가 강한 모양이지."

"말도 마세요."

묘코는 크게 고개를 끄덕였다.

"시작부의 다른 과에 그녀의 방에 가 본 사람이 있는데, 브랜드 제품이 방을 가득 채우고 있더래요. 그렇지만,"

여기서 목소리를 낮추었다.

"카드가 연체되어 몹시 곤란한가 봐요."

"정말인가?"

"그런 말을 본인에게 직접 들은 애가 있거든요."

"그래서, 해결은 했대?"

"해결된 것 같아요. 다들 어떻게 해결했는지 궁금해해요. 빚이 몇백만 엔은 된다고 하던데."

"거금이로군."

"그렇죠?"

묘코는 눈을 크게 떴다.

그 가게에서 버는 돈만으로 빚을 청산하는 건 무리일 것이라고, 구사나기는 '큐리어스'의 내부를 떠올리며 생각했다.

구사나기는 묘코와 같이 휴게실을 나섰다. 인사를 하고 헤어지려는데 그녀가 한 방향을 손가락으로 가리키며 말했다.

"저기 걸어가는 저 남자도 사토미에게 푹 빠졌어요."

구사나기는 손가락이 가리키는 쪽을 바라보았다. 작업복을 입은 젊은이가 밀차를 밀며 걸어가고 있었다.

'큐리어스' 바깥에서 사토미를 기다리던 바로 그 젊은이였다.

7

그날 나이토 사토미는 가슴 두근거리는 일과 걱정스런 일을 하나씩 가슴에 품은 채 '큐리어스'에 출근했다.

가슴 두근거리는 일이란, 마쓰야마 후미히코와의 일이 잘 풀리고 있다는 것이다. 오늘도 그 일로 부장에게 불려 갔다.

마쓰야마 후미히코는 본사 생산 기술부에 적을 둔 남자 사원이지만 결코 평범하지 않았다. 그는 동서 전기의 하청 회사인 마쓰야마 제작소의 뒤를 이을 사람이다. 당연히 일정 시간이 지나면 아버지 회사로 돌아갈 것이다. 지금은 일을 배우려고 동서 전기에 적을 두고 있다. 동서 전기의 인사부도 그런 사실을 잘 안다. 생산 기술부에 발탁된 것도 그곳이 마쓰야마 제작소와 관련이 있기 때문이다.

마쓰야마 후미히코가 사토미를 처음 본 것은 두 달 전인 것 같다. 회사 일로 몇 번 니이자 공장을 오가는 사이에 그녀를 알게 되었고, 그러다 마음이 끌린 모양이었다.

부장을 통해 만나고 싶다는 말이 사토미에게 전해졌다. 그것이 열흘 전이다.

사토미는 마쓰야마 후미히코란 존재를 알고 있었지만 그가 자신을 그런 눈으로 본다는 것은 상상도 하지 못했다. 그리고 무엇보다 그가 그렇게 특별한 사원이라는 것을 몰랐다. 그래서 눈곱만큼도 관심이 없었다.

그러나 부장에게 자세한 이야기를 듣자마자 그녀는 마쓰야마 후미히코에게 관심을 가지기 시작했다. 그것이 자신에게 주어진 인생 최대의 기회라고 생각했다.

부장은 그녀에게 두 가지를 물었다. 사귀는 상대는 있는지, 마쓰야마 군과 교제할 마음이 있는지.

특정한 상대는 없다고 그녀는 당당하게 말했다. 그리고 요청에 대해서는 신중하게 생각해 보겠다고 대답했다.

그리고 오늘, 부장에게 불려 가 대답을 해 달라는 말을 들었다. 사토미는 조금 겸연쩍은 듯한 표정을 지어 보이고, 만나도 좋겠다고 대답했다. 부장은 활짝 핀 얼굴로 마치 결혼이라도 성사된 듯 축복의 말을 늘어놓았다.

행복한 기분에 젖어 부장실을 나선 사토미였지만, 직장으로 돌아오자마자 불쾌한 말을 듣고 말았다. 그 불길한 바람을 몰고 온 사람은 이웃 과에 근무하는 하시모토 묘코였다. 겉으로는 친절하지만 음험한 성격을 감추고 있는 1년 선배인 그 사람이 사토미는 끔찍하게 싫었다.

오늘도 사토미가 자리에 앉자마자 자못 친절한 척하며 말을 걸어왔다.

"아까 자기 과에 이상한 손님이 왔더라."

"어떤 사람이요?"

"그게 말이야,"

묘코는 목소리를 낮추었다.

"경찰이야."

가슴이 덜컹했지만 사토미는 태연을 가장했다.

"무슨 일로요?"

"살인 사건인 모양이야."

"네에?"

몸에서 열이 후끈 오르는 것 같았다.

"그런데 무슨 이윤지 나를 살짝 불러내잖아. 경찰이 뭘 물었는지 알아?"

묘코가 입술 사이로 빨간 혀를 살짝 내미는 것을 보고 사토미는 뱀을 연상했다.

"저야 모르죠. 뭐라고 하던가요?"

"그게 말이야,"

묘코는 목소리를 더 낮추었다.

"너에 대해 묻는 거야. 애인은 있는지, 사치를 하지는 않는지."

사토미는 할 말을 잃고 말았다. 어떻게 형사가 냄새를 맡게 되었는지 도무지 짐작이 가지 않았다.

"그렇지만 안심해. 잘 말해 뒀으니까. 정말 좋은 사람이라고. 형사도 내 말을 믿는 것 같았어."

"아, 고마워요."

사토미가 그렇게 말하자 묘코는 거만한 표정을 지으며 자기 자리로 돌아갔다. 그 뒷모습을 보고 사토미는 구역질이 날 것 같은 느끼한 기분에 사로잡혔다.

묘코가 자신에 대해 좋게 말했을 리 없다는 것을 사토미는 알고 있었다. 언젠가는 형사가 자신을 직접 찾아오리란 것을 각오해야 한다고 생각했다.

그렇지만 괜찮아, 증거가 없으니까.

다카사키 구니오를 죽인 뒤, 그가 늘 가지고 다니던 가방 속에서 사토미가 돈을 빌리고 써 준 차용증을 몽땅 꺼내 왔다. 지문을 남기지 않았고, 자신과 다카사키가 특별한 관계를 가졌다는 사실을 아는 사람도 없다.

마음을 다잡고 그녀는 평소 하던 대로 취객을 상대했다. 이제 슬슬 이 가게도 그만두어야 한다. 동서 전기는 아르바이트 금지다. 그렇지 않더라도 이런 모습을 회사 사람에게 들켰다가는 마쓰야마 후미히코와의 관계에도 나쁜 영향을 끼칠 것이다.

적당한 기회에 마담에게 말하리라, 그런 생각을 하고 있을 때였다. 누가 어깨를 툭 쳤다. 선배 호스티스인 아사미였다.

"카운터 손님이 네게 할 말이 있대."

귀에다 대고 그렇게 속삭이고 카운터 자리 쪽을 가리켰다.

누굴까, 하고 사토미는 카운터 쪽으로 고개를 돌렸다. 그와 동시에 얼굴을 찌푸리고 말았다.

다가미 쇼이치가 어울리지도 않는 양복을 입고 그녀 쪽을 바라보고 있었다.

8

링 형태의 자석 위에 알루미늄 포일로 감싼 자갈 같은 것이 떠 있다. 주위에 하얀 연기가 피어오르는 것은 공기 중의 수증기가 냉각되고 있기 때문이다.

작은 돌의 정체는 초전도체였다. 그것을 액체 질소로 식혀서 단열재와 알루미늄 포일로 감아 둔 것이다.

하얀 가운을 걸친 유가와가 핀셋으로 초전도체를 자석에 밀어붙였다. 그러자 초전도체는 다시 자석 위에 떠올랐다. 다만, 아까보다 자석과의 거리가 가까워졌다.

그 상태에서 유가와는 자석을 손가락으로 집어 올려 그대로 뒤집었다. 그러나 초전도체는 거리를 유지한 채 자석 아래에 그대로 떠 있었다. 유가와가 자석을 어떤 각도로 움직이든 보이지 않는 고리로 고정된 것처럼 초전도체는 자석과의 위치 관계를 바꾸지 않았다.

"이런 것을 마이스너 효과라고 하지. 간단히 말해 어떤 물질을 자력으로 공간에 고정시켜 두는 거야. 리니어 모터 카 같은 데 응용되고 있어."

그렇게 말하면서 유가와는 자석과 초전도체를 책상 위에 놓았다.

"참 희한한 걸 다 생각해 내는군, 과학자는."

구사나기는 감탄하면서 말했다.

"생각해 낸다기보다는 발견하는 게 더 많을 거야. 그런 의미에서 과학자는 늘 개척자라 할 수 있지. 과학자가 연구실에 틀어박혀 생각만 한다고 여기는 건 착각이야."

"그런 말을 하는 걸 보니 뭔가 발견한 모양이군."

구사나기는 의자에 걸쳐 놓았던 유가와의 상의를 그에게 던져 주었다.

"거기에 뭔가 있다면."

유가와는 그렇게 말했다.

구사나기는 오늘 다카사키 구니오가 죽어 있던 욕실을 유가와에게 보여 주려고 데이토 대학을 찾아왔다. 다카사키의 사인은 여전히 수수께끼로 남아 있는데, 경찰은 마지막 희망을 구사나기와 그 친구인 물리학 교수에게 걸고 있다.

스카이라인의 조수석에 유가와를 태우고 구사나기는 고토 구로 향했다. 그러나 도중에 문득 생각이 바뀌었다.

"잠깐 다른 곳에 들러도 될까."

"맥도널드 드라이브인에라도 가려고?"

"그보다는 더 섹시한 곳이야."

구사나기가 가려는 곳은 처음 '큐리어스'에 갔을 때 그의 옆에 앉았던 호스티스 가와이 아사미의 방이었다. 나이토 사토미에 대해 물어볼 생각으로 '큐리어스'의 마담에게 주소를 물어 알아 두었던 것이다.

"나는 여기서 기다릴게."

가와이 아사미의 아파트 앞에 도착하자 유가와가 앉은 채 말했다.

"어이, 그러지 말고 같이 가. 그 호스티스, 나보다는 자네를 더 좋아하는 것 같아."

"자네가 형사라니까 경계하는 게 당연하지."

"그러니까 같이 가 달라는 거야."

가와이 아사미는 아직 방에 있었다. 그녀는 T셔츠에 청바지 차림으로 문을 열었다. 화장을 하지 않은 얼굴이 더 젊어 보였다.

그녀는 구사나기를 기억하고 있었다. 사실은 형사라고 말하자 조금 놀라는 표정을 지었다.

"회사원이라고 했으면서."

"형사도 월급을 받으니까. 그렇지만 이 사람이 대학 조교수라는 건 사실이야."

구사나기는 옆에 있는 유가와를 가리키며 그렇게 말했다.

"사실은 나이토 사토미에 대해 좀 알고 싶어서."

"뭐야, 사토미 짱을 노리는 거야?"

"노리는 정도는 아니지만. 그 사람, 빚이 있다는 거 사실인가?"

"아, 들은 적이 있어. 자기 능력으로는 해결하기 힘들다고 했어."

"그거, 지금은 어떻게 됐어?"

"글쎄, 요즘에는 그런 말을 하지 않는 걸 보니까 어떻게 처리됐나 보지, 뭐."

"가게에서 돈을 빌린 적은?"

그러자 아사미는 어깨를 들썩이며 웃었다.

"우리 마담은 아르바이트 여자애에게 선불을 해 줄 만큼 마음씨 좋은 사람이 아냐."

그때였다. 방의 구석에서 회색 고양이가 움직였다.

"어, 러시안블루."

유가와가 고양이를 내려다보며 말했다.

"잘 아시네요, 교수님."

아사미는 고양이를 끌어안았다.

고양이 목사리에 브로치 같은 것이 매달려 있었다. 그것을 보고 구사나기가, "고양이 주제에 멋진 걸 매달고 있네."라고 말했다.

"아, 이거. 사토미 짱이 준 거야."

"그녀가?"

"회사에 자기를 졸졸 따라다니는 남자가 있대. 그 남자가 만든 모양인데, 촌스럽다면서 내게 주더라고. 그렇지만 나도 이런 건 하고 싶지 않으니까 네온의 목에 달아 줬지, 뭐."

고양이 이름이 네온인 모양이다.

"아, 솜씨 좋은 남자잖아."

브로치는 금속으로 보이는 둥그런 판에 여자의 옆얼굴을 새긴 것이었다.

"잠깐 실례."

유가와는 브로치를 만져 보았다.

"이거, 실리콘 웨이퍼야."

"실리콘?"

"반도체의 재료지. 이렇게 딱딱한데 어떻게 조각했을까."

"뭔가 도구를 사용했을 테지. 공장이니까 온갖 기계가 다 있을 것이고."

"그건 그렇겠지만……."

거기까지 말했을 때 유가와의 눈이 번쩍 빛났다. 아니, 구사나기의 눈에는 빛나는 것처럼 보였다.

"그랬어."

물리학자는 말했다.

"알았어. 그 기묘한 시체의 수수께끼가 풀렸어."

"정말이야?"

"아마도. 그 공장에 가면 확증을 얻을 수 있을 텐데."

"지금 가 보지, 뭐. 아, 그렇지만 오늘은 토요일이니까 쉬겠군."

"현장은 휴일에도 출근할지 몰라. 일단 가 보자."

유가와는 아사미 쪽을 바라보았다.

"이 브로치, 잠깐 빌려줄래요?"

"아, 그러세요."

아사미가 고양이 목에서 브로치를 떼어 냈다.

"저, 무슨 일인데 그러세요?"

"새로운 것을 한 가지 발견했다는 거죠, 뭐."

유가와는 그렇게 대답했다.

9

다가미 쇼이치의 방은 시키 시에 있었다. 창을 열자 바로 뒤편이 숲이고 커다란 상수리나무 가지가 손에 닿을 만한 거리에 있었다.

나이토 사토미는 다가미가 내준 낡은 방석 위에 앉아 실내를 둘러보았다. 두 평과 세 평짜리 방 말고도 마루가 깔린 작은 부엌이 있었다. 벽에는 얼마 전까지 인기를 누리던 여자 아이돌 탤런트의 포스터가 붙어 있고, 책장에는 텔레비전 애니메이션 프로그램을 녹화한 듯한 비디오테이프가 가득했다.

"입에 맞을지 모르겠어."

그러면서 다가미가 홍차와 케이크를 담아 가져왔다.

"맛있겠다."

"많이 사 뒀으니까 마음껏 먹어."

"고마워."

"와, 정말 기뻐. 사토미가 내 방에 다 와 주고. 꼭 결혼한 기분이야."

다가미의 말에 한순간 닭살이 돋았지만 사토미는 푸근한 미소를 지우지 않았다.

차분히 대화를 나누고 싶은데, 내일 집에 찾아가도 돼? 어제 '큐리어스'에 온 다가미에게 사토미는 그렇게 말했다.

물론 이유가 있다. 요전에 다가미한테 골치 아픈 말을 들었기 때문이다.

"사토미, 나 들었어. 다카사키 구니오가 이 가게의 단골이었다는 거. 그리고 너를 좋아했다면서. 그렇다면 역시 네가 한 거야. 그렇지?"

거기까지 알아 버린 사람을 속인다는 것은 불가능하다. 그리고 괜히 무시하다가 경찰에 알리기라도 하면 정말 곤란하다. 그래서 결말을 짓기 위해 오늘 그의 방에서 만나기로 한 것이다.

"저, 그거, 가져왔어?"

홍차 잔을 든 채 사토미가 물었다.

"그거?"

"그거, 있잖아……."

"아."

다가미는 고개를 끄덕이고 나서 일어났다. 그리고 현관 쪽으로 걸어갔다.

사토미는 숨겨 온 수면제를 재빨리 다가미의 잔에 넣었다. 하얀 분말은 금방 바닥으로 가라앉았다. 가게에 자주 오는 손님한테서 얻은 약이었다.

"물론 가져왔지. 봐."

다가미는 커다란 스포츠백을 들고 돌아왔다.

"오늘 이른 아침에 공장에 가서 살짝 들고 나온 거야."

"일부러? 정말 고마워."

"괜찮아. 그런데 뭘 확인하려고? 경찰은 이게 흉기인 줄 짐작도 못할 텐데."

다가미는 상기된 채 말했다.

"그럼 좋겠지만……."

"괜찮아. 나만 입을 다물면 아무 문제 없어. 그리고 나는 사토미 편이야. 너를 괴롭히는 놈은 죽어도 싸. 그 자식, 나쁜 놈이었잖아?"

"응, 그런 셈이지."

"그런 놈은 죽어 마땅해. 마음이 썩은 놈은 피부도 썩혀서 죽이면 돼."

그렇게 말하고 다가미는 홍차를 입안에 부어 넣었다.

10

"초음파라고?"

핸들을 잡은 채 구사나기는 조수석을 바라보았다. 동서 전기 사이다마 공장으로 가는 길이었다.

"응, 초음파야."

유가와가 앞을 향한 채 말했다.

"그 기묘한 반점은 초음파의 소행이야."

"초음파가 그런 걸 만들어 내?"

"사용하기에 따라서는. 초음파 요법이라는 말이 있을 정도니까 잘만 사용하면 사람 몸에 좋은 영향을 끼칠 수도 있어."

"사용하기에 따라서는 흉기가 될 수도 있다는 말이네."

"그런 셈이지."

유가와는 고개를 끄덕였다.

"초음파가 수중에서 전달될 때 마이너스 압력이 일어나 수중에 공동이나 기포가 생겨. 압력이 마이너스에서 플러스로 바뀌는 순간 이런 공동이 소멸하는데 그때 강렬한 파괴 작용이 일어나지. 그 현상을 이용하면 보석이나 초경합금이라도 가공할 수 있어."

그리고 그는 예의 브로치를 꺼냈다.

"이 실리콘 웨이퍼도 초음파로 세공했음이 분명해."

"그렇게 대단한 힘이 있어, 초음파에?"

"무서울 정도지. 초음파 요법은 압력 횟수가 많은 마사지라고 생각하면 되는데, 동일한 장소에 장시간 방사하는 것은 위험하다고 해. 자칫 잘못하면 내장에 구멍이 생길 수도 있으니까. 신경 같은 것도 까딱하다가는 그냥 마비되고 말걸."

"피부 세포가 괴사하는 경우는?"

"충분히 있을 수 있지."

유가와의 대답을 들으며 구사나기는 핸들을 두드렸다.

"그런 걸 다 알면서 왜 빨리 말 안 했어."

"그런 식으로 말하지 마. 그렇게 특수한 것이 가까이 있을 줄 누가 알았겠어."

"도저히 이미지가 안 떠올라. 구체적으로 범인은 어떤 방법으로 살인을 한 거야?"

"이것도 어디까지나 상상인데,"

유가와는 전제를 두었다.

"욕조에 들어 있는 피해자의 가슴에 초음파 가공기의 혼을 가까이 들이대지 않았을까 싶어."

"혼?"

"공구의 진동하는 부분이라고 할까."

"그런 걸 가볍게 다룰 수 있는 거야?"

"작은 거라면 헤어드라이어 정도 될 거야. 거기에 코드를 연결해서 전원에 꽂는 거지. 전원에도 여러 가지가 있지만 작은 금고만 한 것도 있을 거고."

도대체 모르는 게 없는 남자라고 구사나기는 새삼 감탄했다.

"그래서, 그 혼을 가슴 가까이 대고 어떻게 하지?"

"스위치를 켜는 거지. 그것뿐이야."

유가와는 명쾌하고 간단하게 말했다.

"아마도 혼의 끝부분에서 격렬하게 물방울이 발생했을걸. 그것이 피해자의 가슴에 닿았을 테고. 그와 동시에 초음파가 물, 피부, 체액으로 전해져서 마지막으로 심장에 이르게 돼. 강렬한 초음파 진동은 심장의 신경을 마비시키지."

"한순간에?"

"그렇게 긴 시간이 필요하지 않았을 거야."

대단한 살인 방법이 등장했다고 구사나기는 고개를 저었다.

공장에 도착하자 구사나기는 시작 1과의 현장으로 직행했다. 오늘 오노데라가 출근해 있다는 것을 전화로 확인한 터였다.

"초음파 말입니까?"

오노데라는 구사나기와 유가와의 얼굴을 번갈아 바라보았다.

"이것을 가공할 수 있는 기계가 있을 텐데요."

그렇게 말하고 유가와는 브로치를 내밀었다.

"아, 이건 압력 센서용 실리콘 웨이퍼로군요."

오노데라는 브로치를 멀뚱하게 바라보았다.

"여기에 1밀리미터 정도의 구멍을 잔뜩 뚫습니다. 아, 그렇지. 그건 초음파로 뚫습니다."

"어디 있습니까, 그 기계는?"

"어디더라? 자, 이쪽으로."

오노데라가 발걸음을 옮기자 구사나기와 유가와가 그 뒤를 따랐다.

"이겁니다."

오노데라가 손가락으로 가리킨 것은 수조 속에 고정된 초음파 가공기였다. 혼의 끝에는 동시에 많은 구멍을 뚫을 수 있도록 꽂꽂이의 침봉 같은 것이 달려 있었다.

"이건 아닌데. 전원도 너무 크고 도저히 들고 다닐 수가 없어."

유가와는 그렇게 중얼거리고 나서 오노데라에게 물었다.

"이것 말고는 없습니까?"

"여러 가지가 있지요. 초음파 용접기라든지 초음파 연마기라든지."

"사람이 가볍게 들고 다닐 수 있는 건 없습니까?"

"들고 다닐 정도라면……."

오노데라는 모자 위에서 머리를 긁적거렸다.

"저거지 싶은데."

"있습니까?"

"어……."

오노데라는 바로 옆의 철제 선반을 바라보았다. 거기에는 계측기나 종이 상자 같은 것이 들어 있었다.

"거참, 이상하네."

그는 고개를 갸웃했다.

"어이, 미니 초음파, 어디 있어?"

오노데라가 곁에 있는 작업원에게 물었다.

"없습니까?"

젊은 작업원이 선반을 살펴보았다.

"이상하네. 분명히 여기 있었는데."

"그거 관리는 다가미가 하지?"

"그렇습니다."

"다가미?"

구사나기가 물었다.

"다가미 쇼이치?"

"압니까?"

오노데라가 의아하다는 표정으로 고개를 갸웃했다.

"아, 조금."

하시모토 묘코가 나이토 사토미를 짝사랑하는 남자라고 말했던 그 이름이었다.

"다가미 씨가 그 기계의 관리자입니까?"

"예, 그 친구가 가장 오래 다루었으니까요."

"다가미 씨는 어디?"

"오늘은 쉽니다."

"쉬어요……."

불길한 예감이 구사나기의 뇌리를 스쳤다.

"다가미 씨의 주소 좀 가르쳐 주세요."

11

다가미 쇼이치가 하품을 하기 시작했다.

"이상하네, 왜 자꾸 잠이 오지?"

"그럼 잠깐 눕지 그래."

사토미가 말했다.

"아냐, 괜찮아."

그렇게 말한 직후에 그는 또 하품을 했다.

"어, 정말 왜 이러지?"

"그렇게 졸리면 목욕이라도 하든지."

사토미가 눈을 치켜뜨며 그에게 말했다.

"목욕?"

"응, 잠이 달아날 테니까. 그리고,"

사토미는 살짝 눈썹을 찌푸리며 말했다.

"몸에서 냄새가 좀 나는 것 같아."

"그래?"

다가미는 자신의 겨드랑이 냄새를 맡아 보았다.

"씻고 와."

사토미가 다시 한 번 말했다.

"오늘, 할 거지?"

"아, 응……."

다가미가 일어섰다. 조금 비틀거리면서 욕실로 걸어가기 시작했다.

"씻고 올게."

다가미는 욕실에 들어갔다가 금방 나왔다. 수도꼭지를 틀어 둔 것 같았다.

"욕조에 물이 차려면 얼마나 걸려?"

"응, 15분 정도."

대답한 후 다가미는 다다미 위에 앉아 꾸벅꾸벅 졸기 시작했다.

사토미는 방석 위에 앉은 채 시간이 가기만을 기다렸다. 다가미는 그대로 잠에 빠져들었다.

14분이 지난 후 그녀는 다가미를 흔들어 깨웠다.

"이런 데서 자면 어떡해. 씻고 오라니까."

"앗, 미안, 미안."

다가미는 얼굴을 문지르면서 옷을 벗더니 천천히 욕실로 향했다.

사토미는 욕실 문에 귀를 대고 안의 동정을 살폈다. 물이 흐르는 소리 같은 게 들리다가 금방 조용해졌다.

"자기!"

조금 후에 일부러 다가미를 불러 보았다.

"눈 뜨고 있어?"

그러나 대답이 없었다. 그녀는 살짝 문을 열었다.

다가미는 욕조 테두리에 머리를 기대고 눈을 감은 채였다. 완전히 잠든 것처럼 보였다.

사토미는 발소리를 죽이고 다가미가 가져온 스포츠백 쪽으로 다가갔다. 그 속에는 종이 상자가 들어 있었다. 그녀는 뚜껑을 열었다. 이전에 사용했던 초음파 가공기가 들어 있었다.

사용 방법은 알고 있다. 초음파 가공기의 코드를 전원 박스에 연결하고, 전원 박스의 코드를 가정용 콘센트에 꽂으면 된다. 그다음은 가공기에 붙은 스위치를 누르면 그만이다.

210

사토미가 상자에서 장치를 꺼냈을 때 갑자기 뒤에서 누가 끌어안았다.

"역시 나를 죽일 생각이었어."

순식간에 사토미의 등은 흠뻑 젖어 버렸다. 엄청난 힘에 눌려 도저히 빠져나올 수 없을 것 같았다.

"아냐, 그게 아니라니까. 부탁이야, 제발 내 말 좀 들어 봐."

"안 돼, 이제 안 돼. 절대로 못 믿겠어."

그는 한 손을 뻗어 선반에 있는 테이프를 집어 들었다. 그리고 그녀의 두 손을 등 뒤로 돌려 손목에 테이프를 감았다. 그녀가 손을 사용할 수 없도록.

"잠깐, 잠깐만 기다려. 오해야. 제발."

사토미가 애타게 하소연했지만 다가미의 귀에는 들리지 않는 것 같았다. 그는 여자의 두 다리도 테이프로 묶어 버렸다. 그녀는 꼼짝도 할 수 없는 신세가 되고 말았다.

다가미는 그녀의 몸을 안아 일으킨 후 욕실로 들어가 그대로 욕조에 집어넣었다.

여자가 비명을 질렀다.

"왜 이래!"

"소리 지르지 않는 게 좋을 거야. 너를 위해서라도."

다가미는 일단 바깥으로 나갔다. 그리고 돌아온 그의 손에 들린 물건을 보고 사토미는 눈을 치켜떴다. 초음파 가공기였다.

"한번 기회를 주지."

그가 말했다.

"나랑 결혼하고 앞으론 절대로 나를 배신하지 않겠다고 약속하면 용서해 줄게. 그게 싫다면,"

손에 든 기계를 그녀의 가슴으로 가져갔다. 콜라병처럼 생긴 은색 혼이 물에 닿았다.

"여기에 스위치를 넣을 수밖에 없어."

사토미는 격렬하게 몸을 뒤틀었다.

"살려 줘, 제발, 살려 줘."

"그럼 약속할 거야?"

"약속할게. 뭐든 시키는 대로 할게. 제발 죽이지 마."

다가미는 그녀를 내려다보면서 잠시 침묵을 지켰다. 물고기처럼 표정 없는 눈이 사토미에게는 소름끼치도록 음침해 보였다.

"아냐."

그가 말했다.

"그건 진심이 아냐. 살고 싶으니까 거짓말하는 거야. 역시 이렇게 할 수밖에 없어."

그리고 다시 혼을 그녀의 가슴으로 가져갔다.

바로 그때 현관의 벨이 울렸다.

벨을 두 번 눌렀지만 대답이 없었다.

"없나?"

구사나기가 중얼거렸다.

"그렇지만 부엌에는 불이 켜져 있는데."

유가와가 창 아래 서서 까치발을 했다. 그의 안색이 바뀌었다.

"왜 그래?"

"소리가 들려. 여자 비명이야."

"뭐라고!"

구사나기가 문을 열려 했다. 그러나 자물쇠가 걸려 있었다. 게다가 몸을 부딪쳐 열 수도 없는 철제 문이었다.

"합리적인 방법으로 하지, 뭐."

유가와가 부엌 창을 활짝 열더니 그 아래 쭈그리고 앉았다. 자신을 밟고 올라서라는 말이었다.

"미안."

구사나기는 그의 어깨에 발을 올린 뒤 상반신을 창 안으로 밀어 넣었다.

실내에는 사람이 없었다. 그러나 곧 욕실에서 사람 소리가 들려왔다. 구사나기는 욕실 문을 열었다.

벌거벗은 남자가 젊은 여자를 덮치려 하고 있었다. 여자의 옷은 흠뻑 젖어 있었다. 욕조에서 빠져나오려는 것을 남자가 짓누르고 있다.

구사나기는 남자의 어깨를 잡고 바깥으로 끌어냈다. 남자가 엉덩방아를 찧었다.

여자는 욕조에 하반신을 담근 채 얼굴을 마구 찡그렸다. 둘다 온몸으로 헐떡헐떡 숨을 몰아쉬었다.

"도대체 뭘 하는 거야!"

구사나기는 두 사람을 보았다.

이어서 유가와가 창을 넘어 들어왔다. 그는 천천히 욕실로 다가가더니 손수건을 든 손으로 바닥에 떨어져 있는 초음파 가공기를 집어 들었다.

"재미있는 이야기를 들을 수 있을 것 같은데." 하고 그가 말했다.

구사나기는 벌거벗은 남자를 바라보았다. 남자는 여자를 바라보고 있었다.

"정말 썩은 것은,"

남자가 말했다.

"너의 마음이야."

구사나기는 여자를 보았다. 여자는 천천히 물속에 잠기더니 눈을 감았다.

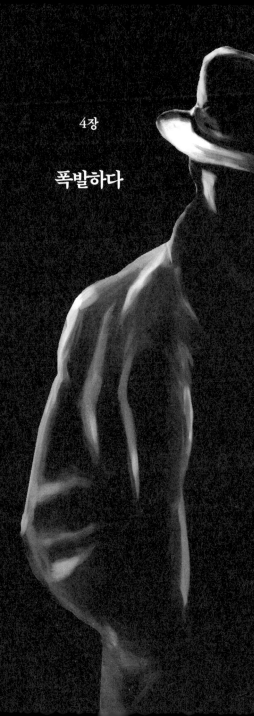

4장

폭발하다

1

쌍안경의 초점을 맞추자 파란 수영복이 보였다.

여자는 윗몸을 일으킨 자세였다. 싸구려 비닐 시트 위다. 얼굴에는 짙은 색의 선글라스. 샤넬인지도 모른다.

옆에 남자가 하늘을 보고 반듯하게 누워 있다. 역시 선글라스를 썼다. 자외선 차단 크림을 바른 듯 온몸이 번쩍번쩍 빛난다. 갈비뼈가 드러난 가슴이 불그레하다.

여자는 피부를 태울 마음이 없는 것 같았다. 비치파라솔의 그늘을 따라가며 자신의 위치를 계속 바꾼다. 때로 팔과 다리에 바르는 것도 자외선 차단 크림일 것이다.

오늘 햇살은 특별히 강렬한 것 같다. 여자가 문득 잊었던 뭔가가 떠오르기라도 한 듯 수영복 끈을 옆으로 젖히자 하얀 선이 드러났다.

여자가 미간을 찌푸리며 남자에게 뭐라고 말한다. 이런 데 오래 있다가는 피부가 상하고 말 것이라고 말하는지도 모른다. 남자는 드러누운 채 웃으며 뭐라고 대답한다. 자기가 바다에 오자고 했잖아, 그런 말이라도 하는 걸까.

이렇게 햇살이 강할 줄은 몰랐지, 벌써 9월인데.

무슨 소리야, 이 시기의 자외선이 오히려 더 강한 법이야.

쌍안경을 들여다보면서 '그'가 그런 대화를 상상하고 있을 때였다. 여자가 어깨에 걸치고 있던 타월을 내려놓더니 선글라스도 벗고 일어섰다. 그리고 곁에 놓여 있는 공기가 팽팽한 비치매트를 손에 들었다.

나, 수영하고 올게. 자기는?

난 됐어. 혼자 갔다 와.

여자는 비치샌들을 신고 바다를 향해 걸어갔다.

그는 쌍안경을 내려놓고 맨눈으로 여자의 위치를 확인했다. 9월인데도 일요일의 쇼난 해안에는 여전히 커플이나 가족들이 넘쳐 난다. 올해는 블루 수영복이 유행이다. 그는 여자를 찾느라 꽤 고생했다.

그녀는 물가에서 샌들을 벗었다. 맨발이 되자 비치매트를 끌어안고 바다로 들어갔다.

그는 옆에 내려놓은 아이스박스의 뚜껑을 열었다. 그 안에는 비닐 봉지에 싸인 '그것'이 들어 있다. 그는 그것을 꺼내 들고 천천히 자리에서 일어섰다.

우메사토 리쓰코는 수영을 잘 못한다. 그러나 바다를 좋아한다. 비치매트를 붙들고 파도에 흔들리노라면 자연의 은총을 흠뻑 받고 있다는 느낌에 사로잡힌다. 시간의 흐름조차 느려지는 듯한 느낌이 든다.

결혼 전에도 자주 바다에 왔다. 남편 쓰네히코는 그즈음 후지사와에 살았다. 그래서 요코하마에서 만나 데이트하는 경우가 많았는데, 리쓰코가 바다에 가서 헤엄을 치고 싶다고 하면 쓰네히코는 모든 일정을 접고 자신의 파제로를 몰아 그녀를 바닷가로 데려다주었다. 그래서 파제로의 트렁크에는 늘 두 사람의 수영복이 실려 있었다.

이렇게 두 사람만의 느긋한 시간을 즐기는 것도 그리 오래 가지는 못하리라고 리쓰코는 생각했다. 결혼하고 1년 동안은 아이를 갖지 않았지만, 이제는 슬슬 그런 것도 생각해 볼 때다. 부부 모두 올해 스물아홉이 되었다.

바디보드나 스쿠버 다이빙도 해 보고 싶지만 2세 계획을 세워야 하니 당분간은 참아야 할 것이다. 어쩔 수 없는 일이라고 그녀는 체념했다. 지금의 시간이 너무 행복하다. 이런 행복 속에서 아이까지 가질 테니 한두 가지 즐거움이야 희생한들 어떠랴 싶었다.

그런데 오늘은 왜 이리 날씨가 좋은 거야, 리쓰코는 비치매트에 상반신만 올려놓고 눈을 감았다. 거대한 물침대 위에 있는 것 같았다. 바닷물 속에서 차가워진 피부가 금방 따스해졌다.

갑자기 매트가 어디에 닿은 듯한 느낌이 들었다. 그녀는 눈을 떴다. 바로 아래쪽에 누군가가 잠수해 있었다.

작은 물보라를 일으키며 한 남자의 얼굴이 위로 솟구쳤다. 짧은 머리의 젊은 남자였다. 눈에는 고글을 끼고 있었다.

"미안."

남자는 짧게 말하고는 다시 물속으로 들어갔다. 그리고 어딘가로 사라졌다.

리쓰코는 한순간 자신의 뇌리에 떠올랐던 생각에 피식, 웃고 말았다. 젊은 남자가 물속에서 나타났을 때, 그녀는 자신을 유혹하려는 것이 아닌가 생각했던 것이다. 물론 몇 년 전까지만 하더라도 그런 일이 가끔 있었다. 그러나 스물다섯 살을 넘기고부터는 말을 걸어오는 남자가 거의 없었다.

이젠 쓸데없는 욕망을 버리고 안정을 찾아야 할 나이라고 그녀는 스스로를 다독였다. 그러니까 이제 아이를 가져야 하는 거야.

문득 정신을 차려 보니 해안가에서 멀리 벗어나 있었다. 주변에는 사람도 별로 없다. 리쓰코는 다리를 바쁘게 움직여 방향을 바꾸었다.

바로 그때였다.

뭔가가 그녀를 덮쳤다.

우메사토 쓰네히코는 그 순간을 보았다.

그는 조금 전에 몸을 일으켜, 바다에 떠 있을 아내를 눈으로 찾고 있었다. 리쓰코의 모습은 금방 시야에 들어왔다. 핑크색 비치매트가 표시였다. 그녀는 매트에 매달린 채 파도와 파도 사이에서 흔들거렸다.

그는 담배 한 개비를 물고 지포 라이터로 불을 붙였다. 아까 마신 콜라병이 재떨이를 대신해 줄 것이다.

담배를 피우며 그는 아내의 모습을 바라보았다. 한 남자가 그녀에게 말을 거는 것 같더니 금방 어딘가로 사라졌다.

바보 자식, 그런 생각을 하는데 리쓰코가 서두르는 기색을 보이며 방향을 바꾸려 했다. 아무래도 저 혼자 바다 멀리까지 나왔다는 것을 비로소 깨달은 것 같다.

쓰네히코는 연기를 빨아들였다가 길게 내뿜었다. 그 순간.

굉음과 함께 아내의 모습이 불기둥으로 변하고 말았다.

그것은 노란 불기둥이었다. 바닷속에서 솟구쳐 오르듯 하며 불기둥은 자신의 모습을 드러냈다. 그 충격으로 주위의 물이 새하얗게 변했다. 그리고 그보다 작은 불기둥이 물속에서 파파팟, 튀어 올랐다.

첫 폭발로 해수욕장 전체에 스톱 모션이 걸렸다. 해수욕객들은 얼이 빠진 모습으로 불기둥을 바라보기만 했다.

다음 순간, 패닉이 일어났다. 모두가 앞을 다투어 해안으로 올라왔다. 비명, 고함, 절규. 우메사토 쓰네히코는 스티븐 스필버그의 영화 〈조스〉를 떠올렸다. 영화에서는 사람들이 상어를 피해 도망쳤는데, 지금은 불기둥을 보고 도망친다.

그가 영화를 떠올린 것은 상황 파악이 안 되는 데다 사고력이 제대로 작동하지 않았기 때문이다. 그는 비치매트에 앉은 채, 그리고 손가락에 담배를 끼운 채 조금 전까지 아내가 떠 있던 바다를 멍하니 바라보았다. 그리고 그녀의 모습을 찾았다.

해면에서는 폭발의 여운도 사라졌다. 다만 자잘하고 하얀 거품들이 몇 겹의 동심원을 그릴 뿐이었다.

주변 사람들이 뭐라고 외쳐 댄다. 그러나 쓰네히코의 귀에는 그게 무슨 소리인지 이해되지 않았다.

이윽고 그는 자리에서 일어섰다. 그리고 비틀비틀 해변을 향해 걸어갔다. 무슨 일이 일어났는지, 뭐가 어떻게 되어 가는지 알 수 없었다. 다만 확실한 것은 모든 사람이 다 올라왔는데 아내만 돌아오지 않았다는 사실이었다.

"리쓰코…… 어디 있어?"

이윽고 쓰네히코의 눈은 해면에 떠오른 뭔가를 포착했다. 핑크색 비닐 같은 것이었다.

그 순간, 그는 리쓰코가 타고 있던 비치매트의 색깔을 떠올렸다.

2

사카가미 하이츠의 주민이 걸어온 전화라는 것을 알고 가토 다미오는 불길한 예감에 사로잡혔다. 지은 지 10년이 지난 그 연립 주택은 방음이 잘 안 되는 데다 날림 공사여서 입주자들 사이에서 분쟁이 끊이지 않았다. 독신자가 많은 것도 원인 중의 하나였다. 도쿄에서 쓰레기 처리에 관한 새로운 조례를 만든 지도 벌써 몇 년이 지났지만 주민 가운데는 아직도 그 룰을 지키지 않는 사람이 있었다.

가토가 예감한 대로 이번에도 불만을 털어놓는 전화였다. 일층에 사는 주부인데, 위 베란다에서 물방울이 떨어져서 짜증 나 죽겠다는 것이다. 세탁해서 널어 둔 시트가 더러워졌는데 이걸 어쩔 거냐며 가토더러 책임을 지라는 것이었다.

"아, 위층은 후지가와 씨군요. 지금 집에 안 계신가요?"

"없으니까 이렇게 전화했죠! 당장 어떻게 좀 해 주세요!"

여자는 신경질적으로 말했다.

"아, 예, 바로 가겠습니다."

전화를 끊고 가토는 얼굴을 찌푸린 채 사카가미 하이츠의 열쇠를 찾았다. 후지가와 유이치도 독신자다. 그러나 지금까지 한 번도 문제를 일으킨 적이 없었다. 계약할 때 얼굴을 마주친 적이 있는데, 말이 없고 조용한 청년이라는 인상을 받았다.

가토는 다른 사람에게 가게를 맡긴 뒤 밴을 타고 나섰다. 가토 부동산은 그의 아버지가 창업한 가게였다.

미타 역에서 걸어서 7분, 세련된 인테리어, 라는 것이 사카가미 하이츠의 광고 문안이다. 걸어서 7분은 거짓말이 아니지만, 회색으로 변한 벽만 보아도 세련된 인테리어라는 표현이 얼마나 터무니없는가를 알 수 있다. 간선 도로에서 가깝다 보니 배기가스의 영향으로 금세 벽이 더러워지는 것이다.

베란다 쪽으로 돌아들어서 문제의 장소를 확인했다. 원인은 금방 드러났다. 후지가와가 사용하는 에어컨 호스의 중간 부분이 어긋나서 물방울이 떨어지는 것이다. 아래층 주부의 말로는 후지가와가 집에 없다고 하는데, 에어컨의 실외기는 작동하고 있었다. 에어컨 끄는 걸 잊었거나 하도 더우니까 일부러 켜 놓고 회사에 갔거나, 어느 한쪽일 것이라고 가토는 생각했다.

어쨌든 이대로 둘 수는 없다. 가토는 열쇠를 찾으면서 계단을 올라갔다.

후지가와의 집은 203호다. 그 문에 달린 우편함에 신문 2, 3일치가 꽂혀 있었다. 그렇다면 출장이나 여행을 간 모양이었다. 에어컨 끄는 것을 깜빡한 게 분명하다.

열쇠로 문을 땄다. 그 순간, 불길한 예감이 그의 몸을 휘감았다.

현관에서 들어가면 바로 왼쪽에 개수대가 붙어 있다. 안쪽에는 두 평 반 정도의 방이 있는데, 거실과의 사이에 여닫이문이 달려 있어 안은 볼 수 없다.

가토는 신발을 벗고 실내로 올라갔다. 왜 이렇게 느낌이 불길한지 알 수가 없다.

안방 문을 열기 직전에 불길한 예감의 정체가 드러났다. 바로 악취였다. 말로 다 할 수 없는 불쾌한 냄새가 문틈으로 새어 나왔다.

혹시 이건, 하고 문을 열었다.

방 한가운데에 사람이 엎어져 있었다. 트렁크스에 T셔츠 차림이었다. 하얀 T셔츠에는 검은 지도 같은 문양이 그려져 있었다. 자세히 보니 깨진 머리에서 흘러나온 피였다.

2초 후, 가토는 황망히 뒷걸음질을 치다가 거실 중앙에서 엉덩방아를 찧고 말았다.

3

문에 붙어 있는 행선지 표시판을 보니 유가와 마나부는 행방불명이었다. 재실, 강의, 실험실, 외출 중, 휴식, 모든 난이 공백이었다. 슬쩍 문 아래를 보니 청색 자석이 떨어져 있었다.

구사나기 슌페이는 그것을 집어 들고 문을 두드렸다.

안에서 갈색 머리 젊은이가 문을 열었다. 눈썹이 가지런히 손질되어 있다. 요즘은 이과 학생들도 멋을 부리는 모양이라고 서른네 살의 구사나기는 생각했다.

유가와 있어요? 라고 그에게 물었다. 수상쩍어 보이는 남자가 조교수의 이름을 아무렇지도 않게 부르는 것이 이상한지, 학생은 멀뚱한 표정으로 예, 하고 대답했다.

"지금 바쁘면 나중에 오지요."

"아뇨, 괜찮습니다."

갈색 머리 젊은이는 문을 활짝 열고 구사나기를 안으로 맞이했다.

구사나기가 들어서자 약한 비음 섞인 유가와 마나부의 목소리가 들려왔다.

"만일 압축 봄베가 가라앉아 있었다면 그것이 왜 터졌는지, 그 내용물은 무엇인지 생각해 봐야겠지. 어느 한 부분이 파손되어 부식이 진행되었다고 하더라도 왜 기체가 먼저 배출되지 않았을까. 또한, 기체가 타오른 원인은 무엇일까."

유가와는 의자에 앉아 세 명의 학생을 상대로 이야기를 하고 있었다. 연구 이야기라면 방해해서는 안 되겠다고 생각하는 참인데, 유가와가 먼저 그를 발견하고 알은체를 했다.

"어이, 마침 좋은 손님이 오셨군."

"방해가 되는 건 아닌지 몰라."

"아니야. 연구 모임이 끝나고 나서 잡담을 나누는 중이야. 자네 의견도 꼭 들어 보고 싶어."

"무슨 의견? 또 과학 이야기로 나를 바보 만들려고."

"바보가 될지 안 될지는 아직 몰라. 이 이야기야."

그러면서 유가와는 책상 위에 놓인 신문을 구사나기에게 내밀었다. 일주일 전의 신문이었다. 사회면을 위로 두고 접혀 있었다.

"쇼난 해안의 폭발 사건 말이지."

기사를 보면서 구사나기가 말했다.

"그 사건에 대해 합리적인 설명을 해 보자며, 학생들과 지적 게임을 벌이고 있어."

조교수가 그렇게 말하자 문을 열어 준 젊은이를 포함한 네 명의 학생이 조금 어색해하는 표정을 지었다.

"거기에 관해서는 경시청에서도 정보를 수집하는 중이야. 만에 하나 테러 조직이 관련되었을 수도 있으니까."

"폭탄 테러로 본단 말이지?"

"그럴 가능성도 배제할 수 없어. 혹시나 해서지. 유비무환이란 말도 있잖아."

"가나가와현 경찰에서는 어떻게 보고 있어?"

"글쎄, 도쿄와 가나가와는 사이가 나쁘니까."

구사나기는 쓴웃음을 지었다. 관할이 다른 경찰들 사이의 문제였기 때문이다.

"내가 듣기로는 그쪽에서도 골머리를 앓는 모양이야. 그도 그럴 것이 현장에서 폭발물 흔적이라고는 아예 찾아볼 수도 없으니까."

"해류에 쓸려 간 건 아닐까요?"

학생 하나가 반문했다.

"그럴지도 모르지."

구사나기는 젊은 학생의 의견에 반론을 펴지 않았다. 그러나 속으로는, 만일 그것이 폭탄이었다면 가나가와 경찰이 그 흔적을 놓쳤을 리 없다고 생각했다.

"경찰에서는 범죄로 보는 건가?"

유가와가 물었다.

"일단 살인 사건으로 추정하고 수사를 벌이고 있을 거야. 그런 일이 저절로 일어날 리는 없잖아?"

"그러니까 그것을 토론하던 중이었지."

조교수는 학생들을 둘러보며 빙긋 웃었다.

"결론은 나왔어?"

그때 차임벨이 울렸다. 학생들이 기다렸다는 듯이 일어섰다. 강의 시간인 모양이다. 유가와는 그대로 남았다.

"저 녀석들에게는 구원의 벨 소리였지."

구사나기는 학생들이 앉아 있던 의자 하나에 자리를 잡았다.

"수학식을 늘어놓고 문제를 푸는 것만이 과학이 아니야. 과학자는 바로 이럴 때 지혜를 발휘할 수 있어야 해."

유가와는 자리에서 일어나 흰 가운의 소매를 걷어붙였다.

"자, 인스턴트커피 어때?"

"나는 됐어. 서둘러 가 봐야 할 데가 있어서."

"뭐야, 용건이 있었잖아. 가까운 곳이야?"

"가깝고도 가깝지, 이 건물 안이니까."

"그래?"

검은 테 안경 속의 눈동자가 동그래졌다.

"무슨 일로?"

"여기 오늘 신문 없어? 그런 일주일 전 쓰레기 말고."

구사나기는 주변 책상 위를 둘러보았다. 자료와 도면 등이 난잡하게 흩어져 있을 뿐 오늘 신문은 보이지 않았다.

"과학 교재가 될 만한 신문이라면 있을지도 모르지. 그런데 무슨 사건이라도?"

"미타카의 연립 주택에서 변사체가 발견되었어."

구사나기는 수첩을 펼쳤다.

"스물다섯 살 남성, 이름은 후지가와 유이치. 전 회사원. 발견한 사람은 연립 주택을 관리하는 부동산 사장으로 사후 사흘 정도 경과."

"그거라면 어젯밤 뉴스에서 봤지. 워낙 덥다 보니 시체가 빨리 부패했다는 것도. 발견자가 불쌍해."

"그래도 에어컨이 켜져 있었어. 아마도 부패의 악취를 조금이라도 막아 보려는 의도였을 테지. 그렇지만 범인도 이렇게까지 혹독한 늦더위는 예상하지 못했을 거야."

"정말 너무 더워."

유가와는 입술을 비틀었다.

"지적 노동자에게 더위는 무서운 적이지. 열 때문에 기억이 파괴되니까."

그렇게 더우면 가운이라도 벗지, 하는 생각이 들었지만 구사나기는 입 밖에 내지 않았다.

"후지가와 유이치라는 이름, 들어 본 적 없어?"

구사나기가 유가와에게 물었다.

유가와는 황당하다는 표정을 지었다.

"왜 내가 그런 사건의 피해자를 알아야 하지? 그 사람, 유명인인가?"

"아니, 완전 무명이야. 그렇지만 자네가 알고 있을 가능성이 있어."

"어떻게?"

"데이토 대학 이공학부 출신이거든. 졸업은 2년 전에 했지만."

"어, 그래? 뉴스에는 안 나오던데. 학과는?"

"에너지 공학과……라고 되어 있네."

수첩을 보면서 구사나기가 대답했다.

"에너지로군. 그렇다면 내 강의를 들었을 가능성이 있지. 그런데 나쁜 기억 속에는 없어. 다시 말해, 성적이 특출하지 않았다는 말이야."

"눈에 띄지 않고 대인 관계가 별로였다는 것이 지금까지 만나 본 사람들의 한결같은 증언이야."

"흠, 그렇단 말이지. 그런데 군이 피해자의 모교를 방문한 걸 보면 그만한 이유가 있을 것 같은데."

그렇게 말하고 유가와는 안경 위치를 바로잡았다. 흥미를 느끼기 시작하는 순간 그가 보이는 버릇이다.

"그리 대단한 이유가 있어서는 아니지만."

구사나기는 사진 한 장을 상의 호주머니에서 꺼내 유가와에게 보여 주었다.

"사실은 이것이 후지가와의 방에서 나왔어."

"흠."

유가와는 사진을 바라보며 미간을 찌푸렸다.

"이 건물 바로 옆에 있는 주차장이네."

"자네를 친구로 둔 인연으로 여기 올 기회가 많아서겠지만, 사진을 보자마자 이곳 주차장이란 걸 알았지. 내가 알려 주었더니 다른 수사원들이 고맙다고 난리더라고. 사진에 찍힌 장소를 찾아내는 일이 얼마나 힘든지 다들 잘 아니까."

"그랬겠네. 사진의 날짜를 보니 8월 30일이로군. 2주 전이네."

"즉, 후지가와는 그날 이 대학에 왔다는 말이지. 나는 그 목적을 알아내야 하고."

"어떤 서클의 선배로서 찾아왔을지도 모르지."

구사나기와 유가와는 학생 시절에 배드민턴부에 속해 있었다.

"후지가와의 학생 시절 동료에게 연락을 해 보았지만, 그는 어떤 서클에도 들지 않았어."

"서클 활동이 아니라면,"

유가와는 팔짱을 꼈다.

"취직하기 위해서? 아니, 그러기에는 너무 늦었어."

"늦고 말고가 아니라 그건 절대로 아냐."

구사나기가 단정적으로 말했다.

"왜?"

"아까 말했지, 전 회사원이라고? 후지가와는 7월 말로 회사를 그만두었다고 해."

"그렇다면 지금은 무직인가. 그럼, 재취직 자리라도 알아보려고 왔을지도."

그러고는 유가와는 고개를 갸웃하더니 사진을 구사나기에게 돌려주었다.

"그건 그렇고 무슨 이유로 주차장 사진을 찍었을까?"

"오히려 내가 묻고 싶은 말이야, 그건."

구사나기는 사진을 보며 그렇게 말했다. 20대 정도를 주차할 수 있는 야외 주차장에 고작 몇 대만 서 있을 뿐인 삭막한 풍경이었다.

후지가와 유이치는 학생 시절에 에너지 공학과 제5연구실에 소속되어 있었다. 구사나기가 그 말을 하자, 그곳에서 조수로 근무하는 마쓰다를 잘 안다고 유가와가 말했다.

"마쓰다는 원래 물리학과 출신이야. 나랑 동기고."

제5연구실로 통하는 복도를 걸으면서 유가와가 말했다.

"거긴 뭘 연구하는 곳인데?"

"제5연구실 자체는 열 교환 시스템을 테마로 삼는 곳이야. 마쓰다는 열학이 전문이고."

"열학?"

"간단히 말해 열과 물체의 열 성질을 연구하는 학문이야. 거시적 관점에서 접근하는 것이 열역학, 원자나 분자와 같은 미시적 관점에서 연구하면 통계 역학이라고 하지. 하긴 그 둘을 분리해서 생각할 수는 없지만."

"흠."

묻지 않는 게 나을 뻔했다고 구사나기는 후회했다.

제5연구실 앞에 이르자, "여기서 잠깐 기다려." 하더니 유가와는 문도 두드리지 않고 안으로 들어갔다. 그리고 1분 정도 지나 다시 문을 열고 얼굴을 내밀었다.

"이야기가 됐어. 인터뷰에 응해 주겠대."

"아, 고마워." 하고 구사나기는 안으로 들어섰다.

실험실을 겸한 방이었다. 구사나기로서는 뭐가 뭔지 모를 계측기 같은 것들이 어지럽게 널려 있었다.

창가의 책상 앞에 비쩍 마른 남자 하나가 서 있었다. 반소매 셔츠의 단추를 가슴 언저리까지 풀어 헤치고 있었다. 몹시 더운 방이었다.

유가와가 둘을 소개해 주었다. 비쩍 마른 남자의 이름은 마쓰다 다케히사였다.

구사나기와 유가와는 접이식 파이프 의자에 나란히 앉았다.

"유가와에게 형사 친구가 있을 줄이야."

구사나기의 명함을 보며 마쓰다가 말했다. 억양이 없는 평이한 말투였다. 그는 구사나기가 손수건을 꺼내는 것을 보고 엷은 미소를 머금었다.

"죄송합니다. 많이 덥죠? 조금 전까지 실험을 하느라고."

"아닙니다……."

무슨 실험이냐고 물어보려다 구사나기는 입을 다물었다.

물어 봤자 이해할 수 없는 말이 돌아올 것이기 때문이었다.

"후지가와 군에 대해 알고 싶으시다고요."

마쓰다가 먼저 말을 꺼냈다. 시간을 낭비하고 싶지 않은 것 같았다.

"마쓰다 씨는 사건에 대해 아십니까?"

구사나기의 질문에 비쩍 마른 남자가 고개를 끄덕였다.

"어제 뉴스를 보았을 때는 미처 깨닫지 못했는데, 오늘 아침에 졸업생 하나가 일부러 전화를 해서 말이죠. 그제야 기억이 났지요."

그러고는 마쓰다가 유가와 쪽을 돌아보았다.

"요코모리 씨하고도 아까 이야기를 나누었어."

"그랬군. 나는 이 친구가 가르쳐 주기 전까지 그 사건의 피해자가 우리 학교 졸업생인 줄 몰랐지."

유가와가 구사나기를 눈짓으로 가리키며 말했다.

"요코모리 씨도 많이 놀랐겠어."

"응. 졸업 연구뿐만 아니라 취직에도 관련이 있었으니까."

"아, 그런데," 하고 구사나기가 끼어들었다.

"요코모리 씨가 누구신지?"

"우리 학교 교수입니다."

마쓰다가 대답했다. 그의 말로는 후지가와 유이치가 4학년 때 취직을 담당했던 사람이 바로 제5연구실의 요코모리 교수였다는 것이다.

"최근에 후지가와 씨를 만난 적이 있습니까?"

구사나기가 마쓰다에게 물었다.

"지난달에 찾아왔었습니다."

역시 그랬구나 하고 구사나기는 고개를 끄덕였다.

"언제쯤이지요?"

"중순이었을 겁니다. 보름날 전후였던가."

"중순쯤에, 무슨 일로?"

"딱히 용건이 있는 것 같지는 않았어요. 그냥 심심해서 들른 것 같은 느낌이었습니다. 가끔 졸업생들이 찾아오기도 하니까 그다지 눈여겨보지는 않았어요."

"어떤 대화를 했습니까?"

"무슨 말을 했더라?"

마쓰다는 잠깐 생각하더니 얼굴을 들었다.

"그렇지, 회사 이야기였어요. 회사를 그만두었다고."

"아, 그건 알고 있습니다. 니시나 엔지니어링이라는 회사입니다."

"작지만 그리 나쁘지 않은 회사일 겁니다."

그렇게 말하고 마쓰다는 유가와를 보았다.

"요코모리 씨는 그것 때문에 좀 불쾌해하는 것 같았어."

"흠, 그랬겠지."

유가와가 고개를 끄덕였다.

"왜?"

"그건 나중에 말해 주지." 하고 유가와는 구사나기를 향해 한쪽 눈을 찡긋했다.

작게 한숨을 내쉬고 구사나기는 마쓰다에게로 눈길을 돌렸다.

"회사를 그만둔 것에 대해 후지가와 씨가 무슨 말을 하던가요?"

"자세한 사정은 말하지 않았어요. 나도 묻기가 좀 뭣하고 해서. 그렇지만 처음부터 다시 시작하겠다고 말하기에 그리 걱정은 하지 않았습니다. 힘든 일이 있으면 찾아오라고, 의논 상대가 되어 주겠다고 했습니다."

그러나 구체적으로 취직자리를 알아봐 달라는 말은 그날 나오지 않았고, 그 후에도 연락이 없었다고 마쓰다는 덧붙였다.

"그렇다면 그 후로는 후지가와 씨가 여기에 오지 않았다는 말이군요."

"그렇습니다."

"이상하네." 하고 유가와가 끼어들었다.

"지난달 말에 여기 왔을 텐데."

"아냐, 나는 보지 못했는걸." 하고 마쓰다가 말했다.

구사나기는 예의 사진을 꺼냈다. 마쓰다는 사진을 보더니 의아다는 표정을 지었다.

"이 대학 주차장이 아닙니까. 그런데 이 사진은 왜?"

"후지가와 씨의 방에서 발견한 겁니다. 날짜가 8월 30일로 되어 있지 않습니까?"

"정말입니까?"

마쓰다는 고개를 갸웃했다.

"왜 이런 사진을 찍었을까?"

"대학 안에서 후지가와 씨가 들를 만한 장소가 또 없을까요?"

"글쎄요, 그는 서클 활동도 하지 않아서 달리 떠오르는 곳이 없네요. 복학한 학생이나 대학원생 가운데 혹시 친구라도 있는지 모르겠지만, 나는 아는 바 없습니다."

"그렇군요."

구사나기는 다시 사진을 갈무리했다.

"그럼, 요코모리 교수는 지금 계신가요?"

"오전에는 있었지만 오후 들어 외출했습니다. 오늘은 아마 돌아오지 않을 겁니다."

"그럼 다시 올 수밖에 없겠군요."

구사나기는 유가와에게 눈짓을 했다. 유가와가 먼저 자리에서 일어섰다.

"도움이 못 되어 죄송합니다."

마쓰다가 인사했다.

"마지막으로 한 가지만 더. 이번 사건에 대해 떠오르는 게 있으신지요. 사소한 거라도 괜찮습니다."

구사나기의 질문을 받고 마쓰다는 나름대로 골똘히 생각해 보는 것 같았다. 그러나 결국 고개를 저었다.

"얌전하고 성실한 학생이었습니다. 누구에게 원한을 살 만한 일은 없었을 겁니다. 또한 그를 죽일 만한 사람도 없을 것 같습니다."

구사나기는 고개를 끄덕이고 인사를 한 다음 자리에서 일어섰다. 그때 바로 옆의 쓰레기통으로 눈길이 갔다. 거기에는 신문지가 버려져 있었다. 그는 그것을 집어 들었다.

"흠, 이거 재미있군. 역시 선생께서도 이 기사에 관심을 가졌군요."

구사나기는 신문을 마쓰다에게 보여 주었다. 거기에는 예의 쇼난에서 발생한 폭발 사건에 관한 기사가 실려 있었다.

"그건 요코모리 씨가 가져온 것입니다. 정말 이상한 사건입니다."

"자네는 그 사건을 어떻게 생각해?"

유가와가 물었다.

"도저히 모르겠어. 폭약이라면 화학 분야잖아."

"그나마 사건이 우리 관내에서 안 일어나서 정말 다행이었습니다."

구사나기는 웃으며 신문을 쓰레기통 속에 버렸다.

"니시나 엔지니어링은 주로 배관 설비를 수주하여 생산하는 회사야. 물론 평범한 수도관이나 하수관은 아니지. 거기서 취급하는 것은 화력 발전소나 원자력 발전소의 열 교환기 주변의 거대한 배관 설비야. 요코모리 교수는 그 회사의 기술 고문이기도 해. 그러니까 입사하고 싶어 하는 학생이 있으면 전화 한 통으로 해결해 줄 수 있지 않을까."

제5연구실을 나서서 계단을 내려가며 유가와가 말했다.

"그러면 후지가와도 교수의 추천으로 입사한 모양이군."

"충분히 가능성이 있는 일이지만, 그 반대일 수도 있어."

"응? 그건 또 무슨 말이야?"

"니시나 엔지니어링 쪽에서 교수에게 우수한 학생을 보내 달라고 부탁했을 가능성도 있지 않을까. 지명도가 낮은 회사는 취직난이 심각한 시대라도 우수한 학생을 확보하기 힘들거든."

"교수가 추천하면 대환영이겠지. 그러나 중요한 것은 본인의 의사가 아닐까?"

"바로 그게 골치 아픈 문제라니까. 4학년이라고는 하지만 그 속을 들여다보면 아직 어린애야. 자신이 어떤 회사에 가고 싶은지, 어떤 일을 하고 싶은지, 구체적으로 생각할 수 있는 학생이 그리 많지 않아. 그래서 교수가 권유하면 신중하게 생각해 보지도 않고 덜컥 가는 학생도 꽤 있을 거야. 후지가와가 그랬는지는 잘 모르겠지만."

"입사한 지 2년 만에 그만둔 데에는 그런 이유가 있을지도 모르겠네."

두 사람은 건물을 나서서 주차장으로 갔다. 거의 정사각형인 그 공간은 철망으로 감싸여 있었다. 그러나 출입은 자유로운 것 같았다. 지금은 13대가 주차되어 있다.

"기본적으로 학생은 주차할 수 없어. 그랬다가는 늘 만차일 테니까. 쳇, 요즘 학생들은 왜 그렇게 부유한지 모르겠어." 하고 유가와가 불만스럽게 말했다.

구사나기는 사진과 실제 모습을 비교해 가면서 발길을 옮겼다. 아무래도 후지가와는 길을 사이에 두고 반대편 건물에서 사진을 찍은 것 같았다.

"선생님, 뭐하고 계세요?"

한 젊은이가 유가와에게 다가오며 말을 걸었다. 그는 긴 머리를 뒤로 질끈 묶었다.

"누가 차에다 장난이라도 쳤나요?"

"나는 차가 없다네. 이번에 한 대 살까 싶어서 어떤 차가 좋은지 주차장에서 한번 살펴보려고 말이야."

"기지마 선생님이나 요코모리 선생님과 경쟁 관계가 되겠네요."

"아, 그렇지. 그 두 사람, 최근에 새 차로 바꿨더군. 어떤 차지?"

주차되어 있는 차들을 둘러보며 유가와가 물었다.

"둘 다 안 보이네요."

주차장을 둘러보고 나서 학생이 말했다.

"기지마 선생님은 BMW, 요코모리 선생님은 벤츠입니다."

"자네 들었어, 교수들이 얼마나 잘나가는지?"

유가와가 크게 손을 펼쳐 보였다.

구사나기는 사진을 보았다. 몇 대 가운데 BMW와 벤츠가 있었다. 광채로 보아 둘 다 새 차인 듯했다.

"맞습니다, 두 대가 교수님들의 새 차입니다."

학생은 발랄하게 말하고는 고개를 갸웃했다.

"이 사진, 혹시 그때 찍은 거 아닌지 모르겠네."

"그때라니?"

"언제였더라? 낯선 남자가 이 주변을 돌며 사진을 찍더라고요. 그거, 아마 지난달 30일이었던 것 같은데."

구사나기와 유가와의 눈길이 마주쳤다. 구사나기는 부랴부랴 다른 사진을 꺼냈다. 후지가와 유이치의 사진이다.

"이 사람 아니었어?"

구사나기가 물었다.

학생은 사진을 보고 작게 고개를 끄덕였다.

"꼭 맞는다고 자신은 할 수 없지만, 분위기로 봐서는 이 사람인 것 같아요."

"사진 찍는 거 말고 다른 행동은 하지 않았나?"

"글쎄요, 자세히 지켜보지 않아서. 그렇지만 제게 말을 걸었습니다."

"자네에게?"

"아, 그러고 보니 그 사람, 교수님의 차에 대해 물었어요."

"뭐라고 물었지?"

"요코모리 교수의 차가 어느 거냐고요. 그래서 회색 벤츠라고 가르쳐 주었습니다."

구사나기는 유가와를 바라보았다. 젊은 물리학 조교수는 턱을 쓰다듬으며 멀리 시선을 던졌다.

4

후지가와 유이치의 방에는 책장이 두 개 있었다. 둘 다 철제로 구사나기의 키만 한 높이였다. 거기에 전문서와 과학 잡지가 빼곡 꽂혀 있었다. 대학 시절에 공부했던 것으로 보이는 책이 거의 다였지만 고등학교 시절의 참고서나 교과서까지 있는 것을 보고 구사나기는 놀라지 않을 수 없었다. 대학 입시용 문제집도 있었다. 깨끗하게 정돈되어 꽂혀 있는 것으로 보아 어쩌다 버리지 못한 게 아니라, 자신의 역사를 남기고 싶어서 일부러 둔 것 같았다.

세상에는 별 특이한 인종도 다 있다고 구사나기는 혀를 내둘렀다. 구사나기로 말할 것 같으면 대학 합격자 발표가 난 다음 날로 입시에 관련된 책을 모두 불태워 버린 전력이 있다.

"특별한 건 없습니다."

후배 네기시 형사가 구사나기 뒤에서 말했다. 그는 후지가와의 책상 서랍을 조사하는 중이었다.

"그렇다면 재취직에 관련된 것은 아니라는 말인데……."

구사나기는 바닥에 퍼질러 앉아 책장을 올려다보았다. 두 사람이 찾고 있는 것은 회사의 팸플릿이나 재취직과 관련된 잡지 같은 것이었다.

여기서 시체가 발견된 지도 이틀이 지나고 있다. 오늘 낮에 구사나기는 네기시와 함께 두 곳에 탐문 조사를 나갔다. 하나는 니시나 엔지니어링의 가와사키 공장이었다. 그곳이 7월까지 후지가와가 근무했던 회사다.

"갑자기 그만두겠다고 하더군요. 의논이고 뭐고 없었습니다. 언제 준비해 뒀는지 우리 회사 양식의 퇴직서를 가지고 와서, 과장님 도장 찍어 주세요, 라고 하는 겁니다."

얼굴이 둥그스름한 과장은 입을 비죽 내밀고 말했다.

"이유 말인가요? 참, 어이가 없어서. 본인 말로는 체질에 안 맞는다는 겁니다. 세상에 제가 하고 싶은 일만 하는 사람이 얼마나 된다고. 그 친구가 하던 일은 설계입니다. 빌딩 같은 데서 사용하는 공조 시설이지요. 지난 4월에 사내에서 대규모 인사이동이 있었는데, 그때 설계 쪽으로 발령이 났어요. 아, 그 전의 부서 말입니까? 플랜트 개발이었는데, 일의 내용은 별 차이가 없어요. 어쨌든 제멋대로였습니다. 그래서 나도 화가 나서 말했지요. 그만두고 싶으면 마음대로 하라고 말이죠."

후지가와와 가장 친했다는 동료의 이야기도 비슷했다.

"애당초 이 회사 자체가 마음에 들지 않았던 것 같습니다. 4월에 부서가 바뀌고부터 더 회의를 품게 되었을 겁니다. 의욕이 없는 게 눈에 보일 정도였으니까요. 이유는 잘 모르겠습니다."

구사나기가 다음으로 만난 사람은 데이토 대학의 요코모리 교수였다. 연구회 때문에 신주쿠의 한 호텔에 있다는 말을 듣고 그 호텔 라운지에서 만났다.

"물론 제가 후지가와 군에게 니시나 엔지니어링을 권한 것은 사실입니다."

자그만 몸집에 머리가 벗어진 교수는 조금 새된 목소리로 말했다.

"그러나 강력하게 권했던 것은 아닙니다. 그가 졸업 연구

테마로 삼았던 열 교환 시스템 연구에 관련된 일을 하고 싶다면 그 회사가 적합할 거라고 했을 뿐입니다."

사건과 관련하여 묘한 의심을 받는 게 싫다는 듯 교수는 가슴을 펴고 말했다.

"지난달 중순에 후지가와 씨가 교수님의 연구실을 방문한 것 같은데, 그때 무슨 이야기를 했습니까?"

"특별한 이야기는 아니었습니다. 소개해 준 회사를 그만두게 되어 죄송하다더군요. 그런 건 상관없으니까 빨리 다른 직장을 찾아보라고 격려해 주었습니다."

"그것뿐입니까?"

마지막으로 구사나기는 후지가와가 주차장 사진을 찍었다는 것과 요코모리 교수의 차를 궁금해했다는 말을 전하면서 떠오르는 게 없느냐고 물었다.

떠오르고 자시고 할 것도 없고, 도무지 영문을 모르겠다는 것이 교수의 대답이었다.

구사나기는 다시 후지가와의 방으로 돌아왔다. 그의 퇴사 이유나 회사를 그만두고 무엇을 하려 했는지를 알아내기 위해서였다.

그러나 아무런 단서도 나오지 않았다.

구사나기는 한숨을 내쉬고 일어섰다. 그리고 소변을 보려고 화장실로 들어갔다. 자그만 욕조 위에 빨랫줄이 쳐져 있고,

거기에 수영복이 걸려 있었다. 수영을 했나 보다고 막연히 생각했다.

　현장 검증에서 범인은 면식이 있는 사람일 것이라는 말이 나왔다. 실내에 다툰 흔적이 없는 데다 후지가와는 등 뒤에서 후두부를 맞았다. 아마도 마음을 놓고 있었을 것이라는 게 대부분의 의견이었다. 흉기는 현장에 나뒹구는 4킬로그램짜리 철제 아령이고, 후지가와의 소지품이란 것이 확인되었다. 범인은 어떤 이유로 충동적으로 범행을 저질렀을 것으로 추정된다.

　그러나 범행은 충동적이었을지 몰라도 사후 처리는 꽤나 치밀했다. 여기저기 남아 있을 지문을 모두 지우고, 머리카락이 떨어졌을지도 모른다고 생각했는지 청소기를 돌려 먼지까지 깨끗이 치워 버렸다. 그리고 시체의 발견을 가능한 한 늦추고 악취를 방지하기 위해 에어컨을 켜 두었다. 그러나 그것 때문에 오히려 시체가 더 빨리 발견되었으니 아이러니라면 아이러니였다.

　소변을 보고 나서 손을 씻을 때였다. 발아래 조그만 종잇조각이 떨어져 있는 것을 보았다. 구사나기는 허리를 굽혀 그것을 주웠다. 커피숍의 계산서라는 것을 알고 그는 실망했다. 사건 해결로 이끌어 줄 만한 것이 아니라고 생각했기 때문이다. 날짜도 사건보다 훨씬 이전의 것이었다.

그것을 세면대 위에 올려놓으려다가 그는 손길을 멈추었다. 계산서에 인쇄된 커피숍의 주소가 마음에 걸렸던 것이다.

쇼난 해안 가까운 곳이었다. 구사나기는 그곳에 친척이 있어서 그 주변의 지명을 잘 알았다.

그 날짜는.

분명했다. 폭발 사건이 일어난 날이었다.

5

손님이 들어오는 기척을 느꼈지만 나가에 히데키는 스포츠 신문에서 눈을 떼지 않았다. 어차피 구경만 하고 갈 거라 여겼기 때문이다. 비싼 걸 파는 데도 아니니까 좀도둑은 별로 신경 쓰지 않아도 된다. 설령 물건이 좀 없어진다 한들 자신의 호주머니에서 돈이 나가는 것도 아니다. 가게 주인에게 잔소리만 한번 들으면 그만이다.

'웨이브'는 조그만 기념품 가게다. 싸구려 선글라스라든지 비치볼, 비치샌들 따위를 판다. 얼마 전까지만 해도 젊은 남녀들이 몰려들어 가게 안을 마구 헤집고 다녔다.

그랬는데 며칠 전부터는 사람 그림자도 안 보인다. 해수욕 시즌이 끝나 버렸으니 당연한 일이지만, 그래도 평년에 비해 열흘이나 빠르다고 주인이 투덜거렸다. 나가에 자신의 경험에 비추어 보아도 그랬다. 예년의 지금 시기라면 도로 건너편의 해변 여기저기에 해수욕객의 모습이 보였을 것이다. 그런데 올해는 한산하기 짝이 없다.

이유는 간단하다. 얼마 전에 일어난 폭발 사건의 영향이다. 갑자기 불기둥이 솟아올라 해수욕을 즐기던 사람들이 폭사했는데 아직 원인도 밝혀지지 않았으니, 바다에 들어가려는 사람이 있으면 오히려 그게 더 이상하다. 나가에도 그 사건 이후로는 해변으로 나가지 않았다. 지뢰가 묻혀 있다는 소문까지 나도는 판이었다.

올해는 끝났다고 주인이 푸념했다. 나가에도 동감이었다.

그가 스포츠 신문을 넘기는데 바로 앞에 누군가가 서서 계산대 위에 뭔가를 올려놓았다. 그것은 조그만 키홀더였다. 이 가게에서 파는 제품이다.

"어서 오세요."

나가에는 신문을 내려놓고 서둘러 계산기 버튼을 눌렀다. 키홀더는 450엔이었다.

"한산하네."

손님은 돈을 지불하면서 말했다.

서른 전후로 보이는 남자였다. 큰 키에 선글라스를 끼고 아르마니 셔츠를 입었다. 평소에는 바다에 자주 오지 않는 인종이란 것을 햇볕에 그은 흔적이 없는 하얀 얼굴로 알 수 있었다.

"좀 그러네요."

키홀더를 작은 봉지에 넣어서 잔돈과 함께 건네주었다.

"역시 폭발 사건의 영향인 모양이군."

"당연하지요."

나가에는 퉁명스럽게 대답했다. 또 그 이야긴가 싶었다.

"요 앞에 있는 커피숍에서 들었는데,"

손님은 엄지로 동쪽을 가리켰다.

"그때 자네가 가까이 있었다더군."

나가에는 얼굴을 들어 남자의 눈을 보려고 했다. 그러나 선글라스 색깔이 짙어 눈이 보이지 않았다. 따라서 표정도 읽을 수 없었다.

"손님, 경찰이세요?"

나가에가 물었다. 그 사건 때문에 몇 번이나 경찰의 질문을 받았던 것이다.

"아냐, 난 이런 사람이야."

남자가 명함을 내밀었다.

거기에 인쇄된 글자를 보고서 나가에는 살짝 놀랐다.

"물리학 교수가 이런 데를 오시다니, 의외네요."

"잠시 이야기 좀 해도 될까? 오래 걸리지는 않을 거야."

"그건 괜찮지만 제 말을 들어 봤자 참고할 것도 없을 텐데요. 경찰도 참 이상하다는 표정을 지었으니까요."

"이상한 걸 보았어?"

"이상하다면 이상하지요. 갑자기 그런 데서 폭발이 일어났으니까요."

"어떤 느낌을 주는 폭발이었지?"

"뭐라고 할까, 갑자기 바닷속에서 엄청난 기세로 불이 솟구쳐 올랐다고 할까요. 불기둥이 몇십 미터나 솟구쳤지요. 뭔가가 터졌다는 느낌이 들었어요."

"터져?"

"그런데 그다음이 더 이상했어요. 아무도 믿지 않았지만요."

"뭘 보았는데?"

"아주 작은 불꽃이 물 위를 미끄러지며 퍼져 나갔어요. 마치 불꽃이 살아 있는 것처럼요."

"해면을 미끄러져…… 흠."

남자는 선글라스 한가운데를 손가락으로 밀어 올렸다.

"그거, 불씨 같은 게 흩어지는 것하고는 달랐겠지."

"완전히 다르죠. 그중에는 빙글빙글 돌면서 방향을 바꾸는 불꽃도 있었으니까요."

"색깔은?"

"예?"

"색깔 말이야. 무슨 색깔이었지?"

"그러니까,"

나가에는 그때의 광경을 떠올려 보았다.

"노란색……이던가?"

"흠, 그랬단 말이지."

남자는 고개를 끄덕였다. 나가에의 대답에 만족한 듯이 보였다.

"노란색이었단 말이지."

"경찰은 착각이 아니냐고……."

"그렇지만 착각은 아니지?"

"예."

나가에는 고개를 끄덕였다.

"안 믿어도 좋지만요."

"아니, 난 믿어."

남자는 키홀더가 든 봉지를 호주머니에 집어넣었다.

"바쁜데 고마웠어."

"그게 전부인가요?"

"응, 충분해."

남자는 가게를 나갔다.

오늘 일을 친구들한테 말하리라 생각하며 나가에는 남자의 등을 바라보았다. 도쿄에서 물리학자가 찾아왔다고 하면 다들 깜짝 놀랄 것이다.

6

우메사토 쓰네히코의 주소는 요코하마 시 가나가와 구로 되어 있었다. 도큐도요코 선의 히가시라쿠 역에서 내려 걸어서 10분 거리였다. 언덕길이 많고 단독 주택이 밀집한 주택가 중간쯤에 그 아파트가 있었다. 벽돌 문양의 타일로 외장을 한 건물이었다.

입구는 자동문. 구사나기는 수첩을 보고 주소를 확인한 다음 503호 번호를 눌렀다. 몇 초 후 인터폰에서 목소리가 들렸다.

"예, 누구시죠?"

"경찰서에서 왔습니다. 잠깐만 뵐 수 있을까요?"

구사나기는 인터폰을 향해 말했다.

"또요?"

넌더리가 난다는 목소리가 되돌아왔다. 가나가와 현경이 몇 번이나 찾아와서 귀찮게 굴었을 것이다.

"죄송합니다. 잠깐이면 됩니다."

구사나기가 그렇게 말하자 아무 대답도 없이 문 열리는 소리가 들렸다. 혀를 끌끌 차고 있을 남자의 얼굴이 떠올랐다.

현관 앞에서 다시 차임벨을 눌렀다. 문이 열리고 거무스름한 얼굴이 나타났다.

"쉬시는데 죄송합니다. 회사에 문의했더니 오늘은 댁에 계신다고 해서 이렇게 찾아왔습니다."

"머리가 아파서 쉬었습니다."

우메사토 쓰네히코는 퉁명스럽게 말했다. T셔츠에 스웨터 차림이었다.

"몇 번이나 말했지만 아무것도 없습니다."

구사나기는 경찰수첩을 보여 주었다.

"저는 도쿄에서 왔습니다. 다른 사건과 관련성이 있을 것 같아 몇 가지 물어보겠습니다."

"다른 사건?"

우메사토는 미간을 찌푸렸다.

"예. 혹시 부인 사건과 관련이 있을 수도 있습니다."

우메사토의 얼굴에서 미묘한 변화가 일어났다. 아내의 죽음과 관련된 일이라면 어디 이야기나 한번 들어 볼까 하는 표정이었다.

"자세한 것은 그 사건을 담당하는 사람한테 들으세요. 몇 번이나 똑같은 말은 하는 것도 이제 지쳤으니까."

"아, 그건 정말 죄송합니다."

구사나기가 고개를 끄덕이자 우메사토는 문을 활짝 열었

다. 들어오라는 뜻이었다.

소파가 놓여 있는 거실과 부엌이 어지러웠다. 그러나 세 평 정도로 보이는 방은 깨끗하게 정돈되어 있었다. 조그만 불단이 마련되어 있고, 거기에서 가느다란 향이 피어올랐다.

구사나기는 소파에 앉았다. 우메사토는 부엌 카운터 의자에 걸터앉았다.

"다른 사건이라니, 그건 또 뭡니까?"

우메사토가 물었다.

구사나기는 잠깐 생각한 다음 어떤 남자의 변사체가 발견된 사건이라고 대답했다.

"살인이라는 겁니까?"

"단정할 수는 없지만 아마도 그럴 겁니다."

"그게 리쓰코의 사건과 관계있어요? 동일범이라는 말입니까?"

아니라면서 구사나기는 손사래를 쳤다.

"확실한 건 아직 하나도 없습니다. 다만 마음에 걸리는 게 있습니다."

그렇게 말하고 구사나기는 사진을 한 장 내밀었다. 후지가와의 얼굴 사진이다.

"이 남자, 본 적 있습니까?"

우메사토는 사진을 받아 들더니 곧바로 고개를 저었다.

"처음 보는 사람입니다. 누구지요?"

"이번에 변사체로 발견된 사람인데, 이름은 후지가와 유이치. 혹시 부인께 들어 본 적이 있는지요."

"후지가와…… 처음 들어요."

"그날,"

그렇게 말하고 구사나기는 침을 삼켰다.

"부인께서 사고를 당하신 그날, 이 사람도 해안에 있었습니다."

"흠……."

우메사토는 다시 한 번 사진을 보았다.

후지가와의 화장실에서 발견한 계산서에서 그 커피숍의 정확한 위치를 알아냈다. 짐작한 대로 쇼난 해안가에 자리 잡고 있었다.

"그렇지만 거기에 있었다는 것만으로 관계가 있다는 건 비약이 심하잖아요. 그날 수영하는 사람도 많았는데요."

"그러나 단순한 우연이라고 보기 힘든 점이 하나 있어요."

"뭔데요?"

"이 후지가와라는 인물은 데이토 대학 출신으로 2년 전에 졸업했습니다."

"아!"

우메사토의 표정이 아까보다 더 긴장하는 듯이 보였다.

"부인은 작년까지 데이토 대학에 근무하셨지요."

구사나기가 말했다.

가나가와 현경에 우메사토 리쓰코의 경력을 문의하여 알아낸 것이다. 그 순간 그의 직감은 하나의 확신으로 바뀌었다, 두 사건은 분명 어떤 관련성이 있다고.

"그래요, 학생과 직원이었어요."

우메사토는 고개를 끄덕였다.

"그렇다면 후지가와 유이치가 대학에 다닌 4년 동안 어떤 식으로든 부인과 접촉했을 가능성이 있습니다."

구사나기의 말에 우메사토가 고개를 들었다. 눈이 조금 위로 치켜 올라갔다.

"리쓰코가 이 남자랑 모종의 관계였다는 말이오?"

"아니, 그런 뜻이 아닙니다."

구사나기는 황망히 손을 저었다.

"접촉이라는 말이 좀 그랬군요. 어떤 인간관계가 있었을지 모른다는 표현에 지나지 않습니다."

"우리는 작년에 결혼할 때까지 6년이나 사귀었습니다. 리쓰코에 관해서는 누구보다 내가 잘 알아요. 그렇지만 리쓰코의 입에서 후지가와라는 이름이 나온 적은 한 번도 없었습니다. 이런 남자는 몰라요."

그렇게 말하고 우메사토는 구사나기 앞에 사진을 내려놓

왔다.

"알았습니다. 그럼 부인의 짐이나 편지 같은 걸 정리하다가 혹시 후지가와라는 이름이 나오면 꼭 연락 부탁드립니다."

구사나기는 사진을 갈무리하고 자신의 명함을 테이블 위에 내려놓았다.

"러브 레터 같은 거?"

우메사토의 입이 비틀렸다.

"꼭 그렇다는 게 아니라⋯⋯."

"리쓰코는 말이오, 데이토 대학 학생을 싫어했어요. 엘리트 의식이 강하고 교활한 데다 자아도취에 빠진 놈들이라고. 그런 주제에 투정이나 부리고 무슨 일이라도 생기면 부모에게 울며 매달리는 것밖에 모른다고. 몸만 어른일 뿐 유치원생이나 다름없다고 늘 말했던 사람입니다."

"그 유치원생 가운데 후지가와가 포함되어 있었을지도 모르지요."

"그야 그럴지도⋯⋯."

그렇게 말하고 우메사토는 입을 다물더니 뭔가를 생각하다가 다시 고개를 들었다.

"두 가지 마음에 걸리는 게 있어요. 이쪽 경찰에 말을 하긴 했지만⋯⋯."

"뭡니까?"

"그날 바다로 가면서 리쓰코가 몇 번이나 말했습니다, 뒤따라오는 차가 있는 것 같다고."

"미행당했다는 겁니까?"

"모르겠습니다. 설마 그럴 리 없을 거라고 나는 웃으며 흘려버렸지만……."

"언제 바다로 갈 계획을 세웠습니까?"

"이틀 전이었을 겁니다."

"바다로 간다는 말을 누구에게 한 적은?"

"나는 아무한테도 말하지 않았습니다. 리쓰코가 말했는지는 모르겠지만."

그렇다면 후지가와는 줄곧 우메사토 부부를 지켜보았을 것이라고 구사나기는 생각했다. 미행한 사람이 후지가와라면.

"또 하나 마음에 걸리는 것은?"

구사나기가 묻자 우메사토는 조금 망설이다가 입을 열었다.

"폭발 직전에 리쓰코 곁으로 다가간 남자가 있었습니다. 젊은 남자였어요."

"모습이 어떻던가요?"

구사나기는 볼펜 끝으로 수첩의 페이지를 누르며 대답을 기다렸다.

"그게, 상대는 물안경을 쓴 데다 거리가 멀어서 잘 모르겠습니다. 다만,"

우메사토는 혀로 입술을 축이고 다시 말을 이었다.

"아까 사진에서 본 남자와 머리 모양이 비슷한 것 같기도 하고⋯⋯. 그 남자도 머리가 짧았으니까요."

구사나기는 사진을 꺼내 다시 한 번 바라보았다. 후지가와 유이치의 흐릿한 눈이 뚫어져라 그를 올려다보았다.

7

우메사토 쓰네히코와 만난 다음 날, 구사나기는 다시 데이토 대학 공학부를 찾아갔다. 그는 이 대학 사회학부 출신이지만 지금은 다른 건물에 더 친밀감을 느낀다.

건물 앞에 이르렀을 때, 무심코 예의 주차장 쪽을 돌아보던 그는 발길을 멈추었다. 유가와 마나부의 모습이 보였기 때문이다. 유가와는 벤츠 옆에서 섰다 앉았다를 반복하고 있었다.

"이봐!"

구사나기가 불렀다.

유가와는 순간 몸을 움찔했지만 목소리의 정체를 알고는 안도하는 표정이었다.

"뭐야, 구사나기잖아."

"재미없는 상대라서 미안. 뭘 하는 거야?"

"별것 아냐."

유가와는 일어섰다.

"요코모리 교수의 차를 좀 살펴보고 있었어."

"아, 이게 그 차인가."

회색 차체를 내려다보며 구사나기는 고개를 끄덕였다.

"번쩍번쩍하는 게 정말 새 차가 좋긴 좋군."

"후지가와가 요코모리 교수의 차를 궁금해했다는 말을 듣고 혹시 무슨 이상이라도 있지 않나 하고 확인하는 중이야."

"흠, 그랬군."

유가와가 무슨 말을 하는지 구사나기는 알 수 있었다.

"폭발물이 설치되어 있지는 않은지 걱정되는 게로군."

"아니, 꼭 무슨 근거가 있어서는 아니지만, 자네가 그런 말을 했으니까."

"후지가와가 폭발 사건의 범인일지도 모른다는 말?"

후지가와 유이치가 그날 쇼난 해안에 갔다는 사실은 이미 유가와에게 알려 주었다.

"그 이후로 좀 진전이 있어?" 하고 유가와가 물었다.

"어제 피해자의 남편을 만나 보았지. 역시 후지가와가 범인일 가능성이 높아."

구사나기는 우메사토 쓰네히코에게 들은 이야기를 간략하게 전했다.

"문제는 피해자와 후지가와의 관계야."

유가와가 말했다.

"바로 그거지. 그런데 내가 부탁한 건 조사 좀 해 봤어?"

"부탁한 거?"

"잊었어? 후지가와가 가진 기술로 그런 폭발을 일으킬 수 있는지 검토해 달라고 했잖아."

"아, 그거 말이지."

유가와는 아득한 눈길로 턱을 만지작거렸다.

"미안, 너무 바빠서 아직. 이제부터 검토해 볼게."

"그래 주면 고맙고. 미안하지만 부탁해."

그렇게 말하면서 구사나기는 묘한 위화감을 느꼈다. 유가와가 상대의 눈을 피하며 말하는 경우는 거의 없었기 때문이다.

유가와의 옆얼굴을 바라보다가 그는 뭔가를 느꼈다.

"자네, 얼굴이 좀 그은 것 같아. 바다에 갔다 왔지?"

"어, 내가 그을었어?"

유가와는 자신의 볼을 쓰다듬었다.

"그렇지 않을 텐데. 바라보는 각도 때문이겠지, 뭐."

"그럴까?"

"바다에 갈 여유가 어딨어. 일단 안으로 들어가."

유가와가 건물을 향해 발길을 떼자 구사나기도 그 뒤를 따랐다.

그때 등 뒤에서 클랙슨 소리가 들렸다. 뒤를 돌아보니 짙은 감색 BMW가 주차장으로 들어가려는 참이었다.

유가와는 웃으면서 차로 다가갔다. 그가 지켜보는 가운데 BMW가 주차장에 자리를 잡았다.

운전석에서 몸매가 아담한 초로의 남자가 내려섰다. 자세가 반듯해서 그런지 체격에 비해 당당해 보였다.

"기지마 교수님, 국제회의는 어땠어요?"

유가와가 물었다.

"늘 그렇죠, 뭐. 오랜만에 그쪽 사람들을 만나는 게 즐겁긴 했지만."

"전야제에다 사흘이나 계속되었으니 꽤 피로하셨겠습니다."

"하긴 그래요. 일정이 좀 빡빡하긴 했어요. 좀 더 간단히 하면 좋을 텐데."

유가와와 기지마가 발걸음을 옮기고 구사나기가 그 뒤를 따랐다.

"기지마 교수님이 안 계시니까 에너지 연구소 애들이 아주 섭섭해하던걸요."

"기회는 찬스라고 실컷 놀았겠죠, 뭐. 그런 주제에 호텔에 웬 전화는 그렇게 자주 해서 사람을 귀찮게 하는지 원."

"무슨 급한 일이라도?"

"딱히 별다른 용건은 아니었어요. 날씨가 어떠냐는 둥, 낯선 땅이니까 비 오는 날에는 운전을 하지 말라는 둥 잔소리뿐이었어요. 내가 무슨 노인이라도 되는 줄 아는 모양이지. 쓸데없는 걱정은 사양이라오."

"누군가요, 그런 전화를 건 사람이."

"젊은 놈이었어요. 참, 사람 싱겁기는."

그러면서도 기지마는 기분이 좋아 보였다.

구사나기는 두 사람이 당연히 엘리베이터를 탈 거라고 생각했는데, 둘 다 아무 말 없이 계단을 오르기 시작했다. 기지마의 발걸음은 예순 전후로 느껴지지 않을 만큼 힘차고 빨랐다.

도중에 기지마와 헤어져 유가와와 구사나기는 물리학과 제13연구실로 들어갔다.

"이공학부의 보스야." 하고 유가와가 말했다.

"한때는 양자 역학의 보스라고 불리기도 했어. 지금은 에너지 공학부의 보스지만. 공부 좀 하겠다는 학생은 거의 저 사람 지도를 받으려고 안달이야."

"대단한 사람이네."

"그렇지, 그거 아주 적절한 표현이야. 공학부의 나가시마 시게오라고 보면 돼."

"그렇다면 내가 아주 정확하게 말했군." 하고 구사나기는 고개를 끄덕였다.

"정말 존경하고 따르는 모양이야. 비 오는 날은 운전하지 말라고 전화할 정도라면."

"그건 좀 심했어. 누굴까, 전화한 놈이."

"새 차니까 비 맞지 않도록 하라는 냉소의 의미도 포함된 거 아닐까."

"아, 그럴 수도 있겠네."

유가와는 그렇게 말하고 고개를 끄덕이더니 갑자기 표정을 바꾸었다. 허공의 한 점을 응시한 채 입술을 깨물고 있다.

"왜 그래?"

친구의 심상치 않은 표정을 보고 구사나기는 묘한 흥분을 느꼈다.

유가와가 그를 바라보았다.

"혹시……."

그렇게 중얼거리더니 그는 가운을 휘날리며 방을 뛰쳐나갔다.

"어, 이봐, 왜 그래?"

구사나기가 뒤를 따랐다.

유가와는 복도를 달려 계단을 내려가기 시작했다. 평소 배드민턴으로 단련된 덕분에 학자로 보이지 않을 만큼 민첩했다. 구사나기가 오히려 숨을 헐떡일 정도였다.

유가와는 건물을 나서자 주차장으로 향했다. 그리고 아까 기지마가 주차한 BMW 옆에 이르러 발걸음을 멈추었다.

이어서 구사나기가 멈춰 섰다. 땀이 솟구쳤다.

"대체 무슨 일이야? 설명 좀 해 보라니까."

그러나 유가와는 아무 말이 없었다. 그는 차 옆에 쭈그리고 앉아 차체의 안쪽을 살펴 보았다.

이윽고 그는 한숨을 내쉬더니 살살 고개를 저었다.

"구사나기, 부탁할 게 있어."

"뭔데?"

"기지마 교수를 좀 불러 줘, 당장."

"교수를? 왜?"

"그건 나중에 설명할 테니까. 어쨌든 일 분 일 초를 다투는 일이야."

"알았어. 교수의 방은?"

"4층 동쪽 끝. 가능한 한 다른 사람 눈에 띄지 않게 살짝 모시고 와."

"누구에게도?"

"그럼."

유가와의 미간에는 깊은 주름이 잡혀 있었다.

"사건을 해결하고 싶으면 내 말대로 해."

8

다음 날 오후, 구사나기는 다시 데이토 대학을 찾아갔다.

전날 밤, 그는 마쓰다 다케히사를 체포했다.

마쓰다는 세이조에 있는 기지마 후미오의 저택 주차장에 침입했다가 도망치려는 중에 잠복하고 있던 형사들에게 붙잡혔다.

그때 마쓰다가 손에 들고 있던 것은 비닐봉지에 든 금속 덩어리였다. 그 크기는 손바닥에 쏙 들어갈 정도였다. 체포되었을 때, 그는 그것을 압수하는 경찰을 향해 말했다.

"거기에 절대로 물이 닿으면 안 돼. 평생 후회하게 될 테니까."

과학자로서의 양심이 하는 말이었다.

그러나 마쓰다의 경고는 쓸데없는 걱정에 지나지 않았다. 그 금속 덩어리는 그가 생각한 그것이 아니었다. 그가 체포되기 두 시간 전에 유가와 마나부에 의해 교체되었던 것이다.

그가 기지마 교수 집의 주차장에 들어가 훔쳐 낸 것은 점토에 물감을 칠해 놓은 물질이었을 뿐이다.

"마쓰다가 후지가와를 죽였다고 자백했어."

유가와의 피로에 지친 얼굴을 바라보며 구사나기가 말했다. 그리 상쾌한 기분은 아니었다.

"저항할 줄 알았는데 기지마 교수 댁에서 체포되는 순간 모든 것을 체념한 것 같아."

"저항한들 아무 의미가 없으니까."

"그럴지도 모르지. 어쨌든 온통 알 수 없는 것들뿐이야. 그래서 자네한테 설명 좀 들으려고 왔어."

"응."

유가와는 의자에서 일어서더니 이쪽으로 오라고 턱짓을 했다. 구사나기는 얌전하게 그 뒤를 따라갔다.

책상 위에 과자 깡통이 올려져 있었다. 그 속에 든 것은 물인 듯했다.

유가와는 책상 위에서 기름종이로 싼 뭔가를 들어 올렸다. 펼쳐 보니 안에는 귀이개의 옴폭 파인 부분을 가득 채울 정도의 하얀 결정체가 들어 있었다.

"조금 물러나 있어."

유가와의 말에 구사나기는 몇 걸음 물러났다.

유가와는 과자 깡통에 다가가더니 기름종이에 있던 내용물을 재빨리 깡통 속에 집어넣었다. 그리고 자신도 책상에서 물러났다.

반응은 바로 일어났다. 깡통 속에서 불꽃이 이는가 했더니 격한 폭발음과 함께 깡통이 튀어 올랐다. 그 속의 물도 사방으로 튀었다. 그 가운데 몇 방울은 구사나기 앞까지 날아왔다.

"엄청나네."

손수건을 꺼내면서 구사나기가 말했다.

"대단한 위력이지. 이렇게 눈곱만 한 양으로도 이래."

"그것이……."

"나트륨이야."

유가와가 말했다.

"쇼난에서 폭발을 일으킨 물질이지."

"마쓰다를 취조하면서 듣기는 했지만 도무지 이미지가 선명하게 떠오르지 않았는데,"

폭발이 끝난 깡통을 구사나기는 겁먹은 눈길로 들여다보았다.

"이 정도일 줄은 몰랐어. 나트륨이라고 말해 봐야 나는 잘 몰라. 수산화나트륨이나 염화나트륨이라면 들어 본 적이 있지만."

"나트륨은 금속이야. 그렇지만 자연에서는 그 자체만으로 금속 상태를 유지할 수 없고 자네가 말한 것처럼 어떤 화합물로 존재해. 지금 내가 물속에 넣은 나트륨도 공기에 접한 부분은 산화된 상태였어."

"그런데 금속이 폭발을 해?"

"나트륨 자체가 폭발하는 건 아니지. 지금 말했듯이 나트륨은 반응을 잘해. 특히 물에 닿으면 열을 내면서 수산화나트륨이 되고 동시에 수소를 발생시켜. 그 수소가 공기와 혼합하여 폭발을 일으키는 것이고."

"성냥과 화약이 아니라 물과 나트륨이군."

"나중에는 수산화나트륨만 남아. 그런데 그건 물에 금방 녹아 버리니까 쇼난 바다에서 폭발물의 흔적을 찾지 못했던 것도 당연하지."

"그렇지만 아까 실험에서처럼 물에 들어가면 바로 폭발하잖아. 범인 후지가와도 도망칠 시간이 필요했을 텐데."

"좋은 질문이야. 사실은 나트륨을 사용하여 폭발을 일으키려 할 때, 어떤 장치를 해 두면 일종의 시한폭탄 효과를 얻을 수 있어. 그것도 흔적을 남기지 않고 말이지."

"어떻게 하는 건데?"

"금속 나트륨의 표면만 탄산나트륨으로 변화시켜 두는 거지. 이건 안정된 물질이니까 위험하지 않아. 다만, 이것 또한 물에 잘 녹아."

"그래서 어떻게 하는데?"

"물에 넣어도 탄산나트륨이 막아 주기 때문에 나트륨과 물의 반응은 일어나지 않아. 그러나 시간이 지나면 탄산나트륨이 녹게 돼. 이윽고 그 안의 나트륨이 직접 물에 닿는 순간이 찾아오는 거지."

"쾅, 터지겠군."

구사나기는 두 손으로 얼굴을 가렸다.

"후지가와는 그런 장치를 해 둔 나트륨을 들고 우메사토 리쓰코에게 접근했을 거야. 그리고 그녀가 떠 있는 바다 바로 밑에 두었을 테지. 또는 그녀가 비치매트에 타고 있었다니까, 거기에 어떤 방법으로 매달았을 수도 있고."

구사나기는 고개를 끄덕였다. 과학을 모르는 그도 충분히 이해할 수 있는 내용이었다. 범인이 죽어서 이제 진상을 명확히 밝힐 수는 없지만.

"마쓰다 말로는 후지가와가 찾아왔던 8월 중순에 나트륨을 분실했다고 해."

의자에 앉으면서 구사나기가 말했다.

마쓰다는 액체 나트륨을 활용한 열 교환 시스템을 연구하고 있었다. 그러므로 예전에 같은 연구실에 근무했던 후지가와가 나트륨을 훔치는 것은 일도 아니었다.

"그때 마쓰다는 후지가와와 무슨 이야기를 나누었을까."

유가와는 책상 끝에 걸터앉아 허공을 바라보며 중얼거렸다.

"마쓰다 말로는, 후지가와가 따지러 왔대. 학생시절에 요코모리 교수의 연구실에 들어온 것도, 그 때문에 마쓰다의 연구를 도와주게 된 것도, 니시나 엔지니어링이라는 회사에 취직한 것도 모두 자신의 의사에 반한 것이었다고. 특히 니시나 엔지니어링에서 관심도 없는 분야의 일을 하게 되면서 그때까지 쌓이고 쌓였던 울분에 불이 붙었다는 것이 마쓰다의 주장이야."

유가와는 천천히 고개를 저었다.

"어쩐지, 뿌리가 깊은 이야기 같았어."

"깊지. 사실은 나도 완전히 파악하지는 못했어."

그렇게 말하고 구사나기는 수첩을 꺼내 펼쳤다. 나트륨 장치만이 아니라 사건의 배경에 대한 이해에도 유가와의 도움이 필요했다.

마쓰다에 따르면, 후지가와는 원래 기지마 교수의 연구실에 가고 싶어 했다고 한다. 그런데 어떤 주요 과목의 학점을 따지 못해서 그 꿈이 좌절되고 말았다. 그 과목이 바로 기지마 교수 담당이었고, 3학년 때 들어 두었어야 하는 것이었다.

"후지가와가 그 과목을 듣지 못한 이유는 오로지 하나, 학생과에 제출한 수강 신청서에 과목을 적어 넣지 않았다는 것이야. 후지가와가 그것을 깨달았을 때는 이미 늦고 말았어. 후지가와는 부랴부랴 학생과를 찾아가 정정을 요청했지만……."

"인정하지 않았다는 말이군." 하고 유가와가 말했다.

"우리 학생과가 그런 점에서 아주 엄격하다는 것은 학생들에게 들어서 알고 있어. 나도 경험한 적이 있으니까."

"그때 후지가와를 매몰차게 대한 직원이 바로 우메사토 리쓰코였어."

"그랬군."

유가와는 크게 고개를 끄덕였다.

"그래서 후지가와는 기지마 교수에게 직접 부탁을 한 모양이야, 강의를 듣게 해 달라고. 수강 신청을 하지 않은 상태에서 변경하려면 교수의 허락을 받아야 하니까."

"응. 그래서 교수는?"

"허락하지 않았지."

구사나기가 말했다.

"이유가 뭔지는 마쓰다도 모른대."

그러자 유가와는 고개를 살짝 갸웃했다.

"나는 어쩐지 그 이유를 알 것 같아."

"그게 뭔데?"

"아니, 그건 이따가 말하기로 하고, 그래서 후지가와는 어떻게 됐지?"

"어떻게 되긴. 결국 그 주요 과목을 듣지 못했지. 따라서 본인이 가고 싶어 했던 기지마 교수 연구실에도 들어가지 못했고. 그래서 어쩔 수 없이 요코모리 교수 쪽으로 간 거야."

"그 결과 원하지 않은 연구를 하게 됐고 원하지 않은 회사에 들어가서 원하지 않은 일을 하게 되었다는 말이군. 그리고 모든 것이 그 두 사람 탓이라고 생각했을 테고."

"그렇지, 그 두 사람이지, 바로 우메사토 리쓰코와 기지마 교수."

그렇게 말하고 구사나기는 머리를 긁적거렸다.

"그렇다고 사람을 죽이려는 생각까지 들었을까, 상식적으로? 일종의 노이로제에 걸렸다는 것이 마쓰다의 의견이긴 하지만."

"마쓰다가?"

유가와는 눈을 화들짝 떴다.

"후지가와가 노이로제에 걸렸다고 했단 말이지."

"응."

"흠……."

유가와는 천장을 올려다보았다. 뭔가를 생각하는 표정이었다.

"왜 그래?"

"아냐."

유가와는 고개를 저었다.

"그래서, 후지가와를 살해한 일에 대해 그는 뭐라고 설명하지?"

"마쓰다 말로는, 쇼난 사건을 알았을 때 폭발 상황과 피해자 이름을 보고 후지가와가 범인일 것이라고 짐작했다는 거야. 그리고 실험실을 살펴보고 나서야 나트륨 양이 줄어든 것을 발견했다더군."

마쓰다는 그길로 미타카에 있는 후지가와의 방을 찾아갔

다. 사태의 진위를 파악하기 위해서.

후지가와는 부정하지 않았고, 순순히 자신의 소행임을 인정했다. 더불어 한 사람을 더 죽일 계획이라고 덧붙였다. 그 대상이 바로 기지마 교수였다.

"마쓰다 얘기 중에서 그다음이 좀체 이해하기 힘들어."

구사나기는 미간을 찌푸리며 말을 이었다.

"이제 너희들은 끝장이라는 후지가와의 말에 순간적으로 화가 치밀어 죽였다는 것인데, 후지가와가 왜 그런 말을 했는지, 마쓰다는 왜 죽일 만큼 화가 치밀었는지, 도통 이해가 안 가. 이 언저리에서 마쓰다의 설명이 너무 불투명해."

"그렇게 되었군."

유가와는 자리에서 일어나 창가에 섰다.

"뭔가 떠오르는 거라도 있어?"

"글쎄, 그러나 그리 어려운 이야기도 아냐. 어디서나 있을 법한 일이니까."

"설명 좀 해 봐."

구사나기는 친구를 향해 자리를 고쳐 앉았다.

유가와는 팔짱을 끼고 창 앞에 서 있었다. 역광 때문에 그의 표정이 잘 보이지 않았다.

"에너지 공학과의 전신에서 이야기를 시작해야겠지. 예전에는 원자력 공학과였어."

"아, 그랬어!"

그편이 오히려 더 알기 쉽다고 구사나기는 생각했다.

"명칭을 바꾼 것은 이미지가 나쁘기 때문이야. 그와 함께 연구 내용도 조금씩 방향을 바꾸게 되었고. 그렇지만 예전의 연구 테마가 그대로 남아 있기도 해. 마쓰다가 하는 연구도 그 중 하나지. 액체 나트륨으로 열을 교환하는 기술도 극단적으로 말해 그 용도는 오로지 하나야. 뭔지 알겠어?"

"아니."

내가 알 리 없잖아, 하고 구사나기는 쏘아 주고 싶었다.

"플루토늄을 태우기 위한 원자로, 이른바 고속 원자로에서 열을 꺼내는 수단으로 사용하는 기술이야. 몇 년 전에 고속 증식로의 나트륨 누출 사고가 있었던 거 기억해?"

아, 하고 구사나기는 고개를 끄덕였다.

"그건 기억해. 맞아, 나트륨이 어쩌고 하는 사고가 있었어."

"그 사고 이후로 이 나라의 플루토늄 이용 계획은 결정적으로 방향 전환이 필요했지. 잇따라 터진 관련 기관의 사고 은폐와 같은 불상사가 방향 전환의 움직임에 부채질을 했고. 그 흐름은 당연히 각 방면에 영향을 끼치게 되었어. 그리고 가장 빠르게 반응하는 것이 바로 관련 기업이야."

유가와는 두세 걸음 이동하여 책장에서 팸플릿 같은 것을 꺼냈다.

"사실은 니시나 엔지니어링에 다니는 친구에게 슬쩍 물어보았지. 결과는 내 생각대로였어. 그 회사는 플루토늄이 필요한 시대에 대비하여 기술을 축적하고 있었는데, 올해 들어 거기에 관련된 모든 연구에서 손을 뗀다는 거야. 후지가와도 그런 흐름 때문에 다른 부서로 옮기게 된 것 같고."

"그런 일이 있었군. 그렇다면 후지가와가 노이로제에 걸린 것도 조금 이해가 가."

자신의 뜻과 완전히 일치하는 분야는 아니었지만 그래도 전공을 살릴 수 있기에 나름대로 열심히 일을 하고 있었는데 그것마저 박탈당하기에 이르자 삶의 방향성을 잃고 만 것인지도 모른다고 구사나기는 생각했다.

"기업 다음으로 영향을 받은 것이 바로 연구자야."

유가와의 말이 계속되었다.

"사실 마쓰다의 연구 분야도 예산 삭감의 대상이 되었어."

"아하……."

"아마 마쓰다는 전전긍긍했을 거야. 만일 대학이 자신의 연구 주제를 연구비 지급 대상에서 제외해 버린다면 지금까지의 고생이 물거품이 되고 말 테니까. 당연히 승진할 기회도 사라지게 될 것이고."

유가와의 말을 듣고 구사나기는 마쓰다가 아직 조수라는 사실을 떠올렸다.

"그런 데다 졸업생 후지가와가 살인까지 저질렀으니 거의 결정적이라고 해야……."

"그보다 마쓰다가 염려한 것은 살해 방법에 나트륨이 사용되었다는 것이 아닐까. 나트륨은 아주 위험하다는 인식이 있어. 게다가 대학 연구실에서 분실된 것이 범죄에 사용되었다고 하면……."

"끝장이겠지."

구사나기는 숨을 토해 내며 말했다.

"후지가와를 죽인다고 해결될 문제가 아니라는 것쯤은 마쓰다도 알지 않았을까. 그렇지만 눈앞에 보이는 그를 어떻게든 처리하지 않으면 안 된다고 생각했을 거야."

그러면서 유가와는 설레설레 고개를 저었다.

"그가 후지가와가 노이로제에 걸렸다고 말했다지만, 내가 보기에는 그도 노이로제에 걸렸을 거야."

"그럴 수도 있겠어."

구사나기는 동의했다.

"마쓰다는 비가 내릴까 봐 노심초사했다고 했지."

"역시 그도 처음에는 어디에 나트륨이 장착되었는지 몰랐다는 말이군."

유가와의 말에 구사나기는 고개를 끄덕였다.

"예의 주차장 사진을 보고 기지마 교수의 차에 달아 둔 것을 짐작했다고 해. 그런데 그때는 벌써 기지마 교수가 국제회의에 참석하기 위해 오사카로 떠난 다음이었지. 비가 내리면 나트륨이, 아니 수소가 폭발하여 큰일이 벌어질 테니까 거의 제정신이 아니었던 모양이야."

"그런 그의 양심이 아니었다면, 난 아직도 기지마 교수가 표적이라는 사실을 눈치채지 못했을 거야."

유가와는 창에서 눈길을 뗐다.

"주차장 사진을 보고, 후지가와가 요코모리 교수의 차를 노린 줄 알았지. 그렇지만 그게 아니었어. 학생에게 요코모리 교수의 차를 물은 것은 새 차 두 대 가운데 어느 쪽이 기지마 교수 차인지 알아내려는 의도였어. 기지마 교수의 이름을 직접 말했다가 나중에 폭발이 일어나면 들킬 수도 있다고 생각했을 거야."

나트륨은 BMW 차체의 안쪽에 순간접착제로 장착되어 있었다. 그것을 유가와가 가짜와 바꿔치기한 후 마쓰다가 그것을 회수하도록 유도한 것이다.

"한 가지 궁금한 게 있는데,"

물리학자의 옆얼굴을 바라보며 구사나기가 말했다.

"자네는 언제부터 마쓰다가 수상쩍다고 생각했지?"

그 질문이 유가와의 가슴을 자극한 듯했다. 그는 얼굴을 찌푸렸다.

"후지가와가 쇼난 사건에 관련되었을지도 모른다는 자네 말을 들었을 때였겠지. 나트륨이 사용되었을 가능성이 있다는 건 벌써 짐작하고 있었으니까."

"그렇지만 자네는 내게 입도 뻥긋하지 않았잖아. 왜지?"

"글쎄."

유가와는 고개를 갸웃했다.

"왜 그랬을까?"

설마 비호할 생각은 아니었겠지, 하는 말을 뱉으려는데 문 두드리는 소리가 들렸다. 예, 하고 유가와가 대답했다.

기지마 교수였다. 구사나기는 저도 모르게 자리에서 벌떡 일어섰다.

"이번에 정말 신세 졌네."

교수는 구사나기를 보고 얼굴을 구기며 웃었다.

"저야말로."

구사나기는 고개를 숙였다. 마쓰다를 유인하기 위해 차를 세이조의 자택으로 되돌려 놓는 일을 비롯해서 기지마는 성의 있게 협력해 주었다.

기지마는 유가와와 사무적인 대화를 나누더니 다음 방을 나서려고 했다. 그때 구사나기가 교수님! 하고 불렀다.

뒤돌아보는 기지마에게 그가 물었다.

"교수님은 왜 후지가와의 수강 신청을 받아들이지 않았습니까?"

그러자 노교수는 그의 얼굴을 보며 빙긋 웃었다.

"형사님은 스포츠 같은 거 하시오?"

"유도를 좀……."

"그럼 아시겠구먼. 어떤 이유로든 참가 신청을 잊어버리는 선수는 시합에 나갈 수 없지 않겠소. 또한 그런 선수가 이길 리도 없고. 학문도 전투와 같아서 누구에게든 어리광을 부려서는 안 되는 법이지요."

그렇게 말하고 다시 한 번 웃더니 교수는 방을 나섰다.

구사나기는 멍하니 선 채 고개만 유가와 쪽으로 돌렸다.

유가와는 빙긋 웃고는 창 너머 하늘을 바라보았다.

"비다." 하고 그가 말했다.

5장

이탈하다

1

에어컨은 최악의 타이밍에 고장 나 버렸다. 장마가 끝난 지도 벌써 일주일 이상이 지났다. 요즘 연일 오전 중에 30도가 넘는다. 오늘도 그렇다. 그리고 기온이 더 오를 것 같다.

우에무라 히로시는 왼손에 부채를 든 채 키보드를 조금 두드리고는 얼굴에 부채질을 하고 옆에 놓여 있는 지저분한 타월로 목덜미를 훔쳤다. 창을 활짝 열어 두었지만 바람은 거의 불지 않는다. 평소라면 아무렇지도 않을 컴퓨터의 열기조차 오늘은 부담스럽다.

부엌으로 갈까, 부채질을 하면서 우에무라는 생각했다. 에어컨은 작업실을 겸하는 방 말고도 침실로 사용하는 세 평짜리 방에도 달려 있다. 그 방의 문을 열어 두면 부엌도 좀 시원해진다.

그러나 그럴 수는 없다고 고개를 저었다. 지금 그 방에는 아들 다다히로가 자고 있다. 게다가 몸 상태가 좋지 않다.

선천적으로 병약한 다다히로는 초등학교 2학년이 된 지금도 감기에 걸리면 잘 낫지 않는다. 이번에도 나흘 전부터 머리가 아프다고 하더니 지금까지 열이 내릴 기색을 보이지 않는

다. 약을 먹으면 조금 좋아지긴 하지만 밤이 되면 또다시 상태가 나빠진다. 어젯밤에도 열이 39도까지 올라서 우에무라는 간병을 하느라 일을 하지 못했다.

우에무라는 자유 기고가다. 지금 네 개 출판사와 계약이 되어 있는데, 주로 주간지 기사를 작성한다. 그 가운데 하나의 마감이 눈앞으로 다가왔다. 핸드폰으로 즐기는 새로운 놀이 방법에 대해 취재를 하긴 했지만 저녁때까지 도저히 정리될 것같지 않다. 그것만 아니라면 지금도 아들 곁에 있었을 것이다.

방을 너무 차갑게 하는 것도 좋지 않지만, 잠을 못 잘 정도로 더워서는 오히려 체력이 떨어지고 말 것이다. 적정 온도를 유지할 수 있는 방에서 다다히로를 편히 재우고 싶었다.

우에무라는 책상 위의 시계를 보았다. 오후 2시가 조금 지나고 있었다. 약속 시각까지 앞으로 세 시간이 남았다. 평소라면 그리 어려운 일이 아니다. 그러나 이런 사우나 같은 공간에서 집중력을 유지한다는 것은 참으로 힘든 일이다. 창밖에서들려오는 소음도 오늘따라 유난히 크게 느껴진다.

타월을 목에 두르고 두 손을 키보드 위에 올려놓았을 때였다. 현관의 벨이 울렸다. 우에무라는 지친 얼굴을 들어 올리고 옷장 서랍에서 지갑을 꺼냈다. 이것도 분명 수금원일 것이다.

그러나 문을 열어 보니 이웃에 사는 다케다 유키에였다. 유키에는 다다히로의 반 친구인 다케다 료타의 어머니다.

"아, 무슨 일이죠?"

학부형 모임에 대해 알리러 온 줄 알고 우에무라가 물었다.

"무슨 일은요. 다다히로 군, 아직도 감기 아닌가요?"

"아, 예."

우에무라는 고개를 끄덕였다.

"늘 그렇죠, 뭐."

"너무 느긋한 거 아니에요? 간병은 잘하고 있어요? 일이 바쁘다고 그냥 내버려 두는 건 아니겠죠."

"내버려 둔다기보다는 일단 재워 놓았어요."

"잠깐 비켜 보세요."

유키에는 샌들을 벗고 슈퍼마켓 봉지를 든 채 집 안으로 들어왔다.

"뭐예요, 이거. 왜 이리 더워요. 에어컨은 켰어요?"

"고장 났습니다. 그렇지만 다다히로의 방은 괜찮아요."

우에무라의 이야기를 끝까지 듣지도 않고 유키에는 방문을 열었다.

"다다히로 군, 괜찮아? 기분은 좀 어때?" 하고 말을 걸었다. 다다히로가 잠에서 깨어 있었던 것 같다.

우에무라도 방으로 들어갔다. 에어컨의 냉기가 상쾌하다. 안도의 한숨을 내쉬며 방 안쪽을 바라보았다. 다다히로는 이불 위에 누워 있었다.

"괜찮니?"

그는 아들에게 물었다.

다다히로는 맥없이 고개를 끄덕였다. 그 안색이 어제보다는 조금 좋아진 듯이 보였다.

"배고프지 않니? 아줌마가 뭐 좀 만들어 줄까?"

이불 옆에 앉아 유키에가 물었다.

"목말라."

다다히로가 말했다.

"그럼 사과 주스라도 만들어 줄까? 아줌마가 마침 사과를 사 오는 길이거든."

그녀는 그렇게 말하고 일어서다가, "어, 이건 뭐야?" 하고 이불 곁에 놓여 있는 스케치북을 집어 들었다.

스케치북은 자주 자리에 눕는 다다히로가 심심해할 것 같아 우에무라가 사다 준 것이다. 색연필도 늘 머리맡에 두었다.

유키에가 보고 있는 페이지에는 회색 벽 같은 것이 그려져 있었다. 중앙에는 빨간 사각형이 보인다. 다다히로는 그림을 잘 그리는데, 이 그림은 도무지 뭘 그렸는지 짐작이 안 갔다.

"뭔데, 이거?"

유키에가 다시 한 번 물었다.

다다히로는 고개를 저으며 대답했다.

"나도 몰라."

"응? 왜 몰라? 이거 다다히로가 그린 거 아니야?"

"내가 그렸어. 그렇지만 나도 몰라."

"응? 무슨 말이니, 그게?"

유키에는 다시 한 번 묻더니 다음 우에무라 쪽을 돌아보았다.

"아까 자고 있는데 갑자기 몸이 붕 떠오르는 것 같은 느낌이 들었어."

다다히로는 우에무라와 유키에의 얼굴을 번갈아 바라보면서 계속 말했다.

"창밖을 보았더니 이렇게 보였어. 아주 높은 곳으로 올라간 것 같았어."

"뭐라고?"

우에무라는 유키에의 손에서 스케치북을 빼앗아 들고 그 그림을 응시했다. 그러고는 창밖으로 눈길을 돌렸다.

이 방은 연립 주택의 이층이다. 그리고 창의 정면에는 어묵처럼 생긴 식품 공장의 큰 문이 보일 뿐이다.

2

시체를 발견하게 된 계기를 듣고 구사나기는 현장으로 가 볼 기분이 싹 가시고 말았다. 물론 동료 형사들도 똑같은 기분

일 것이다. 범인도 다른 사람 생각 좀 해 줄 수 없나, 다들 그런 말을 하는 듯한 표정이었다.

현장은 스기나미 구에 있는 6층 아파트였다. 독신자를 위한 임대 아파트로 최상층에 방 두 개짜리가 있을 뿐, 나머지는 모두 원룸이다. 시체가 발견된 503호는 문을 열면 좁은 복도가 나오고 그 안쪽에 부엌과 방이 나타난다.

시체는 그 좁은 복도에 쓰러져 있었다. 검은색 티셔츠에 면 미니스커트 차림으로 화장은 하지 않은 것 같았다. 엎드린 상태로 머리를 현관 쪽으로 향하고 있었다. 그 자세를 보고 어느 수사관은 뿌리치며 떠나려는 남자에게 매달리다가 죽임을 당했을 것이라고 말했다. 물론 추리라고 할 것도 없었지만, 듣고 보니 그럴 것도 같다고 구사나기는 고개를 끄덕였다.

시체의 신원은 곧 판명되었다. 방에 있던 핸드백 속에 운전 면허증이 들어 있었는데 그 사진과 동일 인물인 것으로 판단되었기 때문이다. 이름은 나가즈카 다에코. 그 집에 사는 사람이라는 사실이 곧 확인되었다. 생년월일을 보니 지난달에 만 28세가 되었다.

맨 먼저 이상한 낌새를 차린 것은 옆방에 사는 회사원이었다. 그녀는 거의 매일 503호 앞을 지나는데, 어젯밤에 돌아오는 길에 이상한 냄새를 맡았다. 그러나 그녀는 대수롭지 않게 여기고 그냥 자신의 방으로 들어갔다. 그런데 다음 날 아침,

즉 오늘 아침에 보니 냄새가 더 강렬해진 것 같았다. 그래서 그녀는 출근하는 도중에 핸드폰으로 아파트 관리 회사에 연락하여 사정을 설명했다. 이 아파트에는 상주하는 관리인이 없기 때문이다.

연락을 받은 관리 회사에서는 오후가 되어서야 관리 담당자를 파견했다. 방문하기 전에 503호에 전화를 걸었지만 나가즈카 다에코는 방에 없는 듯 녹음된 목소리가 흘러나왔다고 한다.

며칠 여행을 떠난 사이에 음식물 쓰레기가 썩기 시작했을 것이라고 관리 담당자는 추측했다. 여름철에 흔히 있는 일이다. 그래서 그는 방 열쇠 말고도 쓰레기 봉지와 마스크를 준비했다. 지금까지의 경험에서 얻은 지혜였다.

결과적으로 열쇠와 쓰레기 봉지는 필요가 없었다. 503호의 문이 잠겨 있지 않았던 것이다. 그리고 악취의 원인도 음식물 쓰레기가 아니었다.

그러나 그가 마스크를 쓰고 문을 연 것은 잘한 일이었다. 만일 그러지 않았다면 그 자리에서 구토를 하여 수사에 많은 지장을 주었을 것이다. 관리 담당자가 위장에 든 것을 모두 쏟아낸 것은 비상계단까지 이동한 후의 일이었다.

그런 상황이었기에 아무리 시체에 익숙하다고는 하지만, 수사 1과의 형사들에게도 검시는 여간 곤혹스러운 일이 아니었다. 구사나기는 가능한 한 시체에 접근하지 않으려고 오로지 안쪽 방만 조사했다. 그래도 부패의 악취가 코를 자극하여 구역질이 올라왔다.

시체에는 목이 졸린 흔적이 남아 있었다. 다른 외상은 거의 찾아볼 수 없었다. 조사한 바로는 실내에서 다툰 흔적도 없었다.

"역시 남자 문제야."

흰 장갑을 끼고 방의 쓰레기통을 조사하던 형사가 말했다.

"남자는 결별을 고하려고 여길 온 거야. 그렇지만 여자는 헤어지고 싶지 않았어. 자기, 제발 떠나지 마, 그렇게 울며 매달렸지. 남자는 그런 여자가 너무 짜증 났어. 남자에게는 아내가 있으니까. 자식도 있어. 애당초 즐기기 위한 불륜이 아니었던가. 여자가 울고불고 매달리면 곤란하지. 시끄러워, 너하고는 이제 끝이야, 라고 말하는 거야. 그런데 여자라고 그냥 울고만 있을 수 없잖아. 흥, 그렇게 가고 싶으면 가도 돼. 그 귀신 같은 마누라에게 돌아가고 싶으면 가라고. 그렇지만 각오하는 게 좋을 걸. 나랑 있었던 일을 전부 폭로하고 말 테니까. 부인에게, 그리고 회사에. 그 말에 남자는 당황하는 거지. 어이, 그게 무슨 말이야. 절대 그러면 안 돼. 내가 알 게 뭐야. 난 한다면 하는 사람이라고. 여자의 히스테리가 정점을 향해 치달리기 시작한다. 최악의 분위기를 조장하면서. 당장이라도 전화를 걸 그런 기세로. 마침내 남자는 꼭지가 돌아서 여자의 목을 조른다. 결국 그런 스토리지, 뭐."

구사나기보다 한 살 위인 유게라는 형사는 늘 이렇게 추정 스토리를 지어내어 따발총처럼 떠드는 버릇이 있다. 그것도 수사 현장의 한 즐거움이다. 쓸데없는 말을 누구보다 싫어하는 상사인 마미야도 쓴웃음을 지으며 그냥 듣고 있다.

결코 얼토당토않은 말이 아니었다. 독신 여성이 살해된 사건에서 이성 관계를 맨 먼저 조사하는 것은 수사의 상식이다. 구사나기도 이 피해 여성에게 특별한 남자가 있었던 것은 아닐까 해서 편지 따위를 들춰 보고 있었다.

그러던 구사나기의 손이 갑자기 멈추었다. 명함을 한 장 발견했기 때문이다. 보험 회사 설계사인 구리다 노부히코였다. 그러나 무엇보다 구사나기의 눈길을 끈 것은 명함의 공란에 적힌 '22일에 다시 뵙겠습니다.'라는 글자였다.

"계장님."

마미야를 불러서 그 명함을 보여 주었다.

통통한 체형의 마미야는 굵고 짧은 손가락으로 명함을 집어 들었다.

"흠, 보험 설계사로군. 22일에……."

"저 아가씨, 22일경에 죽지 않았을까요?"

구사나기가 말했다. 오늘은 25일이다.

"한번 조사해 볼 필요는 있을 것 같군."

그렇게 말하고 마미야는 명함을 구사나기에게 돌려주었다.

구사나기가 유게와 함께 구리다 노부히코의 직장을 방문한 것은 시체가 발견된 지 이틀째 되는 날 저녁이었다. 진작 그를 만나고 싶었지만 그러지 않은 데는 그만한 이유가 있었다. 구리다가 명함에 적어 놓은 22일이라는 날짜에 중요한 의미가 있다는 것이 그 후의 조사에서 판명되었기 때문이다.

우선 죽은 나가즈카 다에코는 22일 오전 중에 가까운 곳에 사는 여동생과 커피숍에서 만났다. 얼마 후 정년퇴직하는 아버지에게 드릴 선물을 의논하기 위해서였다. 예상 밖의 지출이라고 말하면서도 정말 즐거워했다고 여동생은 눈물을 글썽이며 말했다.

그때 자매는 과일 빙수를 먹었다. 둘 다 좋아하는 것이라 분명하다고 여동생은 단언했다.

과일 빙수에 들어 있었을 팥 등이 검시 과정에서 나가즈카 다에코의 위장에서 발견되었다. 소화 상태로 보아 그녀가 죽은 것은 여동생과 헤어진 오후 1시경에서 세 시간이 지나지 않은 것으로 추정되었다. 즉, 22일 오후 1시에서 4시 사이가 범행 추정 시각인 셈이다.

여동생과 커피숍에서 헤어지기 전에 나가즈카 다에코는 곧 사람을 만나야 한다고 말했다. 그 사람이 바로 구리다 노부히코가 아닐까.

또한 나가즈카 다에코의 회사 동료가 흥미로운 사실을 하나 말해 주었다. 다에코는 구리다 노부히코를 상사의 소개로 선을 봐서 알게 되었다는 것이다. 그런데 다에코가 별로 마음에 안 들어 해서 둘 사이는 없던 일로 하게 되었다. 다만 그때의 인연으로 다에코는 구리다가 다니는 회사의 보험에 가입했다는 것이다. 구리다도 편의를 꽤 많이 봐주었던 것 같다.

구리다는 다에코를 단념하지 못해 어떻게든 관계를 지속하고 싶어 하지 않았을까, 라는 것이 그 동료의 추리였다.

구리다가 다니는 보험 영업소는 구단시다의 역 바로 옆이었다. 안으로 들어서자 카운터에 앉은 젊은 여사원이 밝게 인사했다. 유게는 경찰이라는 것을 밝히지 않고, 잠깐 의논할 일이 있어 구리다 씨를 만나고 싶다고 했다. 그녀는 의심하는 기색 없이 잠시만 기다려 달라면서 안으로 들어갔다.

몇 분 후 양복 차림의 자그만 남자가 영업용 미소를 머금은 채 나타났다. 머리카락을 7 대 3으로 가르고 눈썹까지 손질을 한 것 같았다. 매끈한 피부를 보고 구사나기는 어쩐지 막 샤워를 끝낸 사람 같다는 느낌을 받았다.

"아, 제가 구리다입니다만."

구사나기와 유게를 번갈아 바라보며 말했다. 그 눈길이 눈앞에 나타난 고객의 정체를 가늠하고 있다는 것을 구사나기는 놓치지 않았다. 얼굴은 웃고 있지만 구리다는 명백히 경계하고 있었다.

유게가 웃으면서 선 채로 카운터 너머에 얼굴을 가까이 가져갔다.

"경찰에서 왔는데, 몇 가지 당신에게 물어볼 게 있어서."

바탕이 소심한 듯, 그 한마디에 구리다는 새하얗게 질리고 말았다.

일단 영업소를 나와서 근처 커피숍으로 들어갔다. 유게가 사건에 대해 이야기하자 구리다는 어찌나 놀랐는지 몸을 부르르 떨었다. 처음 듣는다면서 자세한 상황을 알고 싶어 했다. 그 눈이 빨갛게 충혈되어 있었다. 연기라면 정말 대단하다고 구사나기는 생각했다.

"마지막으로 나가즈카 씨를 만난 것이 언제지요?"

유게가 물었다.

"그러니까 그게……."

구리다는 수첩을 꺼냈다. 그 페이지를 더듬는 손길이 달달 떨렸다.

"21일입니다. 금요일 저녁. 자동차 보험 갱신 서류를 작성하기 위해서였습니다."

"금요일이라면 나가즈카 씨는 회사에 갔을 텐데요?"

"아닙니다. 쉬는 날이라고 했습니다."

구리다의 말은 사실이었다. 나가즈카 다에코가 근무하는 화장품 메이커는 7월 20일 바다의 기념일을 출근일로 삼고, 21일을 휴일로 했다. 그렇게 하면 금토일 사흘 연휴가 되기 때문이다. 물론 구리다가 그런 사정을 잘 안다고 해서 그를 무작정 신뢰할 수는 없다.

"확실히 21일입니까? 22일이 아니고?"

유게가 다잡아 물었다.

"21일입니다. 분명합니다."

자신의 수첩을 보면서 구리다가 말했다.

"그걸 잠깐 볼 수 있을까요?"

"아, 그러세요."

구리다는 수첩을 유게에게 건네주었다.

구사나기는 옆에서 들여다보았다. 22일 난에 나가즈카 다에코라는 이름이 적혀 있었다. 그리고 그것이 21일로 수정되어 있었다. 구사나기가 그것을 지적하자 구리다는 딱히 당황하는 기색이 없이 말했다.

"처음에는 22일에 만날 예정이었습니다. ……하긴 원래는 15일이 약속한 날이었지만요. 그래서 그날 찾아갔지만 집에 없어서 22일에 다시 오겠다고 적은 명함을 우편함에 넣어 두었습니다. 그랬더니 나중에 나가즈카 씨가 전화를 해서 21일에 와 주면 좋겠다고 했습니다."

그 이야기에도 모순이 없었다. 그러나 형사가 찾아올 것을 예상하고 아귀가 맞게 말을 만들어 두었을 가능성도 충분히 있다.

"이 예정표를 보면,"

유게가 입을 열었다.

"22일 낮에는 일정이 없군요. 어디 있었습니까?"

"22일이라면…….."

구리다는 입가에 손을 대고 잠시 생각하더니 말했다.

"그날은 고마에 쪽에 있었습니다."

"고마에?"

"예, 저…….."

구리다는 바쁘게 손바닥으로 얼굴을 문질렀다.

"그 전날 술을 많이 마시는 바람에 몸 상태가 별로여서 오전 중에 고객을 찾아간 길에 다마가와 부근에 차를 세워 두고 쉬었습니다."

"어느 정도?"

유게가 다시 물었다.

"몇 시부터 몇 시까지?"

"그러니까 아마 점심때부터 3시 정도까지 쉬었을 겁니다. 저, 이건 회사에 비밀로 해 주시면 좋겠습니다."

"아, 그야 물론이죠."

그렇게 말하면서 유게는 구사나기 쪽을 힐끗 쳐다보았다. 냄새가 난다는 표정이었다.

"차는 회사 소유입니까?"

구사나기가 물었다.

"아닙니다. 제 차입니다."

"차종과 색깔을 말씀해 주실까요?"

"빨간 미니쿠퍼……."

"아, 세련된 차네요. 나중에 좀 보여 주시죠."

"그건 상관없지만……."

구리다의 눈동자가 눈에 띄게 흔들렸다.

다음 날, 구리다의 자진 출두를 요구했다. 중대한 증언이 현장 부근의 주민에게서 나왔기 때문이다.

그 주민이란 바로 나가즈카 다에코의 아파트 대각선 방향에서 오코노미야키 집을 하고 있는 여자였다. 그녀는 평소에 아파트 관계자가 자신의 가게 근처에 노상 주차하는 데 불만이 많았는데, 21일과 22일 이틀 연속으로 같은 차가 주차된 것을 목격했다. 운전자가 보이면 잔소리라도 할 생각이었지만 가게 손님을 상대하는 사이에 차가 없어졌다는 것이다.

어떤 차였느냐는 질문에 올해 마흔여덟 살인 그 여자는 자신만만하게 대답했다.

"이름은 모르겠지만 작은 차였어요. 형태가 어쩐지 고풍스러워 보였어요."

그래서 수사관이 여러 가지 차를 찍은 사진을 보여 주었더니 그녀는 거침없이 미니쿠퍼를 가리켰다. 그리고 '빨간색'이라고 단언했다.

구리다에게 집요한 질문 공세가 거듭되었다. 수사관 대부분이 그가 범인임에 분명하다고 생각했다. 끈질기게 추궁하면 결국에는 범행을 자백할 것이라고 확신했다.

그러나 구리다는 범행을 인정하지 않았다. 끈질긴 형사들의 공세에도 일관되게 범행을 부정했다. 그리고 구사나기와 유게에게 말한 그 알리바이를 주장했다.

어쩔 수 없이 구사나기는 고마에로 가서 탐문 수사를 벌이기로 했다. 만일 정말로 구리다가 강가에 차를 세워 두고 쉬었다면 반드시 목격자가 있을 것이기 때문이었다. 그리고 만일 그런 증인이 나타난다면 사건을 다시 생각해 보아야 할 것이다.

"아마 헛수고일 거야."

유게는 그렇게 말했다.

선배 형사의 추측이 옳았다. 꼬박 이틀에 걸쳐 구리다가 차를 세워 두었다는 장소 부근을 걸으면서 물었지만 빨간 미니쿠퍼를 보았다는 사람은 없었다. 그 장소는 강을 사이에 두고 식품 공장의 건물이 가리기도 해서 어느 방향에서도 잘 보이지 않는 사각지대였기 때문이다.

역시 구리다는 거짓말을 하고 있고, 놈이 진범이 분명하다는 확신이 수사본부를 지배하기 시작했을 때였다.

한 통의 편지가 수사본부가 설치된 스기나미 경찰서로 날아왔다. 보낸 사람은 고마에에 사는 남자였다.

그 편지에는 수사본부가 혼란을 일으킬 만큼 놀라운 내용이 적혀 있었다.

3

아무래도 학생 기숙사 같은 데서 집어 오지 않았나 싶은 플라스틱 트레이에 유가와 마나부는 세제를 부었다. 그런 다음 그 속에 스트로 끝을 집어넣고 가볍게 불자 비눗방울이 봉긋 솟아올랐다.

그러고 나서 유가와는 가운 호주머니에서 뭔가를 꺼냈다. 금속으로 된 둥그런 코인을 몇 개 겹쳐 놓은 듯한 물체였다.

"네오지움 자석이야."

그러면서 유가와는 자석을 비눗방울 가까이 갖다 댔다.

그러자 비눗방울이 트레이 위를 미끄러져 자석 쪽으로 다가가는 것 아닌가. 유가와가 자석을 움직이자 계속 그쪽으로 따라갔다.

"아니!"

구사나기는 저도 모르게 소리쳤다.

"이게 뭐야? 금속도 아닌데 왜 자석에 끌려가지?"

"왜 이런 현상이 일어날까?"

자석을 호주머니에 집어넣고 유가와가 물었다. 이 물리학자는 늘 이런 식으로 과학에 문외한인 친구를 놀려 먹는다.

"어차피 세제에 그런 성질이 있을 테지. 금속 분말을 섞어두었다든지."

"금속 분말을 섞으면,"

유가와가 말했다.

"아마도 비눗방울 자체가 생성되지 않을걸."

"그럼 뭘 섞은 거야? 자석에 달라붙는 약이라도 있어?"

"아무것도 섞지 않았어. 보통의 세제야."

"그런 세제가 자석에 붙는단 말이야?"

"이론적으로는 있을 수 없지만, 이 경우는 달라."

그렇게 말하며 유가와는 개수대에 다가가 씻어 둔 머그컵을 두 개 집어 들었다. 또 인스턴트커피인가 하고 구사나기는 내심 넌더리를 냈다.

"어떻게 된 건지, 뜸 들이지 말고 빨리 말해 봐."

"자석에 이끌려 가는 것은,"

머그컵에 커피를 타면서 유가와는 뒤를 돌아보았다.

"세제가 아니라 그 속의 공기야."

"공기?"

"정확히 말하면 그 가운데 산소지. 산소란 놈은 비교적 강한 상자성을 띠어. 상자성이란 자석에 끌려가는 성질을 말하지."

"호오⋯⋯."

구사나기는 터지지 않는 비눗방울을 뚫어져라 바라보았다.

"인간의 선입견이 많은 진실을 가리지. 비눗방울 속에 공기가 들어 있다는 걸 알면서도 눈에 보이지 않으니까 그 존재를 잊어버리곤 해. 그런 식으로 우리는 삶 속에서 많은 것을 놓치고 마는 거야."

유가와는 전기 포트의 뜨거운 물을 머그컵에 따르고 가볍게 저은 다음 하나를 구사나기에게 건네주었다.

"내 인생이 많은 것을 놓쳤다는 말을 하고 싶은 모양이군."

"하긴, 그게 오히려 인간적으로 보여서 좋긴 해."

유가와는 인스턴트커피를 맛있게 홀짝이며 마셨다.

"그다음 이야기는?"

"어디까지 했지?"

"유체 이탈까지. 수사본부에 날아온 편지에 아이의 유체 이탈에 대한 내용이 적혀 있었다는 말까지 들었어."

"아, 거기까지 했지."

구사나기는 커피를 마셨다.

편지를 보낸 사람의 이름은 우에무라 히로시였다. 스기나미에서 일어난 살인 사건에 대해 꼭 전하고 싶은 말이 있어서 펜을 들었다는 얘기로 시작하는 편지였다. 펜을 들었다는 표현을 쓰긴 했지만 사실은 컴퓨터로 작성하여 인쇄한 것이었다.

우에무라는 자신이 사건과는 아무 관계도 없다는 사실을 강조한 후, 자신의 아들이 중요한 증인이 될 가능성이 높다고 말했다. 그것은 요 며칠 동안 수사관들이 눈에 불을 켜고 찾아다녔던 빨간 자동차를 두고 하는 말이었다.

단적으로 말해, 그의 아들인 다다히로라는 소년이 7월 22일 낮에 가까운 강가에 빨간 미니쿠퍼가 서 있는 것을 보았다는 것이다. 오후 2시 전후라고 자세한 시간까지 기술했다.

그 정도면 유익한 정보라 할 수 있다. 당장이라도 수사관을 파견하여 자세한 이야기를 들어 보게 하고 싶었다. 그러나 이야기가 그렇게 간단하지 않았다.

다만, 하고 편지는 또 묘한 말을 덧붙였다. 아들은 일반적인 방법으로 목격한 것이 아닙니다. 열이 나서 누워 있을 때 유체 이탈을 하여 집에서 조금 떨어진 그 장소를 보았던 것 같습니다.

수사관 하나가 이 부분을 읽는 순간, 본부에 있던 사람들은 여우에 홀린 듯한 표정을 지었다. 이어서 경악의 소리와 실소가 터져 나오고, 이윽고 그것은 분노로 바뀌어 갔다. 진지하게 듣고 있었는데 알고 보니 별것도 아닌 장난 편지였잖아, 라면서.

그러나 편지에는 무시할 수 없는 내용도 적혀 있었다. 그 소년이 유체 이탈한 직후에 그렸다는 그림에는 빨간 미니쿠퍼가 또렷이 그려져 있었다. 그 그림을 폴라로이드 카메라로 찍어서 편지와 동봉한 것이다.

"편지에 전화번호가 적혀 있어서 내가 전화를 걸어 보았지. 혹시 머리가 이상한 남자 아닌가 싶어서였는데, 전화로 대화를 나누어 본 바로는 극히 정상이었어. 진솔한 마음으로 편지를 쓰긴 했지만 혹시 악질적인 장난으로 오해받지 않을까 두려웠는데 이렇게 전화를 받고 보니 마음이 놓인다더군. 말투도 사뭇 정중한 게 느낌이 괜찮았어."

"어떤 이야기를 나누었어?"

유가와가 물었다.

"먼저 편지에 적힌 내용을 확인했지. 아, 그리고 제정신으로 진솔하게 편지를 썼는지 확인하는 게 우선이었다고 할까. 우에무라는 맹세코 진실이라는 거야. 믿어 달라는 말이 진솔하고 박력이 있었어."

"진솔하고 박력 있다는 느낌만으로 그게 진실인지 아닌지 결정할 수 있다니, 자네 일도 정말 수월하군."

유가와가 슬쩍 비꼬며 말했다. 입가에 의미심장한 미소를 머금은 채.

구사나기는 울컥 화가 치밀었다.

"물론 믿을 수야 없지. 우에무라에 관한 정보를 조사하는 것뿐이야."

"그럴듯하다거나 진술한 느낌 따위는 정보로서 아무런 가치가 없어."

유가와는 머그컵을 든 채 의자에 앉았다.

"이런 경우에 가장 필요한 것은 증거 아니겠어. 그 문제의 날 소년이 유체 이탈이란 걸 했다는 증거가 있을까?"

"어차피 그런 증거가 있을 리 없다는 말투로군."

"과학자는 어떤 경우라도 적당히 넘어가지 않아. 증거가 있다면 제시하라는 거지. 명심해, 그 그림만으로는 절대로 증거가 될 수 없어. 자네들이 탐문 수사를 벌인다는 사실을 누구에게 듣고 그림을 그렸을지도 모르니까."

흐흥, 하고 구사나기는 콧김을 뿜어내면서 책상 위에 엉덩이를 걸쳤다.

"그런 말이 나올 줄 알았지."

"호오."

유가와가 구사나기의 얼굴을 올려다보았다.

"그럼 더 설득력이 있는 증거라도 있다는 거야?"

글쎄, 하고 구사나기가 말을 이었다.

"어린아이가 유체 이탈을 한 날, 우에무라는 거래하는 잡지사의 편집자에게 문제의 그림을 보여 주었어. 잡지에 소개해 줄 수 있겠느냐고 말이야. 아, 우에무라의 직업은 자유 기고가야."

"유체 이탈을 한 날이라면 7월 22일인가."

"그런 셈이지. 스기나미에서 나가즈카 다에코가 죽은 날. 물론 그 시점에서 우에무라는 사건에 대해 전혀 몰라. 그 그림이 중요한 의미를 가질 줄은 그 시점에서는 절대로 알 수 없었어."

친구의 검은 테 안경 속의 눈이 번쩍 빛을 발한 것 같았다. 이제야 관심을 보이기 시작했다는 신호다.

"어때?"

구사나기가 물었다.

"이 정도면 멋진 증거 아닐까?"

그러나 유가와는 대답하지 않고 천천히 머그컵 속의 별 맛도 없는 커피를 마셨다. 그의 눈은 창밖을 바라보고 있었다.

"자네의 갈릴레오 선생에게 의논해 보게."라고 말한 사람은 계장 마미야였다. 구사나기에게 물리학 조교수 친구가 있고, 지금까지 미스터리로 가득한 사건이 일어날 때마다 그가 사건 해결에 결정적인 도움을 주었다는 사실은 이제 구사나기가 속한 수사반에서는 유명한 이야기이다.

사실 수사본부에서는 우에무라가 보낸 편지를 어떻게 다루어야 할지 당혹스러워하고 있었다. 정보 자체는 아주 중요하다. 그러나 그 정보의 입수 방법이 문제였다. 이것을 정식 수사 자료로 취급할 수는 없다. 그렇다고 해서 완전히 무시해도 된다는 말은 누구도 할 수 없었다.

우에무라가 자유 기고가라는 것도 머리를 아프게 하는 한 가지 요소였다. 수사 당국으로서는 가능한 한 이 문제를 미디어 쪽에 알리고 싶지 않았다.

"린 피크네트라는 사람의 책을 보면,"

머그컵을 책상 위에 내려놓고 유가와가 입을 열었다.

"열 명에서 스무 명 가운데 한 명의 비율로 유체 이탈을 체험하는 모양이야. 몸이 위로 떠오른 듯한 느낌이 들고, 다른 사람의 대화가 들리거나 먼 곳의 정경을 보기도 한다고 해. 특히 풍경에 대한 진술을 나중에 조사해 보면 세세한 부분까지 일치하는 경우가 많대. 이것을 원격 투시라고 해. 영국의 학자 두 명이 이 원격 투시 테스트를 해서 어떤 형태의 의식이 육체를 떠나 다른 장소의 정보를 입수할 수 있다는 결론을 낸 적도 있어."

거기까지 말한 다음 유가와는 구사나기를 바라보고 빙긋 웃었다.

"그 소년의 경우도 그런 건지 몰라. 그렇다면 유체 이탈이나 원격 투시도 마침내 경찰의 수사에 한 역할을 담당하게 되는 셈이지."

"자네까지 그런 말을 하기야?"

구사나기는 얼굴을 찌푸렸다.

"이건 농담이 아냐. 이대로는 보고서도 쓰기 힘들어."

"그럼 어때서. 있는 그대로 적으면 되지. 꽤 참신한 보고서가 될 것 같은데."

"남의 일이라고 그렇게 쉽게 말하지 마."

구사나기가 두 손으로 머리를 마구 긁었다.

유가와는 후후후, 낮게 웃었다.

"너무 실망하지 마. 내가 그런 책을 인용한 것은 불가사의한 현상을 말하는 사람이 그리 드물지 않다는 것을 강조하고 싶어서일 뿐이야. 특수성에 마음을 빼앗기지 말고 객관적 사실에 주목하면 또 다른 해답이 나올지도 모르니까."

"하고 싶은 말이 뭔데?"

"자네 이야기를 듣고 일단 두 가지 가능성을 생각했어. 그

우에무라라는 인물도 그 아들도 절대 거짓말을 하지 않았다는 것을 가정하고 하는 말이지만."

유가와는 손가락을 두 개 세웠다.

"첫째, 우연의 일치라는 것. 소년은 마치 유체 이탈을 한 듯한 꿈을 꾸고, 잠에서 깨어난 후에 그림을 그렸어. 그런데 그게 우연히도 살인 사건 용의자의 진술과 일치한 것이야."

"그게 바로 우리 과장의 설."

구사나기의 말에 젊은 물리학자는 만족스럽게 고개를 끄덕였다.

"지난번에도 말한 적이 있지만, 그 과장은 정말 논리적으로 사고하는 사람이야."

"그냥 머리가 딱딱할 뿐이지, 뭐. 또 하나의 가설은?"

"소년의 착각이지."

유가와가 말했다.

"소년은 실제로 미니쿠퍼를 본 거야, 물론 깨어 있을 때. 그러나 별로 강한 인상을 받지 않아서 본 것 자체를 잊어버렸어. 그런데 열이 올라 의식이 몽롱해졌을 때 불현듯 그 정경이 떠오른 거지. 그래서 소년은 실제로 본 시간과 상황을 착각하고 말아."

"자고 있을 때 혼이 제멋대로 몸을 빠져나가서 그 광경을 보았다고 착각했다는 말이군."

"바로 그런 거지."

유가와는 고개를 끄덕였다.

구사나기는 팔짱을 끼고 흠흠, 소리를 내었다. 그런 착각이 일어날 법도 했다.

"꿈의 내용과 용의자의 진술이 우연히 일치할 가능성은 거의 없지 않을까. 차의 지붕이 하얗다는 것이나 보닛에 하얀 라인이 들어 있다는 것까지 일치해. 이것은 같은 차종 가운데서도 미니쿠퍼만의 특징이야."

"소년이 자동차 마니아일지도 모르지."

유가와의 말에 구사나기는 고개를 저었다.

"우에무라 씨의 말로는 차에 대해 아무것도 모른다고 해."

"흠……."

"문제는 두 번째 설이야. 만일 소년이 그런 착각을 했다면 실제로 언제 미니쿠퍼를 보았느냐는 거지. 이거야말로 수사에 관련된 문제니까."

"그걸 조사하는 건 그리 어려운 일이 아니지."

유가와는 말했다.

"소년이 그린 그림과 실제 지형을 비교하면 소년이 어디에서 미니쿠퍼를 보았는지 추론할 수 있어. 그러면 소년이 언제 그 장소에 갔느냐를 밝히는 일만 남아."

"맞는 말이야."

구사나기는 동의의 뜻으로 고개를 크게 끄덕였다.

"힘내. 새로운 사실이 밝혀지면 알려 줘."

"어? 같이 가는 게 아니고?"

"지금 말한 걸 조사하는 데야 자네 혼자면 충분하지, 뭐."

유가와는 미간을 찌푸렸다.

"자네, 아까 이렇게 말했지. 우에무라와 아들이 거짓말하지 않았다는 것을 가정하고, 라고. 즉, 거짓말했을 가능성도 여전히 남아 있다는 거잖아. 그래서 현지에 가는 길에 우에무라 부자도 만나 볼 생각이야. 그런데 말이야,"

구사나기는 일어서서 학자의 어깨에 손을 올렸다.

"과학 멍청이인 내가, 그들이 거짓말을 하는지 안 하는지 알아차릴 수 있다고 생각해?"

그 말에 유가와는 지겹다는 표정을 지었다.

"그런 걸로 자네가 사람을 협박할 줄은 꿈에도 생각하지 못했어."

유가와는 머그컵을 든 채 자리에서 일어섰다.

4

구리다 노부히코가 7월 22일 오후에 차를 세워 두었다고 주장하는 장소는 고마에서 다마가와 쪽으로 약간 올라간 곳이었다. 제방이 정비되어 차가 강가까지 접근할 수 있는 장소가 있었다. 거기에 미니쿠퍼를 세워 두고 쉬었다고 그는 말했다.

"땡땡이를 치는 거니까 그 구리다라는 인물은 가능한 한 사람들 눈에 띄지 않는 곳에 차를 세울 필요가 있었어. 그러나 그것이 오히려 함정이 되고 말았지."

지금은 아무것도 없는 강가에 서서 유가와가 말했다.

"구리다가 반드시 진실을 말한다고 할 수는 없잖아." 하고 구사나기가 반론을 폈다.

"그러나 거짓말치고는 기가 막히게 들어맞아. 실제로 이런 장소가 있으니까."

"구리다는 여기서 몇 번 낮잠을 잤을 거야. 그래서 알리바이를 물으니까 순간적으로 이 자리를 떠올리고는 그렇게 말했을 수도 있어."

"그럴지도."

유가와는 고개를 끄덕이고 나서 멀뚱하니 구사나기의 얼굴을 바라보았다.

"바로 그거야. 이제 자네도 꽤 논리적으로 사고하게 된 것 같아."

"사람 바보로 취급하지 마. 이 정도는 형사의 상식이니까."

"아, 실례. 그런데, 저 건물은 뭐지?"

그렇게 물으면서 유가와는 강 반대편에 보이는 시커먼 건물을 손가락으로 가리켰다.

"저건, 그러니까……."

구사나기는 확대 지도를 펼쳤다.

"식품 회사 공장."

"여기 서 있는 차를 목격하려면 저 공장의 각도가 최적인데."

"그렇겠어. 어……."

지도를 보고 있던 구사나기는 어떤 사실을 깨달았다.

"왜 그래?"

"우에무라 히로시가 사는 연립 주택 말이야, 아무래도 저 공장 건너편 같아."

"공장 건너편?"

유가와는 공장을 올려다보았다.

"그렇다면 그 집 창으로는 이곳을 볼 수 없다는 말인데."

"어쨌든 가 보지, 뭐."

현관의 차임벨을 누르자 안에서 발소리가 들려왔다. 이윽고 문이 열리더니 햇볕에 살짝 그은 남자가 나타났다.

"아까 전화 주신……."

"구사나기입니다."

그는 머리를 꾸벅 숙였다.

"아, 안녕하세요. 우에무라입니다. 기다리고 있었습니다."

남자는 밝게 웃었다. 이렇게 환대받기는 형사가 되고 나서 처음이라고 구사나기는 생각했다.

"잘됐네요. 마침 오늘 아침에 기술자가 와서 에어컨을 고쳐 주었습니다. 이게 망가져서 도무지 일을 할 수 있어야지요."

자, 어서 들어오세요, 라며 우에무라는 구사나기와 유가와를 안으로 이끌었다. 식탁 위가 깨끗한 것으로 보아 서둘러 청소를 한 것 같았다. 두 사람에게 의자를 권하고 우에무라는 냉장고에서 보리차를 꺼내 왔다.

"아, 신경 쓰지 않으셔도 됩니다." 하고 구사나기가 정중하게 말했다.

"하, 이거 홀아비 신세라서 말이죠. 거기다 조금 전까지 일에 쫓기다 보니 청소도 제대로 못해서⋯⋯."

우에무라는 익숙한 손길로 두 사람 앞에 보리차가 든 글라스를 놓았다.

"부인은?"

"없습니다. 이혼했어요. 벌써 3년이나 되었네요."

밝은 목소리로 우에무라가 대답했다. 구사나기는 슬쩍 실내를 둘러보았다. 장식품 같은 건 하나도 없고 책장도 기능성을 중시한 것뿐이었다. 철제 캐비닛을 비롯해서 거의 사무실 분위기였다. 찬장 속의 식기도 몇 개 되지 않았다.

우에무라는 옆방의 덧문을 열고 안에 대고 말했다.

"형사님이 오셨으니 너도 잠깐 나와야지."

소리가 나고, 반바지를 입은 소년이 나왔다. 비쩍 마른 몸에 안색도 별로였다. 소년은 구사나기를 보고 안녕하세요, 라며 인사를 했다.

다다히로라고 우에무라가 아들을 소개했다.

"본론으로 들어가서, 그림을 직접 볼 수 있겠습니까."

구사나기가 말했다.

"아, 예예."

우에무라는 다른 방으로 들어가더니 스케치북을 들고 나왔다. 그리고 구사나기 앞에 내려놓았다.

"이겁니다."

"실례."

유가와가 먼저 손을 뻗었다.

구사나기는 옆에서 보았다. 사진으로 본 것과 같은 그림이었다. 회색 배경이 있고, 바로 앞에 하얀 길과 빨간 차가 그려져 있었다. 차는 투 박스 타입으로 지붕이 하얗고 타이어가 작았다. 분명히 미니쿠퍼였다.

"그 제방 부근의 풍경과 비슷한 것 같기는 한데, 이것만으로는 그것을 그렸다고 단정하기 힘들겠어."

유가와가 중얼거렸다.

"단순히 빨간 차를 그렸다고 봐야 하지 않을까."

"본인은 저곳을 그렸다고 합니다."

우에무라가 조금 불퉁한 표정으로 말했다.

"본인에게 물어봐야겠네."

유가와가 구사나기에게 말했다. 구사나기는 이 친구가 어린아이를 별로 좋아하지 않는다는 사실을 떠올렸다.

구사나기는 고개를 숙이고 앉아 있는 다다히로에게 물었다.

"이 그림, 어디를 그린 거야?"

소년이 고개를 숙인 채 뭐라고 말했다. 그러나 목소리가 너무 작아 들리지 않았다.

"더 큰 소리로 또렷하게 말해야지."

우에무라가 나무랐다.

"강의…… 저쪽." 하고 소년이 말했다.

"강의 저쪽? 분명히 그걸 그렸어?"

구사나기가 묻자 소년은 고개를 끄덕였다.

"그렇다면…… 이 방에서 어느 방향일까."

구사나기는 주위를 둘러보았다.

"저쪽일 거야."

그러면서 유가와는 아이가 나온 방을 가리켰다.

"그렇습니다. 잠깐 이리로 오시죠."

우에무라가 일어섰다.

살풍경한 방이었다. 텔레비전과 조립식 옷장이 놓여 있을 뿐이었다. 창가에 이불이 깔려 있었다.

우에무라가 창을 열었다. 그러자 눈앞에 식품 회사 공장이 나타났다. 그 때문에 경치 같은 건 하나도 보이지 않았다.

"잘 아시겠지만 저 공장 건너편에 강이 있습니다."

우에무라가 말했다.

"아들은 그 강 건너편의 풍경을 보았다고 합니다. 22일에 미니쿠퍼가 세워져 있었는지 문제가 되는 바로 그 장소일 겁니다."

"말씀은 잘 알겠는데 여기서 그 제방이 보였다는 건 아무래도……."

"그러니까 여기서 본 것이 아니지요. 여기서는 안 보입니다. 아들은 더 높은 곳에서 보았답니다."

그렇게 말하고 우에무라는 다다히로 쪽을 보았다.

"그때 일을 형사님께 설명해 드려."

아버지의 말에 다다히로는 입을 오물오물 움직였다. 요 며칠 동안 감기 때문에 집에서 한 걸음도 나가지 못했다는 것, 22일에도 아침부터 누워 있었다는 이야기를 하고, 이어서 핵심 내용으로 넘어갔다. 잠을 자는데 갑자기 몸이 떠오른 느낌이 들었고, 그 순간 공중에서 먼 곳의 경치가 보였다고 아이는 말했다.

"어느 정도 높이까지 떠올랐을까."

유가와가 구사나기의 귀에 대고 속삭였다. 그것을 물어보라는 말이었다.

"얼마나 높이 올라갔어? 천장 정도?"

"응……."

다다히로는 우물쭈물했다.

"자신 있게 대답해."

우에무라가 옆에서 말했다.

"사실이니까 정직하게 말하면 돼. 창밖으로 날아올랐지?"

"어, 창밖으로?"

구사나기가 놀라서 소년을 바라보았다.

"정말이니?"

"응……."

다다히로는 배를 긁으며 말했다.

"몸이 붕 떠올라서 창밖으로 나갔어. 저 공장보다 더 높이 올라가서 강 쪽을 본 거야."

"그런 다음에?" 하고 구사나기가 물었다.

"이상하다고 생각하는데 몸이 아래로 내려와서 방 안으로 돌아왔어. 정신을 차려 보니 이불에 누워 있었고, 바로 옆에 스케치북이 있어서 위에서 바라본 경치를 그린 거야."

"그게 오후 2시 정도였습니다."

우에무라가 끼어들었다.

"틀림없습니다. 바로 그즈음에 이웃에 사는 다케다라는 여자분이 와 있었고, 같이 그림을 보았으니까 그분에게 확인해 보면 될 겁니다."

구사나기는 고개를 끄덕이고 창에서 밖을 보았다. 도저히 믿을 수 없는 이야기였다. 그러나 소년이 그린 그림이 여기 있다.

"저 공장에 확인해 볼 필요가 있겠어."

식품 공장을 보며 유가와가 말했다.

"정면에 큰 문이 보이지? 커다란 설비 같은 걸 반입할 때 열릴 거야. 7월 22일 오후에 저 문이 열렸는지 조사해 보는 게 좋을 거야."

"열렸다면?"

"아까 제방 쪽에서 확인한 건데 강에 면한 공장 쪽에도 커다란 문이 보였어. 만약에 두 문이 동시에 열리면 공장 전체가 터널처럼 되니까 이쪽에서도 저쪽을 볼 수 있지."

"아, 그렇군. 좋아, 바로 확인해 보지, 뭐."

구사나기는 수첩에 메모하려고 했다.

"잠깐만요."

우에무라가 강한 어투로 말했다.

"지금 두 분은 그때 공장 문이 우연히 열렸고, 그래서 본 풍경을 우리 아들이 유체 이탈로 보았다고 착각한다는 말입니까?"

"하나의 가능성으로 생각한다는 거지요."

유가와의 말에 우에무라는 고개를 저었다.

"있을 수 없는 일이에요. 잘 들으세요. 미니쿠퍼가 세워져 있던 장소는 공장보다 아래쪽으로 지형이 푹 꺼진 곳이에요. 설령 공장 문이 열렸다 하더라도 이 창에서 보이는 것은 제방보다 훨씬 윗부분이에요. 의심스럽다면 측량을 해 보면 됩니다."

제스처를 섞어 가며 이야기하는 그 모습에서, 그가 꽤 짜증이 났다는 것을 알 수 있었다.

"그래요, 간단한 측량은 할 수 있을 겁니다."

유가와는 가볍게 말했다. 상대가 감정적으로 나와도 결코 자신의 페이스를 잃지 않는 것이 이 남자의 특징이다.

우에무라는 부엌으로 가서 아까 그 그림을 들고 왔다.

"이 그림을 보세요. 차의 하얀 지붕이 선명하게 그려져 있지 않습니까. 이렇게 그리려면 꽤 높은 곳에서 내려다보아야 할 겁니다."

유가와는 스케치북을 내려다보며 입을 다물었다. 그의 머릿속에서는 이 현상을 합리적으로 설명할 수 있는 몇 가지 가설이 빙글빙글 돌아가고 있을 것이다. 또한 그러기를 구사나기는 바랐다.

그때 어디선가 전화벨이 울렸다. 잠깐 실례, 하고 우에무라는 방을 나섰다.

"어때, 유가와."

구사나기가 목소리를 낮춰 물었다.

"뭐가 좀 나올 것 같아?"

그러나 유가와는 그 질문에 대답하지 않았다. 그 대신에 그는 구석에 동그마니 앉아 있는 다다히로에게 물었다.

"이런 일이 이전에도 있었니?"

어린아이를 싫어하는 그가 이런 식으로 말을 거는 건 참으로 드문 일이다. 다다히로는 가볍게 고개를 저었다. 그러고 나서 겁을 먹은 듯, 아버지의 뒤를 쫓아 나가 버렸다.

"아, 지금 경찰에서 사람이 나와 있습니다. 꽤 관심이 있는 것 같은데요. ……아, 물론 스페이스만 주신다면 원고는 얼마든지 쓸 수 있습니다. 벌써 일기 형식으로 정리해 두었습니다."

우에무라의 목소리가 들렸다.

"스기나미 쪽의 정보는 그쪽에서 어떻게 좀…… 아, 부탁합니다. 그리고 이런 문제에 정통한 전문가를 좀 소개해 주시겠습니까? 초자연 현상 연구가라든지, 그런 분야의 프로 말입니다. ……아, 그게 좋겠습니다. 잘 부탁합니다. ……예 ……예. 알았습니다."

전화를 끊고 우에무라가 돌아왔다. 콧노래라도 부르고 싶다는 표정이었다.

"이걸 어느 곳에서 기사로 냅니까?" 하고 구사나기가 물었다.

"잘 아는 잡지에 낼 겁니다. 아, 그렇지, 그 잡지의 편집자에게 물어봐도 됩니다. 이 그림을 보여 준 것이 스기나미 사건이 밝혀지기 전이라는 사실을 알 수 있을 테니까요."

"그런데 우에무라 씨, 발표는 좀 기다려 주셔야 할 것 같습니다."

"왜요?"

"왜라고 하면……."

"어차피 경찰은 아들의 이야기를 수사에 참고로 하지는 않을 테지요. 여기까지 온 것도 다다히로가 어떤 착각을 했다는 사실을 확인하려는 것뿐이지 않습니까. 그렇다면 제가 어디에 무슨 글을 쓰든 상관없지 않을까요? 아니면 아들의 말을 다른 증언과 똑같이 취급하기라도 할 생각입니까? 그렇다면 생각해 볼 여지가 있겠지만요."

"아, 그건 제가 뭐라고 할 수가……. 윗사람과 의논해 보아야 할 문제입니다."

"의논해 봤자 마찬가질 겁니다. 결과는 이미 알고 있습니다."

우에무라는 창을 탁, 닫고 구사나기와 유가와의 얼굴을 번갈아 바라보았다.

"다른 질문이라도? 아들 이야기를 믿고 질문을 한다면 얼마든지 대답할 수 있지만, 만에 하나 사기라고 생각한다면 바로 나가 주세요."

웃음을 띠고 있긴 하지만 그 눈에서는 도발적인 빛이 뿜어나왔다.

"여자분이 같이 있었다고 하셨지요?"

유가와가 물었다.

"다케다 씨라고 했던가요? 그분 연락처를 좀 가르쳐 주세요."

"물론 가르쳐 드리죠. 가까운 이웃이니까 지금 가셔도 됩니다. 얼마든지 물어보세요."

그렇게 말하고 우에무라는 책장에서 메모지와 볼펜을 꺼내 간단한 약도를 그려 주었다.

"허 참, 괜히 적으로 만들고 말았어."

우에무라의 방을 나서자마자 구사나기가 얼굴을 찌푸리며 말했다.

"마음에 두지 마. 저 남자는 애당초 경찰이 제대로 받아들이지 않을 것을 알고 있었어. 그래도 편지를 보낸 것은 어쨌든 경찰이 주목했다는 실적을 남기기 위해서야. 그러는 편이 유체이탈 기사를 쓰는 데도 유리하니까."

유가와가 냉소적인 어투로 말했다.

"이용당했다는 말이야?"

"말하자면 그런 셈이지."

유가와의 말에 구사나기는 걸으면서 고개를 떨구었다.

"이봐, 유체 이탈이란 게 정말 있을까?"

"글쎄, 나는 데이터가 제시되기 전까지는 결론을 내리지 않는 사람이니까."

"데이터는 갖추어졌어. 우에무라 부자의 방에서 미니쿠퍼가 세워져 있던 장소를 볼 수는 없으니까. 그리고 우에무라 다다히로는 요 며칠 동안 한 걸음도 바깥에 나가지 않았고."

"그 데이터가 정확한지 아닌지 먼저 검증해야겠지."

유가와가 발걸음을 멈추었다. 그리고 오른손 엄지를 옆으로 향했다.

그가 가리킨 것은 식품 공장이었다. 벽으로 둘러싸인 그 공장 문으로 지금 트럭 한 대가 들어가고 있다.

"만일 큰 문이 열렸다 하더라도 그 창에서는 제방을 볼 수 없다고 했잖아."

구사나기가 말하자 유가와는 작게 한숨을 내쉬었다.

"그러니까 정보를 모으지 않아도 된다는 거야?"

"알았어. 조사하면 되잖아."

구사나기는 공장 문을 향해 걸어갔다.

수위실 비슷한 게 보여 거기서 신분을 밝히고 공장 책임자를 만나고 싶다고 했다. 노인에 가까운 수위는 황망히 어딘가로 전화를 걸고, "용건은?"하고 물었다.

"어떤 사건을 조사하기 위해서. 살인 사건."

살인이라는 말이 효과를 발휘했는지 수위는 약간 구부정하던 등을 뻣뻣하게 세웠다.

수위실 앞에서 기다리고 있자니 쉰 정도 되어 보이는 뚱뚱한 남자가 나타났다. 공장장 나카가미라고 자기소개를 했다. 크림색 모자 테에 땀이 배어 있었다.

7월 22일에 공장의 큰 문을 개방했느냐고 구사나기가 물었다. 그 질문에 나카가미는 미간을 찌푸리며 되물었다.

"왜 그런 걸 묻습니까? 살인 사건과 무슨 관계가 있다고."

"그건 수사상의 비밀입니다. 어때요, 열었어요?"

나카가미는 바로 대답하지 않았다. 형사가 묻는 저의가 무엇인지 생각하는 얼굴이었다. 이윽고 그가 대답했다.

"아뇨, 열지 않았습니다."

"사실입니까?"

"예. 정면의 문은 반쯤 열었지만 뒷문은 특수한 생산 기계를 들여올 때가 아니면 열지 않습니다."

나카가미는 착 가라앉은 어투로 말했다.

"그렇군요. 바쁘신 중에 감사합니다."

구사나기는 수위에게도 고개를 숙이고 공장을 나섰다.

문을 나서니 유가와의 모습이 보이지 않았다. 벽을 따라 걸어가 보니 물리학자는 쓰레기통을 뒤지고 있었다. 정확히 말하자면 쓰레기통이 아니라 식품 공장의 폐기물 거치장이었다.

"뭘 하고 있어?"

구사나기가 물었다.

"재미있는 걸 찾았어."

그렇게 말하면서 유가와는 손에 들고 있는 것을 보여 주었다.

그것은 스니커즈였다. 그런데 뭔가로 잘랐는지 뒤쪽 반이 없었다.

"뭐가 재미있어? 잘려 나갔을 뿐이잖아."

"자세히 봐. 잘린 게 아냐. 그렇다고 찢어진 것도 아니고. 정말 흥미로운 절단면이야."

유가와는 바닥에 떨어져 있던 편의점 봉지를 주워서 스니커즈를 그 속에 넣었다.

"자네 연구 때문에 이런 데 온 거 아니야."

그렇게 말하고 구사나기는 발걸음을 옮겼다. 이번에는 다케다 유키에를 만날 차례였다.

다케다 유키에는 자택에서 빵집을 하고 있었다. 규모는 작지만 지나가는 사람이 저도 모르게 빵집으로 이끌리지 않을까 싶을 정도로 구수한 냄새가 피어나고 있었다. 유키에는 두 살 아래 여동생과 둘이서 제조와 판매까지 거뜬히 소화해 낸다고 했다. 남편은 5년 전에 교통사고로 세상을 떠났다고 한다.

"그날 일은 선명하게 기억하고 있어요. 그렇지만 그림을 보았을 때는 별로 놀라지 않았어요. 우에무라 씨는 흥분한 것 같았지만 저는 다다히로가 꿈이라도 꾸었나 보다 생각했을 뿐이에요. 그 애 솜씨치고는 잘 그렸다고 할 수 없는 그림이라서……."

그런데, 하고 유키에는 말을 이었다. 그다음 주에 형사가 가게로 찾아와서 이상한 것을 물었다는 것이다. 22일에 제방 가까이에 빨간 차를 세워 둔 것을 못 봤느냐고. 미니쿠퍼라는 차로 지붕은 흰색이라고 했다. 유키에는 모른다고 대답했다. 그러나 그 순간 뭔가가 떠올랐다. 예의 다다히로가 그린 그림이다. 거기에 그려진 그림이야말로 빨간 차가 아니었던가. 그래서 그녀는 그것을 우에무라 히로시에게 이야기했다.

일이 그렇게 된 것이로군, 하고 구사나기는 생각했다. 아들의 유체 이탈을 어떻게든 어필해 보려고 머리를 굴리던 우에무라는 그것을 하늘이 준 기회라 여기고 편지 쓸 생각을 했을 것이다.

"형사님, 혼이 몸에서 빠져나가는 거, 정말 있을 수 있는 일이에요?"

이야기를 다 끝낸 다음 유키에가 물었다.

"글쎄요……."

대답이 궁해서 구사나기는 유가와를 바라보았다. 그러나 유가와는 정신을 딴 데 팔고 있는 듯, 가게 앞에 진열되어 있는 빵을 멍하니 바라보고 있었다.

"그런 일이 진짜로 있는지 없는지는 모르겠지만, 저는 말이죠, 우에무라 씨가 이번 일로 묘하게 들떠 있는 게 좀 마음에 안 들어요. 이런 일로 유명해져 봤자 아무 소용이 없을 텐데⋯⋯."

유키에는 조금 침울한 어투로 그렇게 말했다.

우에무라가 마음에 있는 모양이라고 구사나기는 생각했다. 나이도 그런대로 잘 어울릴 것 같았다.

그때 유가와가 "이 카레빵 하나 주세요." 하고 말했다.

5

시체가 발견된 지 열흘이 지났다. 구리다 노부히코에 대한 용의는 아직 풀리지 않은 채였다. 수사하는 쪽에서도 그를 추궁할 만한 자료가 없어 고민이 많았다.

오히려 구리다에게 유리한 정황 증거가 몇 가지나 나왔다. 그중 하나가 죽임을 당한 나가즈카 다에코의 방에 남아 있는 남자의 흔적이었다.

욕실 배수구에서 남자의 체모가 발견된 것이다. 체모는 방의 카펫, 화장실 매트 등에서도 발견되었다. 또한 일회용 면도

기, 면도 크림, 콘돔 따위도 벽장에 들어 있었다.

체모를 분석해 본 결과, 혈액형은 A. 그러나 구리다는 O형이었다.

물론 나가즈카 다에코에게 사귀는 남성이 있었다고 해서 구리다에 대한 용의가 없어지는 것은 아니다. 오히려 그녀에게 그런 연인이 있다는 사실을 알게 된 구리다가 질투심 때문에 죽였다고 볼 수도 있다.

그러나 그 남자의 신원을 알지 못하기에 수사본부는 여태 안갯속을 헤매는 분위기였다. 다에코는 그 남자와의 관계를 친밀한 사람들에게도 비밀로 했다. 또한 그 남자에게는 연인이 살해당했음에도 나서지 못할 어떤 사정이 있는 듯했다.

"불륜이지, 뭐. 상대는 가정이 있는 남자야."

유게 형사가 그렇게 말하면서 호들갑을 떨었지만 이번에는 그의 의견에 반론을 펴는 사람이 없었다.

은밀하고도 철저하게 나가즈카 다에코의 주변 인물에 대한 조사가 진행되었다. 특히 직장의 남자 사원에 대한 조사는 철저하게 이루어졌다. 그럴 듯한 인물이 나오면 은밀하게 그 머리카락을 입수하여 조사를 벌였지만 다에코의 방에서 발견된 것과 일치하는 인물은 없었다.

수사가 거의 막다른 골목에 이르렀을 때, 수사 팀에 참으로 불쾌한 일이 일어났다. 어떤 주간지에서 우에무라 다다히로의 유체 이탈을 기사로 다룬 것이다. 기사를 쓴 사람은 말할 것도 없이 우에무라 히로시였다.

"거참, 사람 곤란하게 하는구먼."

주간지를 읽고 있던 마미야가 신음을 뱉어 냈다. 수사본부가 설치된 스기나미 경찰서 회의실에서 구사나기가 보고서를 정리하고 있을 때였다.

"오래 경찰 생활을 해 왔지만 이런 일은 처음이야."

"이 주간지를 읽은 사람들이 경찰서에다 마구 전화를 건다고 합니다. 경찰은 왜 소년의 증언을 제대로 받아들이지 않느냐고."

자판기에서 뽑은 커피를 손에 들고 유게가 아래를 가리키며 빙긋 웃었다.

"정말 골치 아프군."

마미야가 얼굴을 찌푸렸다.

"과장 속이 또 끓어오를 텐데."

과장은 지금 별실에서 회의 중이었다.

그때 젊은 형사가 얼굴을 들이밀더니 텔레비전에 우에무라 부자가 나온다고 말했다. 유게가 텔레비전 모니터 스위치를 누르자 와이드 쇼 프로그램에 우에무라 히로시와 다다히로가 나란히 비쳤다.

"제가 조사해 보니, 이른바 유체 이탈이란 것은 외상을 입었을 때 가끔 나타나는 것 같습니다."

우에무라 히로시가 말했다.

"예를 들면 머리에 충격을 받았을 때 그렇습니다. 몸이 위로 붕 떠오르는 느낌이 들었다고 증언하는 체험자가 많습니다."

"그건 충격을 받아서 머리가 이상해졌기 때문에 그렇지."

하고 마미야가 중얼거렸다.

우에무라의 말이 이어졌다.

"또한 임사 체험자는 거의 예외 없이 체외 이탈을 합니다. 즉, 육체적 고통에서 벗어나기 위해 일시적으로 의식만 몸에서 빠져나가는 것이지요. 다다히로의 경우는 고열로 인한 고통에서 벗어나고 싶은 충동이 이번과 같은 기적을 일으키지 않았나 싶습니다."

"그렇다면 다다히로 군의 체험은 유체 이탈이 분명하다고 우에무라 씨는 생각하십니까?"

사회자가 물었다.

"그렇게 생각할 수밖에 없지 않겠습니까. 이 분야의 연구가 조금이라도 진전되면 이런 귀중한 증언을 경찰이 받아들이지 않는 일은 없을 것입니다."

그렇게 말하고 우에무라는 곧장 카메라를 바라보았다.

유게가 쓴웃음을 지으며 모니터를 껐다.

"제멋대로 지껄이는구나."

"구사나기, 갈릴레오 선생은 뭐래? 뭘 좀 알아냈대?"

마미야가 물었다.

"어떻게 되어 가는지 저도 잘 모르겠습니다. 곧 무슨 말이 있을 것도 같은데."

"뭐야, 아무 도움이 안 되잖아, 이번에는."

마미야가 머리를 긁적거렸다.

그때 형사 두 명이 돌아왔다. 땀에 흠뻑 젖은 채였다.

"수고가 많아. 뭐 좀 건졌어?"

마미야가 물었다.

"미니쿠퍼에 대해 조금."

형사 하나가 대답했다.

"또 미니쿠퍼야?"

마미야는 진저리를 치며 형사들을 돌아보았다.

"뭔데?"

"나가즈카 다에코의 아파트 근처에 사는 남자가 예의 빨간 미니쿠퍼를 보았답니다. 아쉽게도 그게 21일인지 22일인지 확실하지는 않지만요."

"그게 확실하지 않으면 아무 소용 없잖아."

"그렇지만 한 가지 마음에 걸리는 게 있습니다. 그 미니쿠퍼를 웬 남자가 엿보았다는 겁니다. 여름인데도 양복을 차려 입은 비쩍 마른 중년 남자였답니다."

"흠……."

"그런 외관이라면 구리다는 아니야." 하고 구사나기가 말했다.

"누굴까?"

"그냥 마니아였을지도 몰라."

유게가 말했다.

"목격자는 그런 느낌이 아니었다고 합니다."

탐문 수사를 나갔던 형사가 말했다.

"차 주인을 확인하는 것처럼 보였답니다."

"그럼 그 양복쟁이의 지인 가운데 같은 차를 가진 사람이 있을 테지. 구리다와 그놈의 차를 아는 사람이 우연히 지나갔다고 생각할 수는 없을까?"

유게의 말에 형사들은 잠시 생각에 잠겼다. 그의 의견이 타당한 것 같았다.

"잠깐."

마미야가 입을 열었다.

"양복쟁이의 출현이 우연이 아니라면 어떻게 돼?"

"무슨 뜻이에요?" 하고 유게가 물었다.

"다시 말해 양복쟁이는 나가즈카 다에코의 방으로 갈 생각이었어. 그런데 본 적 있는 차가 세워져 있는 거야. 만일 구리다 노부히코의 차라면 구리다가 다에코의 방에 있다고 봐야 하지 않겠어. 그렇다면 방으로 들어가면 안 된다고 생각했을 거야. 그래서 누구의 차인지 살폈다고……."

"잠깐만요."

구사나기가 끼어들었다.

"그렇다면 그 남자는 나가즈카 다에코와 구리다 노부히코, 둘 다를 잘 아는 사람 아니겠습니까."

"맞아. 그런 인간이 있어?"

모두가 입을 다물고 서로의 얼굴을 바라본다. 이윽고 유게가 중얼거렸다.

"그 두 사람은 누군가의 소개로 선을 보았다고 했는데……."

그 순간, 너 나 할 것 없이 거의 동시에 자리에서 벌떡 일어섰다.

"과연, 그래서 피해자의 전 상사가 체포되었군."

구사나기의 이야기를 듣고 유가와는 고개를 끄덕였다.

"그 요시오카라는 남자는 3년 전에 회사를 그만두었어. 나가즈카 다에코와는 그 전부터 관계가 있었던 것 같아. 다에코가 불륜 행각을 벌였을 것이라고 추측했으면서도 퇴직한 사람까지는 조사하지 않은 것이 우리의 미스였어. 요시오카와 구리다는 보험을 통해 친해진 것 같아."

구사나기는 그렇게 말하고 커피를 마셨다. 늘 그렇지만, 사건이 해결되고 나니 인스턴트커피도 맛이 있었다. 요시오카는 형사가 추궁하자 순순히 모든 것을 자백했다.

"그렇다면 요시오카는 구리다에게 자신의 애인을 소개한 셈이잖아."

"그런 셈이지."

"어이가 없군."

유가와는 머리를 긁적였다.

"남녀 관계는 정말 불가사의해."

"요시오카는 다에코와의 관계를 끝내고 싶었어. 그렇지만 다에코는 헤어질 마음이 없었고. 태연하게 선을 본 것은 어떤 경우에도 자신은 마음이 변하지 않는다는 것을 보여 주려는 의도였을 테지. 최근에는 둘의 관계를 부인에게 알리겠다고 압박했던 것 같아. 그래서 요시오카가 겁을 먹은 거지."

요시오카는 회사를 그만둔 후, 아내가 부모에게 물려받은 리스 회사의 중역 자리에 앉았다. 그런 만큼 다에코와의 관계가 절대로 드러나서는 안 되었다. 그 순간 모든 것을 잃을 테니까.

요시오카는 21일에 다에코를 설득할 생각으로 그녀의 아파트를 찾아갔다. 그렇지만 구리다의 미니쿠퍼를 보고 물러나지 않을 수 없었다. 그리고 다음 날, 사전에 전화를 하고 다에코의 방으로 가서 헤어져 달라고 애원했다.

그러나 그녀는 받아들이지 않았다. 당장 부인에게 전화를 걸겠다고 협박했다.

"그다음은 흔하디흔한 이야기야. 화가 치밀어 목을 졸랐다는 거지. 계획적이 아니었다는 것은 믿어도 좋을 것 같아."

"그럼 22일에 미니쿠퍼가 노상에 주차된 것은 어떻게 돼? 그것은 결국 구리다의 차가 아니었다는 말이잖아."

유가와의 질문을 받고 구사나기는 벌레 씹은 표정이 되고 말았다.

"거기에 관해서는 어처구니없는 착각이 있었어. 21일에 세워져 있던 것은 구리다의 미니쿠퍼였지만, 22일에 같은 장소에 세워져 있던 것은 요시오카의 차였어. 오코노미야키 집의 주인이 착각한 거지. 물론 빨간색 계통이긴 하지만 차종은 BMW였어. 그것을 어떻게 미니쿠퍼라고 착각했는지 이해가 안 가."

"인간의 기억이란 그런 거지. 착각하는 동물이야, 인간은. 그러니까 신비주의적인 이야기가 끊이지 않는 거야."

"그렇게 말하는 걸 보니 그 문제도 해결되었나 보네. 오늘은 그걸 물어보러 왔어."

구사나기는 유가와의 얼굴을 손가락으로 찌를 듯 가리켰다.

"사건이 해결되었으니 된 거 아냐?"

"그렇지가 않아. 그 이후로도 시도 때도 없이 이상한 걸 묻는 전화가 와서 여간 귀찮지 않아. 수사 1과 형사들도 갈릴레오 선생한테 부탁해서 어떻게 좀 해 보라고 야단들이야."

"갈릴레오?"

"부탁해, 제발 어떻게 좀 해 봐. 자네라면 할 수 있을 거야."

의자에서 일어나더니 구사나기는 팔을 휘둘렀다.

유가와는 의자에 앉은 채 몸을 크게 뒤로 제쳤다.

"한 가지, 조사 좀 해 줄래?" 하고 그가 말했다.

"조사? 뭔데?"

그러자 유가와는 가운 호주머니에서 뭔가를 꺼냈다. 그것은 지난번에 주웠던 스니커즈의 일부분이었다.

"이 귀중한 샘플이 말해 주는 것을 좀 확인해 줘."

"응……?"

그것을 들고 구사나기는 고개를 갸웃했다.

그날 밤, 구사나기는 유가와의 집으로 전화를 했다.

"자네 말대로였어. 식품 회사의 공장장을 추궁했더니 역시 그날 공장 문을 모두 열었다고 자백했어."

"역시 그랬군."

유가와가 말했다.

"그렇다면 사고가 있었다는 말이네."

"바로 그거야. 우리가 사고에 대해 아는 줄 알고 공장장은 체념한 거지. 제발 조용히 처리되길 바란다고 부탁했지만, 그렇게는 안 되지. 담당 부서에 연락할 생각이야."

"그 회사도 운이 없었어. 뜬금없는 유체 이탈 소동만 없었다면 사고를 감출 수 있었을 텐데 말이지."

"바로 그게 문제인데, 그 회사의 사고와 유체 이탈이 대체 무슨 관계지? 아무리 생각해도 모르겠어."

구사나기는 말은 그렇게 했지만 사실은 전혀 생각해 보지 않았다. 생각하려 해도 그럴 만한 건더기가 없었기 때문이다.

잠깐 동안의 침묵 후에 유가와가 말했다.

"그럼 의문을 풀어 주도록 하지. 그렇지만 관객이 필요해."

"관객?"

"응. 꼭 데리고 와야 해." 하고 유가와가 말했다.

6

사건이 해결된 지 사흘 후, 구사나기는 택시 조수석에 앉아 데이토 대학으로 향했다. 뒷자리에는 우에무라 부자가 앉아 있었다.

"정말로 한 시간이면 되겠죠? 오늘은 잡지 인터뷰가 있어서 4시까지 신주쿠에 가야 합니다."

우에무라 히로시가 불쾌한 표정을 노골적으로 드러냈다. 갑자기 집으로 찾아와서 무작정 택시에 타라고 했으니 불쾌한 것도 당연하다.

"곧 끝날 겁니다. 우리가 가기 전까지 준비를 갖춰 두겠다고 했으니까요."

"무슨 실험인지는 모르겠지만 저의 신념을 바꿀 수는 없을 겁니다. 어쨌든 그날 다다히로가 안보이는 것을 그린 것은 사실이니까요. 그 사건의 용의자로 지목된 사람도 결국 무죄로 입증되지 않았습니까."

"죄송한 말씀이지만 그 사람이 무혐의로 판명된 것은 진범이 잡혔기 때문입니다. 알리바이가 증명된 것은 아닙니다."

"어차피 같은 말 아닙니까. 그 사람이 무혐의라는 것은 그가 주장한 알리바이가 진실이라는 말이잖아요. 즉, 그날 그 장소에 빨간 미니쿠퍼가 세워져 있었어요. 그리고 그것을 다다히로가 보았어요. 절대로 보일 리 없는 장소에서."

"그러니까 그것이 가능한지 아닌지 이제부터 실험으로 보여 주겠다는 겁니다."

구사나기의 말에 우에무라 히로시는 홍, 하고 코웃음을 쳤다.

"어차피 당신들은 창피를 당할 겁니다. 미리 말해 두겠는데, 만일 실험이 실패하면 그것도 기사화 할테니까 각오하세요."

"아, 그러시죠."

고개를 돌려 애교 섞인 웃음을 보이고 구사나기는 다시 앞을 바라보았다. 그러나 속은 타들어 갔다. 그는 유가와가 대체 무엇을 하려는 것인지 짐작조차 할 수 없었다.

대학에 도착해서 우에무라 부자와 함께 이공학부 건물로 향했다. 물리학과 제13연구실이 유가와가 있는 곳이다.

방문을 두드리자 예, 하는 목소리가 들렸다. 구사나기가 문을 열었다.

"굿 타이밍. 막 준비가 완료된 참이었어."

가운 차림의 유가와가 실험대 옆에 서서 말했다.

"두 사람과 함께 왔어."

그렇게 말하다가 구사나기는 개수대 쪽에 있는 사람을 보고 깜짝 놀랐다. 다케다 유키에였다.

"다케다 씨, 여긴 웬일로?"

우에무라가 물었다.

"유가와 교수님께서 전화로 실험을 좀 도와 달라고 하셔서요. 저도 관심이 있으니까 조금이나마 도움이 되었으면 해서 왔지요."

그녀는 방긋 웃으며 말했다.

"전화번호는 어떻게 알았어?"

구사나기가 유가와에게 물었다.

"어려운 것도 아냐. 카레빵을 넣은 봉지에 전화번호가 찍혀 있었으니까."

"아……"

구사나기는 허를 찔린 표정을 지었다. 그리고 깨달았다. 그 날 이 사내는 계획이 있어서 카레빵을 샀던 것이다.

"뭘 할 생각인지는 모르겠지만, 빨리 부탁합니다. 우리는 바쁘니까요."

우에무라가 구사나기와 유가와의 얼굴을 번갈아 보며 말했다.

"그리 시간이 오래 걸리지 않을 겁니다. 그래요, 담배 한 개비 피울 정도의 시간이면 됩니다. 담배 가지고 계세요?"

유가와가 우에무라에게 물었다.

"가지고 있긴 한데, 피워도 됩니까?"

"보통은 금연이지만 오늘은 특별히 인정하겠습니다. 다만, 여기서 피워 주세요."

유가와는 실험대 위에 유리 재떨이를 내려놓았다.

"그럼 실례하겠습니다."

우에무라는 위 호주머니에서 담배 한 개비를 꺼내 입에 물고 불을 붙였다.

"나도 피워도 돼?"

구사나기도 담뱃갑을 꺼내며 물었다.

유가와는 마음에 안 든다는 표정으로 입을 비죽하더니 가볍게 고개를 끄덕였다. 고마워, 하고 구사나기는 담배에 불을 붙였다.

"이건 뭡니까?"

우에무라가 실험대 위에 놓여 있는 두 개의 수조를 가리키며 물었다. 50센티미터 정도 길이의 직사각형 수조인데, 거기에는 70퍼센트 정도 물이 채워져 있었다. 구사나기가 그것을 만지려고 손을 뻗었다.

"만지지 마. 지금 그 안의 물은 아주 미묘한 상태를 유지하고 있거든. 흔들리면 균형이 깨져 버려."

유가와의 말에 구사나기는 황망히 손을 거두어들였다.

"이 물로 뭘 할 생각입니까?"

우에무라가 다시 물었다.

유가와가 가운 호주머니에서 뭔가를 꺼냈다. 그것은 회의 때 슬라이드의 내용을 가리키는 데 사용하는 레이저 포인터였다.

"우에무라 씨, 선생은 식품 공장의 문이 완전히 열렸다 하더라도 각도와 높낮이 때문에 집의 창에서는 절대로 제방을 볼 수 없다고 했지요?"

유가와가 확인하듯 물었다.

"그야 물론이지요."

우에무라가 도전적인 눈빛으로 그렇게 말했다.

"그곳의 지형에 대해 저도 확인해 보았습니다. 분명히 공장의 문이 완전히 열렸다 하더라도 댁과 미니쿠퍼가 세워져 있는 위치를 직선으로 연결할 수 없었어요. 직선으로 연결되지 않으면 눈으로 볼 수 없다는 것이 상식입니다. 왜냐하면 빛은 직진하기 때문에."

그렇게 말하고 유가와는 레이저 포인터의 스위치를 넣었다.

"다케다 씨, 죄송하지만 불을 좀 꺼 주세요."

예, 하고 유키에는 벽의 스위치를 내렸다. 창에 커튼이 쳐져 있어서 실내는 순식간에 어두워졌다. 그러자 레이저 포인터에서 나온 빛이 일직선으로 뻗어 나가는 것이 보였다.

과연, 그래서 담배를 피워도 좋다고 한 거라고 구사나기는 고개를 끄덕였다. 공중에 연기가 떠 있으면 레이저 빛을 확인하기 쉽다는 것은 이전에 유가와에게 들어서 알고 있었다.

"그러나,"

유가와는 레이저 빛을 우에무라의 가슴께에 쏘았다.

"만일 빛이 굴절하면 어떻게 될까요? 보이지 않아야 할 것이 보이게 되지 않을까요?"

"빛이 굴절해요?"

그렇게 말하고 우에무라는 아, 하고 고개를 끄덕였다.

"거울을 말하는 거군요. 그야 거울이 있으면 반사되어 보이기도 할 겁니다. 그런데 어디에 거울이 있다는 겁니까. 그것도 꽤 큰 거울이라야 할 텐데."

우에무라가 말하는 도중에 유가와는 고개를 가로젓기 시작했다.

"거울이라니요. 그냥 보고 계세요. 잘 보세요. 이 수조들 중 왼쪽 수조에는 보통의 물이 들어가 있습니다. 지금 이 속에 레이저 빛을 비춰 보겠습니다."

그렇게 말하고 유가와는 레이저 포인터를 천천히 왼쪽 수조로 옮겼다. 앗, 다다히로가 외쳤다. 키가 작은 아이라서 수조를 옆에서 보고 있다.

레이저 빛은 수조 측면에서 약간 위로 굴절했다가 거기서 물속으로 직진했다.

"이건 여담인데, 물에는 우유가 조금 들어가 있습니다. 이렇게 하면 레이저 빛이 잘 보이니까요." 하고 유가와가 말했다.

"빛이 꺾였어."

다다히로가 아버지를 올려보며 말했다.

우에무라는 훗, 하고 숨을 내쉬었다.

"반사가 아니니까 이번에는 굴절이군요. 빛이 물에 들어갈 때 굴절한다는 것 정도는 저도 알아요. 그렇지만 현장의 어디에 그런 거대한 수조가 있다는 겁니까."

"선생, 정말 성질이 급하시군요."

넌더리가 난다는 어투로 유가와가 말했다.

"빛이 수조에 들어갈 때 굴절하는 것은 이 경우에는 생각하지 않아도 돼요. 제가 보여 주고 싶은 것은 일단 물속에 들어간 빛은 그대로 직진한다는 것입니다."

"그런 거라면 방금 확인했습니다. 똑바로 나아갑니다."

"그다음, 다른 수조에 빛을 비춰 보겠습니다."

유가와는 레이저 포인터를 오른쪽 수조로 옮겼다.

아얏, 이번에는 구사나기가 맨 먼저 외쳤다. 이어서 다다히로와 유키에도 놀라면서 와얏, 하고 외쳤다. 우에무라는 눈을 화들짝 뜬 채 말이 없다.

수조에 들어간 빛은 직진하지 않고 아래로 향하여 느린 커브를 그리고 있었다. 그것은 분명히 '굽었다'라고 표현해야 할 현상이었다.

"이건 왜 이래?"

구사나기가 물었다.

"물론 물속에 장치가 되어 있기 때문이지. 이 물에는 설탕이 녹아 있어. 그것도 위쪽 농도는 묽게, 아래로 내려갈수록 진하게 해 두었지. 빛은 농도가 묽은 곳에서 진한 곳으로 나아갈 때 굴절해. 또한 농도가 진할수록 굴절률이 커. 그러므로 빛은 비스듬히 아래로 나아가면 갈수록 더 굽어져."

"아하, 그런 거였어."

수조에 얼굴을 가까이 대고 구사나기가 말했다.

"이런 건 머리털 나고 처음 봐."

"직접 본 건 처음이겠지만, 이와 같은 원리로 일어나는 자연현상이라면 자네도 이미 알고 있어."

"응? 뭔데, 그게."

"그 전에," 하고 유가와는 벽 쪽으로 걸어가서 스위치를 올렸다.

"사고에 대해 우에무라 씨께 설명 좀 해 줘."

"아, 알았어."

"사고?"

우에무라는 멀뚱한 표정을 지었다.

"뭔데요, 사고라니요."

"그날, 댁의 뒤편에 있는 식품 공장에서 사소한 사고가 있었습니다."

구사나기가 이야기를 시작했다.

"그 공장에서는 식품을 냉동하는 데 액체 질소를 대량으로 사용해요. 그런데 그 탱크가 부서진 겁니다. 당연히 액체 질소가 흘러내려 공장 내부의 바닥 일부가 얼어 버렸지요."

"이것이 그때의 샘플입니다."

유가와가 반으로 잘려 나간 스니커즈를 들고 보여 주었다.

"급속하게 냉동된 후에 어떤 충격을 받았을 겁니다. 그 후, 다시 녹으면 이렇게 되는 겁니다."

부서진 스니커즈를 보고 우에무라는 적잖이 당황하는 기색이었다.

"그런 일이 있었습니까? 그런데 그것하고 이 실험하고 무슨 상관이 있다는 겁니까."

그것은 구사나기도 알고 싶은 점이었다. 그는 유가와 쪽을 보았다.

"액체 질소가 흘러내려서 공장 사람들은 당황했습니다. 즉시 환기가 필요하다고 판단하여 문을 열었어요. 그 결과 어떻게 되었을까요. 당연히 한여름의 뜨거운 공기가 공장 내부로 흘러들지요. 그 순간의 공장 내부를 생각해 보세요. 아래쪽은 차가운 질소, 위에는 뜨거운 공기가 들어차겠지요. 즉, 극단적으로 밀도가 다른 가스층이 형성된 것입니다."

유가와는 아까 설탕물이 든 수조를 가리켰다.

"액체와 기체의 차이야 있겠지만, 그때의 공장 안은 이 수조와 같은 상태였습니다."

"그렇다면 그때 레이저 빛을 쏘았다면 아까처럼 굴절했을 테지."

"당연히 그렇게 되겠지."

유가와는 구사나기를 향해 고개를 끄덕였다.

"그러면…… 어떻게 되는데?"

"공장을 사이에 두고 그 건너편을 바라본다고 생각해 봐. 만일 그 때 눈에 보이는 것이 있다면, 그건 저 아래쪽에 있는 것이야. 그런 조건하에서는 평소라면 절대로 볼 수 없는 것이 보이는 거지."

"세상에 그런 일이……. 와아! 이제 원리는 알았어."

구사나기는 중얼거렸다. 머리로는 이해할 수 있어도 이미지가 떠오르지 않았던 것이다.

"아까도 말했듯이 같은 원리의 자연현상이라면 자네도 이미 알고 있어."

유가와는 구사나기를 보며 말했다.

"바로 신기루."

아아, 하고 구사나기는 고개를 끄덕였다. 옆에서 이야기를 듣고 있던 다케다 유키에도 모든 걸 이해했다는 표정으로 고개를 끄덕였다.

"아냐, 신기루 같은 게 아냐."

우에무라는 뭔가를 자를 듯한 기세로 오른손을 아래로 뿌렸다.

"다케다 씨도 봤지? 그때 공장 문이 닫혀 있었잖아."

"공장에 물어봤더니 아주 짧은 시간 동안 문을 열어 두었다고 합니다." 하고 구사나기가 말했다.

"아냐, 아니라니까. 얘, 다다히로. 제대로 말 좀 해 봐. 네가 하늘로 떠오른 거지? 그래서 그 장면을 본 거야."

그러나 소년은 아버지 말에 고개를 끄덕이지 않았다.

"하늘 같은 데는 떠오르지 않았어."

소년은 울먹이며 말했다.

"그냥 몸이 붕붕 떠오르는 것 같았을 뿐이야. 그런데 아빠가 하늘로 떠오른 거라고 해서……."

"다다히로!"

우에무라가 신경질적으로 아들 이름을 불렀다.

그때 유가와가 다다히로 쪽으로 다가갔다. 그리고 소년 앞에 쭈그리고 앉았다.

"솔직히 대답해 줘. 너는 그 풍경을 어떻게 보게 됐지? 공장의 커다란 문이 열리고 그 건너편이 보이지 않았니?"

그러자 다다히로는 잠시 생각하더니 당혹스런 표정으로 고개를 갸웃했다.

"몰라. 그럴지도 모르겠고. 나, 그때는 머리가 멍해서 잘 모르겠어."

"그러냐."

유가와는 소년의 머리에 손을 얹었다.

"그럼 어쩔 수 없지, 뭐."

"신기루라는 증거는 어디에도 없어."

우에무라가 강변했다.

"모든 것은 추론에 지나지 않아."

"맞습니다. 그렇지만 다다히로가 유체 이탈을 했다는 증거도 없지요."

유가와의 반론에 우에무라는 할 말을 잃고 말았다. 그러자 다케다 유키에가 앞으로 나서며 말했다.

"우에무라 씨, 이런 거 이제 그만두세요. 나, 알아요."

"안다니…… 뭘?"

"당신이 다다히로 짱의 그림에 손댄 거. 주간지에 실린 사진을 보고 깜짝 놀랐어요. 다다히로가 처음 그린 그림은 그렇게 선명하지 않았잖아요. 빨간 차로 보이기는 했지만, 하얀 지붕 같은 것도 없었고 타이어도 없었어요. 전부 당신이 나중에 손댄 거잖아요."

그녀의 지적이 사실인 듯했다. 우에무라의 얼굴이 고통스럽게 일그러진 것이 그 증거였다.

"그건…… 이야기를 알기 쉽게 하기 위해서였습니다."

"말도 안 돼. 그건 속임수에 지나지 않아요. 그런 것을 다다히로에게 억지로 강요하다니……."

유키에는 우에무라를 노려보았다.

대답할 말이 없는지 우에무라는 입술을 깨물었다. 이윽고 그는 마음을 정한 듯 다다히로의 손을 잡았다.

"흥미로운 실험을 보여 줘서 감사합니다. 그렇지만 결정적인 증거는 없는 듯하니 참고 의견으로 삼겠습니다. 예정이 있어서 이만 실례하겠습니다."

"우에무라 씨……."

유키에가 말을 걸었지만 그는 무시하고 아들을 데리고 방을 나가 버렸다.

방에 남은 세 사람은 침묵 속에서 멀어져 가는 발소리를 들었다.

"따라가지 않아도 되나요?"

구사나기가 유키에게 물었다.

"그렇지만……."

"빨리 쫓아가는 게 좋아요, 저 소년을 위해서라도." 하고 유가와가 말했다.

유키에는 눈을 번쩍 뜨며 고개를 들었다. 그러고는 두 사람에게 가볍게 고개를 숙이더니 서둘러 방을 나갔다.

구사나기는 유가와와 얼굴을 마주하고 후웃, 하고 길게 숨을 뿜어냈다.

"어린애를 상대로 제대로 하더군."

그러자 유가와는 가운의 소매를 걷어 올렸다. 손목에 붉은 반점이 나타나 있었다.

"뭐야?"

구사나기가 물었다.

"두드러기야."

"응?"

"체질에 안 맞는 짓은 하는 게 아닌가 봐."

그렇게 말하고 유가와는 창문의 커튼을 활짝 젖혔다.